Mord und Schokoladen- kuchen

Ein Kulinarischer Holly Holmes Krimi - book 2

K.E. O'Connor

K.E. O'Connor Books

K.E. O'Connor Books 24 St. Vincent's Road, Chelmsford, Essex, UK, CM2 9PS. keoconnorauthor@keoconnor.com

Die Orignalausgabe des Romans erschien 2019 unter dem Titel »Chocolate Swirls and Murder«

ISBN: 978-1-915378-57-6

Geschrieben von K.E. O'Connor

Coverdesign von Stunning Book Covers – Daniela Colleo

Ins Deutsche übertragen von www.translatebooks.com - Anne Masur

Deutsches Lektorat von Rebekka Haindl

Erstellt mit Atticus.

Kapitel 1

»Sag, dass du an dem Backwettbewerb der Messe teilnimmst.« Prinzessin Alice Audley schlich hinter mir durch die Küche, während ich ein Tablett mit Triple Chocolate Cupcakes für die hungrigen Café-Gäste vorbereitete.

»Ich habe zu viel zu tun, um über einen Wettbewerb nachzudenken.« Ich drückte wirbelnde Kreise aus Schokoladen-Icing auf die Cupcakes und überreichte sie Louise, die sie ins Café bringen würde.

»Du hast ein Talent dafür, Torten wunderschön aussehen zu lassen. Ich erzähle den Leuten immer, dass deine Desserts wie kleine Kunstwerke sind.« Seit zehn Minuten schwirrte Alice wie eine süße, wenngleich auch etwas nervige Fliege um mich herum.

»Köstliche Kunstwerke, hoffe ich.« Ich korrigierte meinen Griff an dem Träger mit warmen Zimtbrötchen, die ich gerade aus dem Ofen gezogen hatte, bevor ich sie zum Abkühlen auf ein Gitter stellte.

Alice klimperte mit ihren natürlich langen, dunklen Wimpern. »Ich werde deine beste Freundin, wenn du an diesem Wettbewerb teilnimmst.«

Ich kicherte. Obwohl wir uns in vollkommen anderen sozialen Kreisen bewegten, sah ich Alice als wirklich gute Freundin an. »Die Touristensaison ist in vollem

Gange. Chef Heston wird nicht zulassen, dass ich mir die Zeit nehme, mich darauf vorzubereiten. Und du weißt, wie hart dieser Wettbewerb sein wird. Ich müsste meine schwersten Geschütze auffahren. Dabei darf man sich keine Nachlässigkeit erlauben.«

»Ich werde ihm befehlen, dir dafür freizugeben.« Alice stemmte ihre Hände in die Hüften und warf ihre Haare mit einer energischen Bewegung ihres Kopfes über ihre Schulter. »Die Öffentlichkeit verdient es zu sehen, wie schön deine Kuchen sind. Und natürlich, wie köstlich sie sind.« Sie schnappte sich ein Zimtbrötchen von dem Gitter. »Autsch! Das ist heiß.«

Ich zog eine Augenbraue nach oben. »Öfen tendieren dazu, das Essen heiß werden zu lassen. Lass es noch eine Weile abkühlen. Mindestens eine halbe Stunde. Außerdem fehlt noch der Zuckerguss, der bringt den Zimt besser zur Geltung.«

Sie zog einen Schmollmund. »Ich will Kuchen, und zwar sofort.«

»Jawohl, Eure Majestät.« Ich machte einen schnellen Knicks, bevor ich zum Kühlschrank ging und ein Tablett mit frischen, mit belgischer Schokolade überzogenen Sahnehörnchen herauszog. »Probier eins davon.«

»Siehst du?« Sie hielt das Blätterteig-Hörnchen in die Höhe. »Perfekt.«

»Iss das und hör auf, mich mit diesem Backwettbewerb zu belästigen.«

»Aber das würde ein großer Erfolg werden. Nimm dir einen Teil des Standes von Audley Castle. Du kannst deine Cupcakes verkaufen und wirst sehen, wie sehr die Leute deine Desserts lieben«, sagte Alice. »Das wird die Sache etwas auflockern. Sonst gibt es dort immer nur langweilige Informationen über unsere Burg und meine verstaubten alten Vorfahren. Die meisten

Leute finden das zum Gähnen. Wenn du sie aber mit köstlichen Leckereien anlockst, wirst du sehen, wie sehr sie dich lieben. Und dann wirst du an dem Wettbewerb teilnehmen wollen.«

Jedes Jahr veranstaltete das Audley Castle eine fantastische Messe, bei der es nur um eins ging: Essen. Aus dem ganzen Land reisten Verkäufer an, um die Besucher mit ihren Köstlichkeiten zu verwöhnen. Seit fünfzig Jahren fand sie statt. In diesem Jahr startete sie mit einem Tag mit reinen Verkäufen, gefolgt von einem dreitägigen Wettbewerb, bei dem die besten Bäcker und Köche darum kämpften, die perfekten Torten und Kuchen zu kreieren und die Siege in verschiedenen Kategorien davonzutragen, und am Ende wurde ein Gesamtsieger ernannt.

»Holly Holmes! Ich bestehe darauf.« Alice wedelte mit einem Finger vor meinem Gesicht herum. »Du weißt, was ich mit Leuten mache, die meine Befehle nicht befolgen.«

»Du drohst ihnen, ihre Köpfe abschlagen zu lassen?« Manchmal klangen diese Drohungen ein bisschen zu real.

Sie stieß ein lautes Lachen aus. »Ganz recht. Du darfst der Welt deine Leckereien nicht vorenthalten. In diesem Jahr sitzen sogar der Herzog und die Herzogin in der Jury.«

»Es fühlt sich nicht richtig an, daran teilzunehmen«, sagte ich. »Immerhin arbeite ich hier.«

»Das schließt dich nicht von einer Teilnahme aus«, sagte Alice. »Ich habe in den Regeln nachgesehen. Außerdem wird alles fair bewertet. Bitte sag, dass du mitmachst.«

»Vielleicht nächstes Jahr.«

»Chef Heston!« Alice huschte zu meinem grummeligen Boss, der gerade die Küche betreten hatte, hakte sich bei ihm unter und zerrte ihn zu mir. »Sie müssen Holly sagen, dass sie bei dem Burgstand der Lebensmittelmesse helfen und an dem Wettbewerb teilnehmen muss.«

»Muss sie das?« Seine dunklen Augen verengten sich, als er mich anfunkelte. »Versuchen Sie wieder, sich vor der Arbeit zu drücken, Holmes?«

Ich hob abwehrend meine Hände und schüttelte den Kopf. »Ich habe Prinzessin Alice bereits gesagt, dass ich in der Küche zu viel zu tun habe.«

»Und ich habe ihr gesagt, dass es ihre Bürgerpflicht ist, ihre Leckereien mit allen zu teilen«, sagte Alice. »Bei dem Stand des Audley Castle gibt es viel Platz. Und uns fehlen noch Leute, um ihn zu betreuen. Das ist die perfekte Lösung. Holly könnte das für ein paar Stunden übernehmen und köstliche Leckereien verkaufen. Und sie könnte die Leute ins Café verweisen, also wäre es eine Win-Win-Situation.«

Manche Leute dachten, Alice hätte nicht mehr zu bieten als ein extrem hübsches Gesicht, das von einer Menge leuchtend blonder Locken umgeben war. Doch wenn sie wollte, konnte sie ein richtiges Genie sein.

Chef Heston grunzte. »Wir werden während der Messe sehr viel zu tun haben. Die Leute kommen trotzdem ins Café, vor allem, wenn sie schon stundenlang herumgelaufen sind und eine Sitzmöglichkeit suchen.«

»Sie können Holly entbehren«, sagte Alice. »Sehen Sie all die Kuchen an, die sie heute schon gebacken hat. Und Sie haben ein ganzes Team, das hier für Sie arbeitet. Sie werden sie gar nicht vermissen.«

Ich knirschte mit den Zähnen. Irgendwie hoffte ich doch, dass er es tat, denn sonst könnte er entscheiden, dass ich überflüssig war, und mich loswerden.

»Werden Sie Werbung für das Café machen, wenn Sie das tun?«, fragte er mich.

»Natürlich«, sagte ich. »Ich könnte Proben von dem verteilen, was im Café verkauft wird. Und ich werde auch unseren Kuchen verkaufen.«

»Und sie muss an dem Wettbewerb teilnehmen«, sagte Alice.

»Hmmm. Da bin ich mir nicht so sicher. Dann wird sie ihren Pflichten nicht mehr nachkommen können«, sagte Chef Heston.

»Seien Sie nicht so gemein!« Alice schlug ihm auf den Arm.

Ich musste mein Grinsen hinter meiner Hand verstecken. Nur die Prinzessin konnte mit so etwas ungeschoren davonkommen. »Es macht mir nichts aus, nicht an dem Wettbewerb teilnehmen zu können.« Doch wenn ich teilnahm, könnte ich ein neapolitanisches Rezept ausprobieren: einen Red-Velvet-Schichtkuchen mit einer Schokoladenmousse.

»Sie geben Ihren Kreationen immer einen ungewöhnlichen Touch«, sagte Chef Heston. »Es wäre interessant zu sehen, was andere Leute davon halten.«

»Das ist ein Ja!« Alice erhob sich auf ihre Zehenspitzen und gab Chef Heston einen Kuss auf die Wange.

Sein Gesicht leuchtete pink auf, bevor er sich umdrehte und davoneilte.

»Dafür werde ich bezahlen«, sagte ich. »Du hast ihn dazu gedrängt, mich dort mitmachen zu lassen.«

Alice' Augen funkelten, als sie mich anstrahlte. »Also, was wirst du backen?«

Ich erwiderte ihr Grinsen, ließ mich von ihrer Aufregung anstecken. »Na ja, ich dachte an –«

Die Küchentür öffnete sich. Lord Rupert Audley stolperte herein und lächelte, als er mich sah. »Ich hatte gehofft, es gäbe vielleicht deine Triple Chocolate Fudge Brownies. Ich muss schon den ganzen Morgen an sie denken. Tatsächlich habe ich sogar letzte Nacht von so einem geträumt.«

»Davon sind ein paar vor zehn Minuten aus dem Ofen gekommen«, sagte ich. »Sie sind immer noch warm.«

Rupert strich sich sein wildes, blondes Haar aus dem Gesicht. »So sind sie absolut perfekt. Nicht, dass sie sonst nicht auch köstlich wären. Deine Backkünste sind immer perfekt.«

»Es gibt nichts Besseres als einen Brownie, der frisch aus dem Ofen kommt.« Ich verfrachtete einen von ihnen auf einen Teller und reichte ihn Rupert.

»Ich bin froh, dass du hier bist.« Alice biss in ihr Sahnehörnchen. »Ich überrede Holly gerade, an dem Backwettbewerb teilzunehmen. Sie behauptet, dafür nicht genug Zeit zu haben. Aber du kannst sie bestimmt vom Gegenteil überzeugen.«

»Also, du machst wirklich verflixt leckere Kuchen«, sagte er. »Wenn es nach mir ginge, würdest du das Ding ganz sicher gewinnen.«

Meine Wangen wurden heiß, und ich schaute weg. »Das ist lieb von dir. Aber, wie ich deiner Schwester gerade erklärt habe –«

»Unsinn«, unterbrach Alice mich. »Außerdem ist es schon zu spät. Ich habe dich bereits angemeldet.«

»Du hast was?« Ich starrte sie ungläubig an.

Sie grinste und biss noch einmal von ihrem Sahnehörnchen ab. »Es ist schon alles vorbereitet.«

»Und was, wenn ich Nein gesagt hätte?«

»Ich wusste, dass du das nicht tun würdest.« Alice kicherte.

Ich biss mir auf die Unterlippe. Insgeheim freute ich mich, an diesem Wettbewerb teilnehmen zu können. In meinem Leben gab es vier Lieben: meinen hinreißenden Corgi-Mischling Meatball, der gerade in seinem Zwinger vor der Küche faulenzte; mein Interesse an Geschichte; meine Liebe zu neuen Fitnesstrends; und backen. Es war gar nicht lange her, dass ich mein eigenes Café gehabt hatte. Es war nicht gut ausgegangen, aber noch immer liebte ich nichts mehr, als den Tag mit dem Kopf voller Rezepte zu starten, mit denen ich die Menschen verführen konnte.

Chef Heston kam zurück und räusperte sich laut. »Ich versuche hier, eine Küche zu leiten, keinen sozialen Treffpunkt.«

Wieder lachte Alice, bevor sie sich bei ihrem Bruder unterhakte. »Wir gehen ja schon.« Sie zwinkerte mir zu, und dann verschwanden sie.

Chef Heston schüttelte den Kopf. »Sie müssen eine Lieferung übernehmen.«

»Für wen?«, fragte ich.

»Mrs. Brown.«

»Ist der Transporter verfügbar?«

Er schmunzelte. »Nehmen Sie das Fahrrad. Die Bewegung wird Ihnen gut tun. Ich habe bemerkt, dass Sie wieder Ihre eigenen Brownies probiert haben.«

Meine Augen wurden groß. »Geschmacksproben sind ein wichtiger Teil dieses Jobs.«

Er schnaubte laut und lachte. »Das Fahrrad wartet auf Sie.«

Ich unterdrückte ein Seufzen, bevor ich meine Schürze abnahm und mit den vier Kuchenschachteln für Mrs. Brown nach draußen ging. Chef Heston liebte es, mich zu foltern, indem er darauf bestand, dass ich die Lieferungen in Audley St. Mary mit dem Fahrrad zu unseren Kunden brachte.

Nicht, dass es schwer wäre, solange der kleine Anhänger nicht bis zum Rand beladen war. Aber in Audley St. Mary gab es einige Hügel, und wenn ich mit den Lieferungen fertig war, sah ich immer verschwitzt aus und war aus der Puste.

Zur Mittagszeit hatte ich keine Zeit gehabt, um mit Meatball spazieren zu gehen, weil wir so viele Bestellungen reinbekommen hatten, also verstaute ich die Kuchen in dem Anhänger und eilte zu seinem Zwinger.

Sobald er mich sah, sprang er aufgeregt auf und ab und wedelte mit seinem kleinen braunen Schwanz. Er war mein bester Freund, und meine Voraussetzung für diesen Job war gewesen, dass ich ihn hatte mitnehmen dürfen. Und obwohl er verständlicherweise nicht in die Küche durfte, hatte ich direkt vor der Tür einen luxuriösen Zwinger aufstellen dürfen, damit ich ihn während der Arbeit im Auge behalten konnte.

»Na komm, Junge«, sagte ich. »Es ist wieder Auslieferungszeit.«

»Wuff, wuff.« Das war seine Version von einem Ja. Er wartete geduldig, während ich ihm sein Geschirr und den Helm umschnallte – Sicherheit war mir sehr wichtig – und ihn in den Flechtkorb hob, der vorne an dem Fahrrad hing.

Ja, es war diese Art von Fahrrad. Altmodisch, mit schwerem Rahmen und ohne Gangschaltung. Es war Teil des Bildes, das Audley Castle darstellen wollte. Es gab viele Traditionen in der Burg, und dieses Fahrrad zu benutzen war scheinbar eine von ihnen.

Ich entfernte mich von der Burg und bahnte mir den Weg über den ersten Hügel. Als ich dreißig Minuten später bei Mrs. Brown ankam, war ich außer Atem und meine Beine fühlten sich an, als hätten sie eine ganze Trainingseinheit hinter sich.

Ich sprang vom Sattel und hob meine Hand, um die Bewohner zu grüßen, die gerade vorbei wanderten.

Audley St. Mary war ein kleines, freundliches Dorf. Es war um Audley Castle herum gewachsen und war stolz darauf, viele unabhängige Geschäfte und eine wundervolle Geschichte zu haben, die mehrere Jahrhunderte zurückreichte.

Ich streichelte Meatball, bevor ich die Kuchenschachteln nahm und über den hübschen kleinen Pfad zur Haustür von Mrs. Browns Cottage lief.

Sie lebte in einem winzigen Häuschen mit Strohdach am Dorfrand. Soweit ich wusste, lebte sie allein, und laut den Gerüchten hatte sie mehr Geld als unser Monarch.

Ich klopfte an die Tür.

Mrs. Browns faltiges Gesicht hellte auf, als sie mir öffnete und die Kuchen erblickte. »Holly! Du bist meine Rettung. Als ich gestern angerufen habe, um meine Last-Minute-Bestellung abzugeben, war ich nicht sicher, ob ihr noch Zeit für mich hättet.« Sie deutete mir an, das Häuschen zu betreten.

»Wir haben immer Zeit für Sie, Mrs. Brown.«

Sie lächelte. »Ich hatte ganz vergessen, für heute zum Abendessen eingeladen zu haben. Meine acht Freunde und ich treffen uns schon seit fast fünfzig Jahren immer wieder. Einmal im Monat veranstalten wir abwechselnd eine kleine Feier. Es muss am Alter liegen, dass ich es vergessen habe. Es ist mir erst wieder eingefallen, als ich gestern mit Dorothy telefonierte und sie sagte ›Dann bis morgen‹. Ich tat so, als wüsste ich genau, was sie meinte.

Erst als ich einen Blick in mein Tagebuch geworfen habe, kamen die Erinnerungen zurück. Werde niemals alt, Holly.« Sie tätschelte meine Hand.

Wenn ich in meinen Achtzigern wäre, hätte ich nichts dagegen, noch so munter zu sein wie Mrs. Brown. Sie war unabhängig, verließ ihr Cottage mehrmals pro Woche, und sie war mir sogar bei dem Pilateskurs im Dorf begegnet.

Ich stellte die Kuchen auf der hölzernen Arbeitsplatte in der Küche ab. »Mit denen dürfte die Party ein Erfolg werden.«

»Absolut. Sehen wir mal nach.« Sie hob den Deckel einer Schachtel an und seufzte glücklich. »Deine Kuchen sind so schön. Ich sehe immer sofort, wenn du sie gemacht hast. Sieh dir diese winzigen Blumen an. Die sind fast zu schön, um sie zu essen.«

Ich lachte und freute mich, dass sie meine kleinen Details bemerkte. »Bitte essen Sie sie. Ich wäre beleidigt, wenn Sie es nicht täten.«

»Oh! Natürlich. Es wird mir ein Vergnügen sein. Wir haben vor, nichts davon übrig zu lassen. Obwohl ich eine Schachtel zusätzlich bestellt habe, damit ich auch später in der Woche noch etwas davon habe.« Sie schloss die Schachtel wieder und sah mich eine Weile schweigend an. »Siehst du Lady Philippa manchmal, wenn du in der Burg bist?«

»Natürlich. Sie ist eine echte Naschkatze und bittet oft darum, dass ihr Kuchen in ihr Zimmer geschickt werden. Wenn wir in der Küche viel zu tun haben, bringe ich sie ihr manchmal hoch.«

»Oh! Geht es ihr so schlecht, dass sie ihr Schlafzimmer nicht verlassen kann?« Mrs. Brown legte ihre mit Altersflecken übersäte Hand über ihre Brust.

»Nein, nichts dergleichen. Sie verbringt die meiste Zeit im Ostturm. Ihr gefällt es dort oben. Von dort hat sie einen guten Überblick über die Anlage.« Ich erwähnte absichtlich nicht, dass Lady Philippa glaubte, ihre Familie würde sie dort oben einsperren. »Kennen Sie sie?«

Mrs. Brown schaute aus dem Fenster. »Wir waren mal befreundet. Jedes Mal, wenn ich eines dieser Treffen veranstalte, frage ich mich, ob ich unsere Freundschaft wieder aufleben lassen sollte.«

»Hatten Sie einen Streit?«

Sie schaute zu mir zurück und ihr Blick wurde hart. »Das würde ich sagen. Bei einer unsere Teegesellschaften hat sie verkündet, dass jemand sterben würde. Ich war entsetzt. Wie kann man eine lustige Feier genießen und im nächsten Augenblick verkünden, dass jemand sterben wird?«

Meine Augen wurden groß. Es war nicht das erste Mal, dass ich von Lady Philippas Vorhersagen hörte, besonders wenn es um das Ableben einer Person ging. »Ist diese Person gestorben?«

»Ja! Das war das Schlimmste. Aufgrund ihrer bedauerlichen Fähigkeit war es in Stein gemeißelt.«

»Ihrer ... Fähigkeit?«

»Oh, ja! Auch du musst mittlerweile gehört haben, dass die Audleys und diejenigen, die in ihre Familie einheiraten, verflucht werden«, sagte Mrs. Brown. »Ich habe von einem Liebesfluch gehört. Und die Gerüchte werden von der Tatsache bestärkt, dass es in der Burg, in der sie leben, spukt.«

»Von Geistern weiß ich nichts.« Obwohl ich schon einige kühle Stellen und seltsame Geräusche vernommen hatte, war ich nicht bereit zuzugeben, dass es an meinem Arbeitsplatz spukte. »Aber es kann schon mal zugig werden.«

»Zugig!« Mrs. Brown schüttelte den Kopf. »Ich rate dir, unvoreingenommen zu bleiben. Lady Philippa und die ganze Familie werden von Mysterien umgeben. Nein, ich glaube, es ist besser, wenn ich auf Abstand bleibe. Wenn ich sie einlade, wird sie nur wieder etwas Dramatisches tun. Das wäre das Ende meines Soziallebens.«

»Ja, ich vermute, das könnte sein. So, ich sollte wieder aufbrechen«, sagte ich, unsicher darüber, ob ich einen Kommentar zu einer derart delikaten Angelegenheit abgeben sollte. »In der Burg ist viel los. Es muss noch viel gebacken werden.«

»Natürlich.« Mrs. Brown führte mich zur Tür und steckte mir einen Zehn-Pfund-Schein zu. »Kauf dir etwas Schönes.«

»Vielen Dank«, sagte ich lächelnd und nickte. Die Trinkgelder von den wohlhabenden Dorfbewohnern waren klasse. Das alles ging direkt in meine Kasse, von der ich neue Kochbücher und Backkurse bezahlte.

»Und bald startet die Lebensmittelmesse. Bestimmt nimmst du daran auch teil.«

»Bis vor etwa einer Stunde war das nicht geplant. Aber jetzt werde ich den Stand des Audley Castle betreuen, falls Sie vorbeischauen möchten.«

»Mit Gratisproben?« Sie öffnete die Tür, in ihren Augen lag ein hoffnungsvolles Schimmern.

»Natürlich.« Ich grinste und winkte ihr zum Abschied, während ich zum Fahrrad zurückging. Alle schienen von den Flüchen und Geistern zu wissen. Es war keine große Überraschung. Die Broschüren und Internetseiten für die Touristen spielten mit der Tatsache, dass das Gebäude heimgesucht wurde. Und ich hatte aus erster

Hand miterlebt, wie gruselig die Vorhersagen von Lady Philippa sein konnten.

Ich öffnete Meatballs Helm und unternahm mit ihm einen fünfzehnminütigen Spaziergang, bevor wir zurückkehrten und ich mir das Fahrrad schnappte. Ich drehte es in Richtung Audley Castle und fuhr so schnell ich konnte.

Wenn ich an diesem Backwettbewerb teilnehmen wollte, stand mir noch eine Menge Arbeit bevor. Konditoren waren sehr eifrig, wenn es um den fluffigsten Boden und die süßeste Buttercreme ging. Wenn ich eine Chance auf den Sieg haben wollte, musste ich anfangen zu backen und verschiedene Dinge ausprobieren.

Ich hatte Meatball gerade wieder in seinen Zwinger gebracht und war in die Küche gegangen, um mir die Hände zu waschen, als Chef Heston mich abfing.

»Sie sind spät dran.«

»Ich habe die Lieferung zu Mrs. Brown gebracht und sie wollte sich unterhalten. Es wäre unhöflich gewesen, nicht ein paar Minuten bei einer einsamen alten Dame zu bleiben.«

»Scheint so.« Er starrte mich finster an. »Lady Philippa hat nach Ihnen gefragt. Bringen Sie das in ihre Räumlichkeiten, sofort.« Er reichte mir ein Tablett mit einer rosa geblümten Teekanne, Porzellantassen und vier Erdbeer-Scones mit Schlagsahne und Erdbeerkonfitüre.

»Ich kümmere mich sofort darum«, sagte ich und schluckte meine plötzliche Nervosität herunter. Der Ostturm war nicht gerade mein Lieblingsort.

Mrs. Browns Kommentar über die Geister in der Burg nahmen meinen Verstand ein, als ich durch die erste kühle Stelle huschte. Das war nichts. Es war eine alte Burg, die in der Jakobinischen Zeit erbaut worden war.

Über die Jahre bildeten sich Lücken und die kühle Luft drang ein. Das war alles.

Ich schob meine Ängste beiseite und eilte die Wendeltreppe des östlichen Turms hinauf.

»Holly Holmes! Wo hast du gesteckt?« Lady Philippa sprach, noch bevor sie mich sehen konnte. Ich eilte an den Bleiglasfenstern vorbei in Richtung ihres Wohnzimmers.

»Es tut mir leid, dass ich spät dran bin. Ich bin so schnell hergekommen, wie ich konnte.« Ich schob die Tür mit meiner Hüfte auf und betrat den Raum. Es war ein opulenter Wohnbereich mit teuren Samtvorhängen vor den Fenstern, roten Seidentapeten und luxuriösen Designermöbeln. Zusätzlich hatte Lady Philippa ein riesiges Schlafzimmer mit einem verzierten Himmelbett. Ich hatte keine Ahnung, wie sie es über die enge Treppe hier rauf bekommen hatten. Vielleicht war es erst vor Ort zusammengebaut worden.

»Ich musste an dich denken.« Lady Philippa wies mit einer fließenden Bewegung auf den Beistelltisch neben ihrem Sessel. »Schenk mir eine Tasse Tee ein. Ich bin ganz ausgedörrt.«

»Natürlich. Warum haben Sie an mich gedacht?«

»Weil du heute jemanden besucht hast.« Sie trug ein schlichtes, beigefarbenes Seidenkleid, um ihren Hals funkelten Diamanten. »Du hast über mich getratscht.«

Ich schaute hastig auf, als ich ihr den Tee reichte. »Ich würde es nicht Tratschen nennen.« Woher wusste sie, dass Mrs. Brown vor weniger als zwei Stunden über sie gesprochen hatte?

»Mein Bauch lügt nie«, sagte sie. »Und ich rieche Lavendel. Olivia Brown hat immer Lavendelparfüm getragen.«

Mir fiel die Kinnlade herunter.

»Hör auf, Fliegen zu fangen, Mädchen. Setz dich und bereite mir diese Scones vor. Denk dran, ich mag meine Marmelade unter der Sahne.«

Ich schloss meinen Mund und kümmerte mich um die Scones, bevor ich ihr zwei auf einem Teller reichte.

»Der Rest ist für dich«, sagte sie. »Bestimmt hast du Appetit bekommen, nachdem du durch das ganze Dorf gefahren bist, um Olivia und ihren faltigen alten Freundinnen den Kuchen zu bringen.«

Ich schaute zu dem Fernrohr, das auf dem Fenstersims lag, und lächelte. »Haben Sie wieder fleißig Vögel beobachtet?«

Sie grinste. »Ich bin eine begeisterte Vogelbeobachterin. Draußen gibt es immer etwas Faszinierendes, das mich unterhält. Also, was hat Olivia über mich gesagt?«

»Nichts Schlechtes. Sie sagte, dass Sie sich kannten, und dass Sie immer zu ihren Feiern gegangen sind.«

Ihr Grinsen verebbte, und sie nickte. »Wir standen uns so nahe. Sie war ein echter Knaller. Alle Männer haben sich sofort in sie verliebt, wenn sie Olivia und ihre wilden dunklen Locken gesehen haben.«

»So wild sind ihre Haare nicht mehr«, sagte ich.

Lady Philippa tätschelte ihr professionell getöntes und gestyltes Haar, das sie zu einem Bob trug. »Keiner von uns ist mehr so wie früher. Wie geht es ihr?«

»Gut, so weit ich es beurteilen kann«, sagte ich.

»Hat sie immer noch dieses kleine Cottage?«

»Das hat sie.« Ich biss in meinen Scone. Die perfekte Kombination aus Sahne und süßer Erdbeerkonfitüre ließ mich zufrieden seufzen.

»Sie hat nie geheiratet. Zu unserer Blütezeit wurden Ehen oft arrangiert, besonders in der oberen Schicht. Das half, Beziehungen und

Geschäftsvereinbarungen zu festigen. Ich konnte mir nichts Schrecklicheres vorstellen. Olivia hat mehrere Heiratsanträge bekommen, und ihre Familie hat bei mehreren Gelegenheiten versucht, sie zu verkuppeln, aber sie stammte aus einer wohlhabenden Familie, und nach dem Tod ihrer Eltern hat sie alles geerbt. Sie hat nie jemanden gefunden, den sie hätte lieben können. Gut für sie, so konnte sie das Leben führen, das sie sich immer gewünscht hatte, ohne an irgendeinen Schwachkopf gebunden zu sein, der sie zu Tode langweilte.«

»Möglicherweise vermisst sie Sie«, sagte ich vorsichtig. »Sie hat sich dafür interessiert, wie es Ihnen geht.«

Lady Philippa stieß ein äußerst undamenhaftes Schnauben aus. »Das bezweifle ich stark. Hat sie dir erzählt, warum ich nicht mehr zu ihren Feiern gehe?«

»Etwas über einen vorhergesagten Tod?«

»Ganz genau! Sie hat mich gemieden, weil ich die Wahrheit gesagt habe.« Sie schüttelte den Kopf. »In der einen Sekunde lachen und scherzen wir alle, dann verkünde ich meine Vorhersage und alles geht den Bach runter. Olivia sagte, sie fühle sich nicht gut, und alle mussten gehen. Eine Woche später spazierte ich an ihrem Häuschen vorbei und sie waren alle da. Olivia hatte mich nicht eingeladen.«

»Vielleicht ist es an der Zeit, diesen Vorfall hinter sich zu lassen«, sagte ich. »Es könnte Spaß machen, hier ein paar Partys für Ihre Freunde auszutragen.«

Sie winkte ab, als wollte sie diesen Gedanken wieder vertreiben. »Seitdem ist zu viel geschehen. Es würde sich anfühlen wie ein Treffen mit Fremden. Wir haben uns nichts mehr zu sagen.«

»So funktioniert wahre Freundschaft nicht. Ich habe einige Freunde, die ich nur einmal im Jahr sehe, aber es ist, als wären wir nie getrennt gewesen. Wir beginnen einfach eine Unterhaltung und los geht's.«

»Hmmm. Du Glückliche.«

»Werden Sie ganz alleine in diesem Turm nicht einsam?«

»Wenn meine Familie mich hier nicht einsperren würde, könnte ich losziehen und neue Freunde finden«, sagte sie mit einem theatralischen Seufzen. »Wie auch immer, ich habe dich nicht herbestellt, um über meine ehemalige Freundin zu tratschen. Ich wollte mit dir über den Tod reden, den ich in der nahen Zukunft sehe.«

Kapitel 2

»Sie sehen einen Tod voraus?« Ich schluckte. »Ich hoffe, es ist nicht meiner.«

Lady Philippa neigte ihren Kopf zurück und lachte. »Du wirst noch sehr lange Leben, Holly Holmes. Aber drei Nächte in Folge hatte ich denselben Traum. Das endet niemals gut.«

»Was haben Sie in dem Traum gesehen?«

»Dieser war schwer zu verstehen, deshalb erwähne ich ihn erst jetzt. Manchmal können meine Visionen knifflig sein. Ich habe von einem Schwein geträumt.«

»Hat das Schwein etwas Bestimmtes gemacht? Hat es vielleicht eine Waffe gehalten und auf jemanden gezielt?«

Ihre Augen verengten sich. »Natürlich nicht. Wie sollte ein Schwein mit seinen Füßen eine Pistole halten?«

Ich presste meine Lippen zusammen, um nicht grinsen zu müssen. »Guter Punkt. Also, was hat das Schwein gemacht?«

»Er ist ein hübscher Kerl. Ein großes, rosafarbenes Schweinchen. Und er trägt eine gelockte Perücke.«

»Ein Schwein mit einer Perücke. Und es hat die Perücke benutzt, um etwas Böses zu tun? Hat es sie jemandem in den Mund gestopft und ihn damit erstickt?«

Sie schnaubte. »Ich werde dir den Rest meiner Vorhersage nicht verraten, wenn du mich weiter mit diesem Unsinn unterbrichst.«

Ich hob eine Hand und lehnte mich in meinem Sessel zurück. »Ich werde nichts mehr sagen. Erzählen Sie mir alles von Ihrem Traum. Vielleicht können wir ihm gemeinsam einen Sinn entlocken.«

Lady Philippa schürzte die Lippen. »Nun gut. Mein Perücke tragendes Schwein frisst aus einer Schale voll Feigen.«

Meine Augenbrauen wanderten nach oben. »Ein Schwein mit einer Perücke, das Feigen frisst. Das könnte ein Kinderbuch sein, kein Vorzeichen des Todes.«

»Nenn es, wie du willst, aber diese drei Dinge sind miteinander verbunden. Ich werde keine ruhige Nacht haben, bis das geklärt ist. Nicht, dass ich heutzutage noch viel schlafen würde. Was auch immer dieses Schwein vorhat, es muss schnell handeln und mich dann in Ruhe lassen.«

»Vielleicht bedeuten diese Träume nicht, dass das Schwein etwas Falsches anstellt. Vielleicht steht es in Verbindung mit der Lebensmittelmesse. Die verursacht immer Stress in der Burg. Seit zwei Wochen kommen täglich irgendwelche Lieferungen in der Küche an. Chef Heston steht kurz davor, sich die Haare rauszureißen. Hey! Vielleicht haben Sie das gesehen. Chef Heston ist so gestresst, dass ihm die Haare ausfallen und er eine Perücke tragen muss.«

»Das hat nichts mit diesem grummeligen Koch zu tun. Und ich war bei all den Messen dabei. Ich liebe es, die Besucher auf unserem Gelände willkommen zu heißen.«

»Könnte es sein, dass Ihr Unterbewusstsein Ihnen sagen will, auf die Messe zu gehen? Ich wette, dort gibt es alle möglichen köstlichen Leckereien. Wahrscheinlich auch viel Schwein und Feigen.«

Ihre blauen Augen funkelten. »Ich würde die Messe gerne besuchen. Wenn ich nur nicht in diesem Turm eingesperrt wäre, dann würde ich dort den ganzen Tag verbringen.«

Ich öffnete meinen Mund, um zu protestieren. Die Tür zu ihrem Zimmer war immer offen, wenn ich vorbeikam. Doch stattdessen nickte ich lediglich. »Ich werde in diesem Jahr dabei sein.«

Lady Philippa lächelte liebevoll. »Das habe ich auch vorhergesehen. Wenn du nicht an unserem Stand wärst, um deine fabelhaften Kreationen vorzuzeigen, käme das einem Verbrechen gleich. Was wirst du zaubern?«

»Hauptsächlich Dinge, die wir in der Küche bereits zubereiten«, sagte ich. »Prinzessin Alice hat mich dazu überredet, und sie hat Chef Heston so um den Finger gewickelt, dass er zustimmen musste, mich daran teilnehmen zu lassen. Ich werde am Stand des Audley Castle stehen.«

»Ich gehe davon aus, dass du ebenfalls an dem Backwettbewerb teilnehmen wirst? Du wirst diesen Angebern, die ihr Essen für das beste halten, einen gewaltigen Strich durch die Rechnung machen.«

»Sagen Sie mir einen Sieg voraus?«

Lady Philippa schloss ihre Augen und schwankte. »Oh, meine Güte!«

Ich schnappte nach Luft und lehnte mich vor. »Was sehen Sie? Sagen Sie nicht, die Preisrichter werden meinen Kuchen hassen.«

»Ich sehe, dass dir schwere Zeiten bevorstehen. Du musst auf der Messe vorsichtig sein.«

»Sie denken aber nicht, dass das Schwein zu mir kommen wird? Es wird nicht meinen Kuchen essen?«

»Dieses Problem liegt viel näher. Sei vorsichtig, wen du in die Nähe deiner Kuchen lässt.«

»Will ihn jemand sabotieren? Einer der anderen Teilnehmer?«

Sie öffnete ihre Augen. »Das kann ich dir nicht sagen. So genau sind meine Vorhersagen nur selten.«

»Natürlich. Es würde das Leben auch zu leicht machen, wenn Sie mir genau sagen könnten, wem ich aus dem Weg gehen muss, oder wer möglicherweise sterben könnte.«

»Du freches, junges Ding! Halt einfach die Augen offen, dann findest du es schon heraus.«

»Ein Schwein mit einer Perücke, das Feigen frisst.« Ich nickte ernst. »Verstanden.«

Sie tippte mir aufs Knie. »Erwarte nicht, dass ein rundes Mastschwein mit einer Perücke auf dem Kopf herumläuft und Feigen aus einem Trog frisst. Denk abstrakt.«

»Abstrakt, natürlich. Das macht es viel leichter.«

Lady Philippa gluckste. »Und ich erwarte, dass du mir viele Leckereien von der Messe vorbeibringst. Ich werde alles durch mein Fernglas beobachten, also weiß ich genau, wenn du etwas ausgelassen hast.«

»Ich verspreche, dass ich ein ganz besonderes Tablett für Sie vorbereiten werde. Sie werden nichts verpassen.«

Sie nickte, scheinbar zufrieden mit meiner Antwort. »Na dann, raus mit dir. Chef Heston wird nur wieder schreien, wenn du dich nicht beeilst.«

Grinsend erhob ich mich und ging zur Tür. »Das kann sogar ich hervorsehen.« Ich huschte die steinerne Wendeltreppe hinunter und lief zurück in die Küche.

Die Bedeutung von Lady Philippas Vorhersage wollte sich mir nicht offenbaren. Vielleicht hatte sie nur einen schlechten Tag. Wir alle hatten manchmal seltsame Träume. Einmal hatte ich geträumt, auf einer Raumstation zu leben, umgeben von einsamen Außerirdischen, die nach Liebe suchen. Das ging nicht gut aus. Ich könnte mich nie für Tentakel begeistern.

Ich verspannte, als ich Campbell Milligan entdeckte, den immer aufmerksamen Leiter des privaten Sicherheitsteams der Audleys. Er stand mit geradem Rücken da, seine Hände waren hinter ihm verschränkt. Offensichtlich war er im Dienst, also ignorierte ich ihn.

Seit er mich wegen Mordes verhaftet hatte, war ich in seiner Nähe vorsichtig. Wir hatten die Sache geklärt, aber er war ein Mann, der von Logik und Beweisen angetrieben wurde. Ich neigte dazu, meinem Bauchgefühl zu folgen und vielleicht ein bisschen zu viel auf Lady Philippas Vorhersagen zu geben. Wir beide würden niemals einer Meinung sein.

Der Klang eines Bellens ließ meinen Kopf herumschnellen. Das war Meatball. Sein raues Knurren würde ich überall wiedererkennen.

»Wuff, wuff, wuff, wuff, wuff.« Was auch immer vor sich ging, er war aufgeregt, und er kam direkt auf mich zu.

Auf sein Bellen folgte ein höheres Kläffen. Ein zierlicher, flauschiger, ingwerfarbener Corgi raste um die Ecke. Die kleine Rute war aufgestellt und die dunklen Augen funkelten, als er durch den Flur und an mir vorbei huschte.

Wenige Sekunden später raste Meatball um dieselbe Ecke, seine kleinen Beinchen verschwommen, als er dem Neuankömmling hinterherjagte.

»Hier geblieben, Kleiner.« Ich versuchte, ihm den Weg abzuschneiden, aber er wich mir mit einem fröhlichen Wuff aus.

Ich drehte mich und schaute ihm überrascht hinterher. Meatball hörte nur sehr selten nicht auf mich. Diesen neuen Corgi musste er ganz besonders mögen.

Das Corgi-Mädchen wurde langsamer, warf einen Blick über ihre Schulter und hüpfte aufgeregt, als Meatball näherkam. Sie ließ ihn nah genug herankommen, um sie kurz zu beschnüffeln, bevor sie wieder losssprang und weglief, direkt auf Campbell zu.

»Oh nein, bitte nicht«, murmelte ich leise. Das Letzte, was ich gebrauchen konnte, war, dass Meatball sich mit Campbell anlegte.

Ich eilte den Hunden nach, entschlossen, mir Meatball zu schnappen, bevor er zu viel Unsinn anstellen konnte.

Als die Hunde an Campbell vorbeischossen, verzog sich mein Gesicht zu einer Grimasse, doch er zuckte nicht mal zusammen.

»Hey! Halten Sie die Hunde auf«, rief ich, während ich ihnen hinterherjagte.

»Probleme mit Ihren Corgis?«, fragte Campbell.

»Könnte man so sagen.« Als ich ihn erreichte, wurde ich langsamer und schaute mich um. Die Hunde waren verschwunden. »Wo sind sie hin?«

Der Hauch eines Lächelns zupfte an seinen Mundwinkeln.

»Kommen Sie schon! Helfen Sie mir. Sie müssen gesehen haben, in welche Richtung sie gelaufen sind«, sagte ich.

»Ihr Hund sollte nicht frei in der Burg herumrennen«, murmelte Campbell.

»Ich habe keine Ahnung, wie er hier reingekommen ist. Wie Sie wissen, hat er draußen seinen Zwinger. Dort sollte er auch jetzt sein.« Ich schaute den Flur hinunter.

»Versuchen Sie es bei der Hundeklappe.«

Ich starrte zu Campbell hinauf. Und ich meine, ich musste wirklich nach oben schauen. Bezüglich der Körpergröße war er mir mit seinen gut zwei Metern über dreißig Zentimeter voraus. »Wovon sprechen Sie?«

»Sie wissen nichts von den Hundeklappen, die in der Burg installiert wurden?«

»Nein! Warum zeigen Sie sie mir nicht?«

»Die Herzogin hat sie installieren lassen«, sagte Campbell. »Nicht diese Herzogin, sondern die vor ihr. Gehen Sie zu der Tür dort drüben, auf die linke Seite, ducken Sie sich und Sie werden finden, wonach Sie suchen.«

Ich starrte ihn an. »Ich hoffe, das ist kein Scherz.«

»Sie kennen mich. Ich mache keine Scherze.«

Das stimmte. Ich huschte zu der Tür und duckte mich. Zuerst sah ich nichts, aber als ich mit der Hand über die Wand fuhr, bewegte sie sich. Es sah aus, als hätte jemand einen kleinen Tunnel durch die dicke Steinmauer gebohrt und eine hölzerne Hundeklappe hinzugefügt. Dorthin musste mein Hund verschwunden sein.

Ich richtete mich auf und griff nach der Klinke der Haupttür, als sich Campbells große Hand über meine Schulter legte.

»Wo wollen Sie hin?«, fragte er.

»Meinen Hund zurückholen.«

»Das sind private Räumlichkeiten der Familie.«

»Dann sollten Sie mich hineinbegleiten«, sagte ich. »Ich muss sicherstellen, dass Meatball nicht in Schwierigkeiten gerät. Er schien ganz besessen von diesem Corgi zu sein. Ich habe die Hündin noch nie zuvor gesehen.«

»Die Herzogin hat sie vor einer Woche erworben. Sie war beim Tierarzt und im Hundesalon.«

»Waren Sie für diese wichtigen Aufgaben verantwortlich? Ich wette, Sie haben auf diese Art von Arbeit trainiert, als Sie für die Regierung gearbeitet haben.«

Er beugte sich hinunter. »Ich habe viele Dinge trainiert, einschließlich dem, wie ich nervige Probleme loswerde.«

Ich schluckte. So sehr ich mich auch bemühte, es zu verbergen, Campbell schüchterte mich ein. »Gut zu wissen. Also, gehen wir rein?«

Er ließ meine Schulter los und nickte, bevor er seine Hand hob und in seinen Ärmel sprach. »Alpha Two, hier ist Alpha One. Setze mich in Bewegung. Betreten den Baldachinsaal. Meine Position ist vorübergehend nicht besetzt. Over.«

»Verstanden, Alpha One. Wir werden unsere Positionen anpassen, damit alle Routen abgedeckt sind. Over.«

»Verstanden. Out.« Campbell senkte seinen Arm.

Ich betrachtete seinen Ärmel, doch konnte nichts entdecken, das zur Kommunikation benutzt werden könnte. »Wie funktioniert das? Haben Sie ein Mikrofon in Ihrem Ärmel? Warum benutzen Sie nicht den Knopf in Ihrem Ohr?«

Ein Muskel in seinem Kiefer zuckte. »Der Knopf ist hinüber.«

»Oder Sie könnten ein Telefon in Ihrer Tasche herumtragen. Das würde funktionieren. Und ich war schon immer ein Fan von Walkie-Talkies. Benutzen Sie die, um mit Ihrem Team zu kommunizieren?«

»Sie stellen zu viele Fragen.«

»Ich bin nur neugierig. Wäre es nicht einfacher, diese Geräte in Ihren Taschen zu haben?«

»Warum glauben Sie, dass ich das nicht habe?«

Ich schürzte die Lippen. »Sie haben scheinbar an alles gedacht.«

Er öffnete die Tür. »Sollen wir?«

Ich unterdrückte einen Kommentar und eilte in das Zimmer. Bisher hatte ich nur einen kleinen Teil der privaten Quartiere der Familie gesehen. Zusätzlich zu ihren Schlafzimmern standen ihnen ein Dutzend Räume exklusiv zur Verfügung. Die Öffentlichkeit erhielt keinen Zugang zu diesen Zimmern. Niemals.

Es war das erste Mal, dass ich den Baldachinsaal sah. Voller Bewunderung schaute ich mich mit offenem Mund um. Der Raum leuchtete grün, doch wurde regelmäßig von Gold durchzogen. Es gab goldene Spiegel, goldene Kissen und eine Tapete aus grüner und goldener Seide.

Campbell stupste mich nicht allzu sanft mit seinem Ellenbogen an. »Hören Sie auf zu starren und finden Sie Ihren Hund, bevor er irgendwo hinpinkelt.«

»Nur eine Sekunde. Das könnte das einzige Mal sein, dass ich diesen Raum sehe. Er ist wunderschön.«

»Sie hatten Ihre Sekunde. Na los. Und wenn ich entdecke, dass Ihr Hund sein Geschäft in diesem Zimmer verrichtet hat –«

»Meatball ist sehr gut erzogen. Er würde niemals an einem so umwerfenden Ort auf die Toilette gehen.«

»So gut kann er nicht erzogen sein. Als Sie ihn gerufen haben, hat er Sie vollkommen ignoriert.«

Ich warf Campbell einen bösen Blick zu. »Er war nur ... aufgeregt. Er hat eine hübsche Frau gesehen und wollte sie besser kennenlernen. Sie müssen wissen, wie das ist. Hatten Sie in letzter Zeit ein Date?«

Campbell schnaubte. »Mein Privatleben ist privat.«

»Ist das nicht alles bei Ihnen? Sie sollten lockerer werden, Freunde finden, mal einen Abend frei machen. Es macht Spaß, ein Sozialleben zu haben.«

»Wie läuft Ihr Sozialleben?«

»Oh! Na ja ... Ich habe bei der Arbeit viel zu tun. Es müssen immer neue Kuchen gebacken werden.« In meinem Privatleben sah es fürchterlich aus. Ich hatte Freunde im Dorf gefunden, aber nach über einem Jahr war ich immer noch dabei, mich hier einzuleben. Und ein richtiges Date hatte es schon sehr lange nicht mehr gegeben.

»Vielleicht kümmern Sie sich um Ihr Privatleben, bevor Sie sich in das meine einmischen«, sagte Campbell.

Ich grummelte leise vor mich hin, als ich mich daran machte, Meatball zu finden. Ich war schon ein oder zwei Mal neugierig genannt worden, aber das war eine gesunde Neugierde.

Und auch jetzt war ich neugierig, als ich an diesen wunderschönen Antiquitäten vorbeiging. »Ich hätte viel zu viel Angst, irgendetwas davon zu benutzen. Was passiert, wenn etwas hier drin kaputt geht?«

»Wenn Sie etwas zerbrechen, würden Sie nicht auf freiem Fuß hier rauskommen. Sie würden verhaftet werden«, sagte Campbell, während er mir folgte wie ein zweiter Schatten.

»Hören Sie schon auf«, sagte ich. »Unfälle können immer passieren.«

»Nicht während meiner Schicht.« Er deutete mir an, weiterzugehen. »Fassen Sie nichts an.«

»Ooooh! Die sieht aus, als könnte sie aus der Ming Dynastie stammen.« Ich beäugte die große Vase, auf der sich geschwungene Figuren inmitten eines Waldes befanden.

»Was wissen Sie über die Ming Dynastie?«

»Ich habe sie an der Universität studiert«, sagte ich. »Ich habe einen Abschluss in Geschichte.«

»Wie ist das für Sie gelaufen?«

Ich rümpfte die Nase. »Nicht besonders gut. Die einzige Jobmöglichkeit, die mir angeboten wurde, als ich meinen Abschluss machte, war Geschichtslehrerin, und das wollte ich nicht. Stattdessen habe ich eine Möglichkeit gefunden, jeden Tag in der Geschichte selbst zu leben, indem ich in dieser Burg arbeite. Und ich habe meine Liebe zur Tudor-Periode nie verloren. Dieser Teil der Geschichte hat etwas Aufregendes an sich. Finden Sie nicht auch?«

Er grunzte. »Faszinierend.«

Ich zuckte mit den Schultern. Campbell ließ sich offensichtlich nicht für Geschichte begeistern.

Plötzlich schossen Meatball und der neue Corgi unter einer Chaiselongue hervor und rasten auf uns zu.

»Halten Sie sie auf!« Ich duckte mich und breitete meine Arme vor Meatball aus.

In letzter Sekunde wich er mir aus.

Jetzt wurde er von dem süßen Corgi verfolgt, und sie hatten einen riesen Spaß.

»Hm. Für einen so kleinen Hund ist er schnell«, sagte Campbell.

»Wenn er etwas wirklich will, kann er sehr entschlossen sein.« Ich eilte den Corgis nach.

»Das liegt in ihrer Natur.« Campbell lief neben mir her.

»Sie kennen sich mir Corgis aus?«

»In der Tat. Die Herzogin nimmt sie überall mit hin. Über die Jahre habe ich ihre Tiere kennengelernt.«

»Und, mögen Sie sie?«

»Ich kann sie nicht nicht leiden. Obwohl sie sture kleine Viecher sein können.«

Ich grinste. »Meatball hat einen richtigen Dickkopf.«

»Erinnert mich an seine Besitzerin.«

»Da sind sie«, sagte ich. »Sie schnappen sich die Hündin. Ich hole mir Meatball. Wenn Sie ihn jagen, könnte er weniger gut reagieren.«

Campbell schmunzelte. »Mit einem kleinen Hund werde ich schon fertig.«

Vielleicht kannte er die Corgis doch nicht so gut, wie er dachte. Ihre Entschlossenheit, wenn sie wirklich etwas haben wollten, war unübertrefflich. Ich hatte gesehen, wie Meatball ein besonders leckeres Sandwich fixiert hatte. Wenn ich nicht wie ein Falke darauf aufgepasst hätte, wäre es in der nächsten Sekunde weg gewesen.

»Es geht los. Bereit machen.« Ich konzentrierte mich auf Meatball. Seine Rute war aufgestellt und er stolperte beinahe vor überschwänglicher Freude.

Die Corgis der Herzogin waren geradezu gemein zu ihm, also musste er glücklich sein, einen neuen Freund gefunden zu haben. Fast fühlte ich mich schlecht, ihr kleines Spiel zu unterbrechen.

»Bereit machen«, wiederholte ich.

»Ich bin immer bereit«, murmelte Campbell.

Dieses Cliché ließ mich lachen, während er sich hinunterbeugte und die Finger streckte. Er sah aus, als wollte er einen Rugby fangen und keinen Corgi.

»Meatball!« Ich schlug mir auf die Oberschenkel. »Komm her, Junge. Ich habe Leberwurst in meiner

Tasche. Du liebst Leberwurst. Komm her und hol dir dein köstliches Leckerli.«

Bei dem Wort Leckerli zuckten seine Ohren, er wurde langsamer und schaute mich an.

»So ist es gut, Junge. Ein All-you-can-eat-Buffet nur für dich, wenn du jetzt herkommst.«

»Er denkt nicht mit seinem Kopf«, sagte Campbell.

»Das geht vielen Jungs so«, erwiderte ich.

Wieder schnaubte Campbell.

Meatball wurde langsamer, aber das Corgi-Mädchen raste weiter, ihre Aufregung war ungebrochen.

Campbell stürzte sich auf den Corgi, während ich mir Meatball schnappte. Ich hob ihn in meine Arme und warf seine Vorderpfoten über meine Schulter, wodurch ich seine Hinterbeine sicher festhalten konnte, um ihn von einer Flucht abzuhalten.

»Hey, mein Hübscher. Hast du eine neue Freundin gefunden? Wie bist du in die Burg gekommen?«

»Wuff, wuff«, bellte er fröhlich und gab mir einen feuchten Kuss auf die Wange, doch sein Blick verließ den anderen Hund nicht.

Ich drehte mich um und schaffte es nur mit Mühe, mir das Lachen zu verkneifen. Campbell lag auf dem Boden, während der Hund um ihn herumtänzelte.

»Haben Sie es sich mit Ihrem Corgi gemütlich gemacht?« Ich grinste und ging mit Meatball zu ihm, um ihm stolz meine Beute zu präsentieren.

Campbell schwang sich elegant wieder auf die Beine und blickte mich finster an. »Sie ist in letzter Sekunde ausgewichen. Damit habe ich nicht gerechnet.«

»Corgis sind klug.«

»Sie entkommt mir nicht.« Er folgte dem Corgi und schlängelte sich zwischen den teuren Möbeln hindurch, während sie sich duckte, um Campbell aus dem Weg zu gehen.

»Sie machen ihr Angst«, sagte ich. »Und Sie wollen doch nicht, dass sie irgendetwas kaputt macht. Dann wird sie verhaftet.«

»Diese Regel gilt nur für Menschen«, sagte Campbell. »Die Corgis könnten sogar mit Mord davonkommen.«

Kurz wanderten meine Gedanken zu dem, was Lady Philippa gesagt hatte. Sie hatte nicht erwähnt, ob der Tod einen natürlichen Ursprung hätte oder ob jemand von einer anderen Person verletzt werden würde. Ich hätte sie fragen sollen, aber vielleicht hatte ihr Schwein mit der Perücke es in ihrem Traum nicht geschildert. Es musste zu beschäftigt mit seiner Schüssel Feigen gewesen sein, um über diese Kleinigkeiten nachzudenken.

Ich schüttelte den Kopf. Wahrscheinlich war es ein aufregender Traum gewesen. Lady Philippa hatte sich von ihrer Aufregung über die bevorstehende Lebensmittelmesse mitreißen lassen.

»Hab ich dich!« Campbell warf sich nach vorn, schnappte sich den Hund und machte eine Vorwärtsrolle, wobei er den Corgi fest an seine Brust drückte. Als er wieder aufstand, schaute sich der Hund überrascht um.

»Wow! Ich bin beeindruckt. Haben sie euch das in der Spionenschule beigebracht?«

Seine Mundwinkel zuckten nach oben. »Das Einfangen von Hunden ist ein wichtiger Teil meiner Aufgaben. Haben Sie Ihren unter Kontrolle?«

»Immer«, antwortete ich.

»Genau so sah es auch aus, als er durch die Flure der Burg gerannt ist und Sie ignoriert hat.«

»Es ist gut, dass mein Hund unabhängig ist.« Ich hob mein Kinn.

»Sturer Hund, sture Besitzerin«, murmelte Campbell.

Die Tür des Baldachinsaals öffnete sich. Ich erstarrte, als Herzog Henry Audley und Herzogin Isabella Audley eintraten.

»Meine Güte! Ich wusste nicht, dass wir Besuch haben.« Als die Herzogin den Corgi entdeckte, kam sie mit einem Lächeln auf dem Gesicht zu uns. »Ich habe Priscilla schon gesucht. Du freches Mädchen bist mir davongelaufen.«

»Ich wollte sie gerade zu Ihnen zurückbringen.« Mit einer fließenden Bewegung überreichte Campbell den Hund an die Herzogin.

»Vielen Dank, Campbell. Sie passen immer gut auf meine Hunde auf.« Dann wandte sich die Herzogin an mich. »Und Sie haben auch einen Corgi. Ich habe schon viel über den legendären Meatball gehört.«

»Er scheint sich in Ihren neuen Hund verguckt zu haben«, sagte ich.

»Oh, wie niedlich.« Der Herzogin kam herüber und tätschelte Meatballs Kopf.

Er wedelte mit dem Schwanz und schnüffelte an ihrer Hand, bevor er sie ableckte.

»Was für ein hübscher Junge«, sagte sie. »Er ist nicht reinrassig, nicht wahr?«

»Nein, Meatball ist ein Mischling. In ihm steckt eindeutig ein bisschen Terrier.«

»Er ist charmant. Bestimmt würde Priscilla sich über einen neuen Freund freuen, wenn Sie denken, dass die beiden sich gut verstehen.«

»Natürlich. Ich glaube, er ist verliebt.«

Die Herzogin lachte leise. »Ich stelle Priscilla den anderen nach und nach vor. Sie können ein bisschen

... kiebig sein, wenn jemand Neues in ihr Reich kommt. Es wird eine Weile dauern, bis sie die Rangordnung wieder hergestellt haben, aber ich konnte diesem süßen Gesicht nicht widerstehen.« Sie küsste ihren Hund auf den Kopf.

Ihre Corgis waren schwierig. Bei jeder Gelegenheit hackten sie auf Meatball herum und verjagten ihn.

»Wir sollten ein Spieltreffen für die Hunde organisieren«, sagte die Herzogin. »Was meinst du dazu, mein Lieber?« Sie gestikulierte dem Herzog zu, der, seit er den Raum betreten hatte, eines der Ölgemälde an der Wand betrachtete.

»Oh, ja. Unbedingt. Was auch immer du willst. Wir können einem der Jungs sagen, dass er sich um die Hunde kümmern soll.«

Ich neigte meinen Kopf zur Seite. Was meinte er damit?

»Mein Lieber, wir haben keine Jungs. Holly hier ist die Besitzerin von Meatball, und Sammy geht mit meinen Hunden spazieren, wenn ich keine Zeit habe.«

»Richtig, das vergesse ich immer«, sagte der Herzog. »Und die Diener werden schon bald mit der Messe beschäftigt sein.«

»Angestellte, nicht Diener, mein Engel.« Die Herzogin hob eine Augenbraue, während sich ein amüsiertes Grinsen auf ihrem Gesicht ausbreitete. »Mein Ehemann lebt gerne in den alten Tagen.« Sie senkte ihre Stimme. »Manchmal vergisst er, dass wir nicht im neunzehnten Jahrhundert leben.«

»Ich liebe Geschichte«, sagte ich. »Ich verstehe, warum der Herzog so fasziniert von dieser Periode ist.«

Campbell räusperte sich leise.

Ich konnte mir gut vorstellen, wie er mich innerlich dafür rügte, aber die Herzogin hatte das Gespräch begonnen. Es wäre unhöflich, ihr nicht zu antworten.

»Bringen Sie ihn nicht dazu, über die Familiengeschichte zu erzählen«, flüsterte die Herzogin. »Sonst wird er Sie nie wieder gehen lassen.«

Ich nickte. »Wir sollten gehen. Dies sind Ihre privaten Räumlichkeiten, aber Meatball ist Priscilla nachgejagt und –«

»Machen Sie sich keine Sorgen. Ich bin mir sicher, dass Campbell alles unter Kontrolle hatte.« Die Herzogin nickte ihm zu. »Er ist mein top Bodyguard.«

»Er ist sehr gut darin, Hunde zu fangen«, sagte ich und bemühte mich um einen neutralen Gesichtsausdruck.

Sie grinste. »Das ist er. Ich habe ihn schon bei mehreren Gelegenheiten hinter meinen Engeln hergeschickt. Komm, mein Lieber. Mach es dir mit einem Buch in deinem Sessel bequem.«

»Ah. Ja. Sehr gut«, sagte der Herzog.

»Oh, werden wir Sie bei der Messe sehen, Holly?«, fragte die Herzogin, als sie die Gruppe Sessel mit hohen Rückenlehnen und goldenen Beinen erreichte. »Ich freue mich schon auf Ihren Kuchen für den Wettbewerb. In diesem Jahr werden wir in der Jury sitzen.«

»Ich werde da sein«, sagte ich und freute mich, dass sie sich an meine Desserts erinnerte. »Ich werde versuchen, Sie nicht hängen zu lassen.«

»Ihr Essen könnte uns niemals hängen lassen. Wenn es um Kuchen geht, sind Sie ein wahres Genie. Ich kann es kaum erwarten, sie zu probieren.« Sie nickte noch einmal, bevor sie sich umdrehte und zu dem Bücherregal lief, ihr Ehemann folgte ihr.

»Sie müssen gehen.« Campbell war direkt hinter mir, seine Stimme drang leise und bedrohlich an meine Ohren.

Ich drehte mich um und trat einen Schritt zurück. »Ich wünschte, Sie würden mich nicht immer so erschrecken.«

»Dann hören Sie auf, an Orten herumzulungern, an denen Sie nichts verloren haben.«

Gerne hätte ich mit ihm diskutiert, aber nicht, wenn der Herzog und die Herzogin anwesend waren. »Ich werde gehen. Es gibt noch einige Kuchen, um die ich mich kümmern muss.«

»Und einen Hund.« Campbell streichelte Meatball kurz, bevor er aus dem Zimmer schlenderte.

Meatball winselte und schaute sehnsüchtig zu Priscilla.

»Tut mir leid, Kumpel. Sie spielt in einer anderen Liga. Der Adel ist nichts für uns. Komm, wir holen dir die Leberwurst, die ich dir versprochen habe.«

Kapitel 3

»Was hältst du davon?« Ich reichte Alice ein kleines Stück Biskuitboden mit dunkler Schokolade und Rosenwasser.

Sie biss ab, schloss ihre Augen und kaute bedächtig. »Genau wie die anderen, die du in der letzten Stunde an mich verfüttert hast, ist es fabelhaft. Ich weiß nicht, wie du entscheiden sollst, welchen davon du in dem Wettkampf anbieten willst.«

Ich kratzte mich am Kinn. Ich wusste es genauso wenig. Ich hatte Schokoladen- und Orangenboden gebacken, aber das schien nicht auszureichen. Außerdem hatte ich Schokoladen-Eclairs mit einer Füllung aus Schokoladenkaramell und Zuckerstreuseln zubereitet, aber die sahen nicht so gut aus. Dann hatte ich mich an einem klassischen Victoria-Sponge-Cake probiert, mit Erdbeerkonfitüre und Buttercreme. Und das alles in den letzten zwei Stunden. Auf der Arbeitsplatte lagen noch mehr verworfene Experimente.

Ich brauchte etwas, das auffiel, ohne protzig zu wirken. Audley Castle baute auf festen, alten Traditionen auf. Die Richter würden es nicht mögen, wenn der Kuchen zu kunstvoll oder neuartig wäre.

Es musste traditionell sein, umwerfend aussehen und großartig schmecken.

»Ich kann mich wirklich nicht entscheiden«, sagte Alice. »Wir brauchen eine zweite Meinung.«

»An wen denkst du?«, fragte ich.

»Ich weiß genau die richtige Person. Er sagt immer, was er denkt, und hat eine Vorliebe für Süßes, auch wenn er versucht, es zu verstecken.« Sie grinste, als sie von ihrem Stuhl neben der Arbeitsplatte hüpfte und verschwand.

Wen konnte sie gemeint haben? Wenn sie Rupert herbrachte, würde das nicht helfen. Er liebte alles, was ich backte. Sogar wenn ich eine Backmischung kaufen und lediglich ein Ei und etwas Milch hinzufügen würde, würde er behaupten, es wäre das Beste, was ich je gebacken hätte.

Dann wurde die Küchentür geöffnet und Alice zerrte einen skeptisch aussehenden Campbell hinein.

Seit dem Corgi-Zwischenfall im Baldachinsaal vor zwei Tagen hatte ich ihn nicht mehr gesehen.

»Hier ist dein perfekter Geschmackstester«, sagte Alice.

»Ich bin im Dienst, Prinzessin«, sagte er. »Ich darf nicht abgelenkt werden.«

»Sie beschützen mich. Das können Sie wohl kaum tun, indem Sie vor der Küchentür herumlungern. Hier drin sehen Sie, falls sich mir eine Gefahr nähert.«

Campbell betrachtete die Auswahl an Kuchen auf dem Tresen und seine Augen funkelten. »Vielleicht haben Sie recht.«

»Das habe ich immer«, sagte Alice. »Probieren Sie das ... Holly, was ist das?« Sie zeigte auf den Kuchen, den ich gerade erst bereitgestellt hatte.

»Belgischer   Schokoladenkuchen   mit
Ganache-Topping und Rosenwasser. Ich versuche,
alte Rezepte neu zu interpretieren.« Ich bot Campbell
ein Stück an.

Er steckte es sich in den Mund und kaute. »Nicht
schlecht. Der Biskuitboden ist ein bisschen zu fest.«

»Meine Böden sind niemals zu fest!« Seine
Beleidigung hatte mich unerwartet getroffen.

Er zuckte mit den Schultern. »Ich habe in meinem
Leben schon viel Kuchen gegessen. Sie können es
besser.«

Ich hasste es, ihm zustimmen zu müssen, aber ich
hatte genau dasselbe gedacht. Vielleicht lag es an dem
Rosenwasser, oder ich hatte ihn einfach nicht lange
genug gerührt.

»Okay, der ist also raus«, sagte ich. »Dabei war ich
mir ohnehin nicht sicher.«

»Ich habe von einem Restaurant in London gelesen,
in dem der Chefkoch Luft in seine Kreationen
injiziert«, sagte Alice. »Scheinbar ist das der neueste
Trend. Den Leuten werden diese wunderbaren
Kreationen vorgesetzt, und wenn sie reinbeißen, ist
kaum etwas drin.«

»Das ist eine Verschwendung von gutem Essen«,
sagte Campbell.

Ich nickte. »Und Geld. Warum sollte man dafür
bezahlen, Luft zu essen?«

»Dort gehen die Supermodels zum Essen hin.« Alice
schaute zu Campbell. »Finden Sie mich zu kurvig?«

Seine Schultern verspannten. »Das kann ich
wirklich nicht sagen.«

Sie grinste mich an. »Ich esse zu viel von Hollys
grandiosen Desserts, um ein Supermodel sein zu

können. Wenn ich sie nicht so mögen würde, würde ich denken, sie versucht, mich zu mästen.«

»Das würde ich niemals tun.«

Sie lachte. »Meine Freundin Tabitha will, dass wir in dieses Luft-Restaurant gehen. Sie versucht ständig, zehn Pfund abzunehmen, auch wenn sie ohnehin viel zu dünn ist.«

»Sie sollte versuchen, überall mit dem Fahrrad hinzufahren«, sagte ich. »Das wirkt Wunder an der Taille.«

Campbell rückte seinen Kragen zurecht. Das war eines der wenigen Male, an denen er aussah, als fühle er sich unbehaglich.

Ich schnitt eine Scheibe von meinem Karamell-Vanille-Kuchen ab. »Campbell, probieren Sie das.«

»Ich auch.« Alice schnappte sich das Stück, das für Campbell gedacht war, und biss hinein. »Oh, meine Güte. Das ist himmlisch!«

Campbell aß das neue Stück, das ich ihm reichte, sein Ausdruck war nachdenklich. »Das ist gut. Karamell und noch etwas anderes. Aber ich kann nicht sagen, was genau.«

»Gut genug für die Richter?«, fragte ich.

»Mit dem hier haben Sie es fast geschafft«, sagte er. »Und ich stimme zu, dass Sie sich an traditionellen Kuchen halten sollten. Wir wollen der Herzogin nichts mit Luft Gefülltes präsentieren.«

»Das wird auf keinen Fall passieren«, sagte ich. »Ich mag mein Essen voll mit köstlichem Geschmack. Ich dachte an einen neapolitanischen Red-Velvet-Kuchen mit einer Chocolate-Chip-Füllung. Aber ich habe da so meine Zweifel. Das könnte zu viel sein.«

»Mir gefällt, wie das klingt«, sagte Campbell.

»Sie müssen auch zu der Messe kommen, Campbell«, sagte Alice. »Dann können Sie Holly beim Gewinnen zusehen.«

»Nicht so voreilig«, sagte ich. »Ich werde viel Konkurrenz haben. Erst gestern kamen drei der Teilnehmer hier in die Küche, um herauszufinden, woran ich arbeite.«

Alice kicherte. »Sie haben Angst vor dir. Du bist diejenige, auf die alle warten, Holly.«

»Setz mich nicht so unter Druck. Ich will, dass es Spaß macht.« Aber ich wollte auch gewinnen. Meine Backkünste waren außerordentlich, aber es wäre nett, etwas Anerkennung zu bekommen. Und auf meinem Kaminsims gab es den perfekten Platz für einen kleinen Pokal.

»Also, Campbell, werden Sie bei der Messe sein?«, fragte Alice.

»Natürlich, Prinzessin. Ich werde dort arbeiten.«

Alice seufzte. »Eines Tages werden ich Sie dazu überreden, bei mir zu sein, wenn Sie keinen Dienst haben.« Sie lachte und eine leichte Röte stieg ihr in die Wangen.

Campbell nickte lediglich.

»Ich habe neulich mit Lady Philippa gesprochen«, sagte ich. »Sie hatte ein paar interessante Gedanken über ein Problem, das während der Messe auftreten könnte.«

»Oje, nicht eine ihrer verrückten Vorhersagen«, sagte Alice.

»Sind sie denn albern?«, fragte ich. »Bei dem Tod von Ruperts Freund Kendal war sie sehr genau.«

»Das liegt daran, dass sie alles durch dieses riesige Fernglas sieht, durch das sie immer linst«, sagte Alice. »Obwohl sie manchmal zu viel zu sehen scheint.«

»Wie die Zukunft?«, fragte ich vorsichtig.

»Vielleicht. Nicht weglaufen, ich bin gleich wieder da.« Bevor ich sie aufhalten konnte, war Alice aus der Küche gehuscht.

Ich schaute zu Campbell. In seiner Nähe hatte ich immer das Gefühl, etwas falsch zu machen, auch wenn ich mein bestes Benehmen an den Tag legte. »Wollen Sie noch mehr Kuchen probieren?«

»Ich würde ein Stück der Bakewell-Tarte nehmen.«

Ich reichte es ihm. »Ich habe nicht vor, damit in dem Wettbewerb zu starten, aber es könnte eine nette Ergänzung für unsere Speisekarte im Café sein.«

»Die ist gut«, murmelte er um die Tarte herum.

Ich legte mein Messer zur Seite und machte mich daran, einige Backutensilien wegzuräumen. In den letzten achtundvierzig Stunden hatte ich ein Dutzend verschiedene Rezepte ausprobiert und war mit keinem vollkommen zufrieden. Ich sollte mich dem neapolitanischen Red-Velvet-Kuchen nicht widersetzen. Der könnte genau das sein, wonach ich suchte.

Campbell aß seine Bakewell-Tarte auf und wischte sich die Hände an einer Serviette ab. »Sie haben ein Problem erwähnt, das Lady Philippa vorhergesehen hat. Wovon reden wir hier?«

»Ich konnte es nicht entschlüsseln. Sie war sehr kryptisch.« Ich neigte meinen Kopf zur Seite und pausierte meine Aufräumarbeiten. »Was halten Sie von ihrer Fähigkeit, in die Zukunft zu sehen?«

»So manches. Aber ich werde nicht darüber sprechen.«

»Weil Sie nicht schlecht über ein Familienmitglied reden möchten?«

»Lady Philippa genießt meinen größten Respekt. Es ist nicht richtig, jemanden zu verurteilen, nur weil er … exzentrisch ist.«

»Was, wenn sie wirklich in die Zukunft blicken kann? Das könnte sehr praktisch für Ihre Arbeit sein.«

»Wenn es wahr ist, sollte sie in einem Labor untersucht werden.« Er schüttelte den Kopf. »Das ist nicht möglich.«

»Da bin ich wieder.« Alice kehrte in die Küche zurück und drückte ein dickes, in Leder gebundenes Buch an ihre Brust. »Das ist unsere Familienbibel. Seit Monaten arbeite ich daran, sie zu erweitern. Darin stehen alle Tode, die Granny vorhergesehen hat.«

Meine Augen wurde groß. Ich trat näher an Alice heran, als sie anfing, durch die Seiten zu blättern. »Wie viele hat sie denn vorhergesagt?«

»Mindestens zwanzig.«

Uff! Diese Zahl war besorgniserregend hoch.

»Waren sie alle alt oder krank, als sie ihre Vorhersage getroffen hat?«, fragte Campbell.

»Manche schon.« Alice deutete auf einen Ast des Familienstammbaums. »Meine Cousine zweiten Grades, Roseanna Belmore, ist eines Tages einfach tot umgekippt. Granny hatte es drei Wochen vorher vorausgesagt. Wie sich herausstellte, hatte Roseanna Herzprobleme. Sie liebte es zu reiten, und als sie einen besonders anstrengenden Ausritt gemacht hat, konnte ihr Herz nicht mehr mithalten.«

»Und du bist dir sicher, dass Lady Philippa davon wusste, bevor es passiert ist?«, fragte ich.

»Auf jeden Fall! Und sieh dir diesen Kerl hier an.« Sie zeigte wieder auf das Buch. »Ein Großonkel von mir. Er reiste durch Indien und hat sich mit Malaria infiziert. Sechs Wochen später ist er gestorben. Granny hatte vorhergesagt, dass er während seiner Reise krank werden würde.«

»Das ist nicht so abwegig. Viele Leute werden krank, wenn sie ins Ausland reisen.« Campbell verschränkte die Hände hinter seinem Rücken.

»Zweifeln Sie an den Worten meiner Granny?« Alice hob eine Augenbraue.

»Lady Philippa ist eine beeindruckende Frau, aber sie kann nicht in die Zukunft blicken«, sagte er.

»Sie hat diesen Tod vorhergesagt, und diesen Tod, diesen Mord und dass diese Person vermisst werden würde.« Alice tippte auf die verschiedenen Namen in ihrem Stammbaum. »Deshalb müssen wir so vorsichtig mit ihr sein. Sie darf nicht draußen herumlaufen und der Öffentlichkeit sagen, wann jeder von ihnen sterben wird.«

»Bestimmt kann sie dabei nicht so genau sein«, sagte ich.

»Sie ist genau genug, um mich überzeugt zu haben«, sagte Alice. »Was ist mit dir, Holly? Glaubst du, dass meine Granny besondere Fähigkeiten hat?«

»Sie ist sehr überzeugend«, sagte ich.

»Wessen Tod hat sie diesmal vorhergesagt?«, fragte Alice. »Ich hoffe, es hat nichts mit mir oder meiner Familie zu tun.«

»Sie war sehr vage«, sagte ich. »Es hatte etwas mit Schweinen zu tun.«

Alice kicherte und schlug sich eine Hand über den Mund. »Meine Güte, jemand wird bei lebendigem Leib von Schweinen gefressen. Was kommt als Nächstes? Vielleicht verliert sie ihr Gespür doch etwas.«

»Sie hat auch etwas von einem Haarteil und Feigen gesagt. Ich kann keinen Zusammenhang finden. Aber ich frage mich, ob es etwas mit der Lebensmittelmesse zu tun hat.«

»Hoffen wir, dass es nicht so ist«, sagte Alice. »Ich freue mich darauf, dort herumzuschlendern und die ganzen Köstlichkeiten zu probieren. Und natürlich wird Campbell an meiner Seite sein und jeden meiner Schritte bewachen, also werde ich nicht in Gefahr sein.«

Campbell nickte. »Ich werde Sie nicht davon abhalten, den Tag zu genießen.«

Sie winkte ab. »Das weiß ich. Sie machen Ihre Arbeit fantastisch.«

»Was auch immer bei der Messe vorfallen könnte, keiner von Ihnen sollte sich dort einmischen«, sagte Campbell. »Wir wollen doch nicht, dass Ihnen noch mehr Morde vorgeworfen werden, oder, Miss Holmes?«

»Das letzte Mal war ein einmaliger Vorfall.« Ich räumte den Rest der Backutensilien weg. »Ich werde mich daran halten, Kuchen zu backen und die Besucher glücklich zu machen.«

»Und den Wettbewerb zu gewinnen«, sagte Alice. »Das musst du einfach schaffen.«

Ich lächelte. »Ich werde mein Bestes geben.«

Campbell grunzte, er schien mit meiner Antwort nicht zufrieden zu sein.

»Entspannen Sie sich.« Ich schob ihm noch ein Stück Kuchen zu.

Ich hatte es mir nicht ausgesucht, in Schwierigkeiten zu geraten, aber wenn sie sich mir in den Weg stellten, würde ich nicht weglaufen und mich verstecken. Das lag nicht in meiner Natur. Bei mir ging es immer nur um ausgezeichneten Kuchen, dass ich mein Leben genoss und glücklich blieb.

Aber dem Blick nach zu urteilen, den Campbell mir zuwarf, würde ich nicht mehr viel länger glücklich sein.

Kapitel 4

Ich stand vor meiner Wohnung und atmete die kühle Morgenluft ein. Aufregung stieg in mir auf, und ich spürte eine deutliche Nervosität.

Es war der Morgen der Lebensmittelmesse. Während der letzten drei Tage waren immer mehr Zelte aufgestellt worden, und ständig trafen neue Verkäufer und Transporter und Foodtrucks ein, um die Leckereien vorzubereiten, die sie an die Besucher verkaufen wollten, die in zwei Stunden eintreffen würden.

Auch ich würde meine Cupcakes an dem Stand des Audley Castle präsentieren. Ich freute mich darauf, die Reaktionen der Besucher sehen zu können, und hatte eine riesige Ladung Schokoladen-Orangen-Cupcakes mit Schokoladen-Icing vorbereitet.

»Wuff, wuff?« Meatball stupste mein Bein an, bevor er seine Nase dem tiefgrünen Rasen entgegenstreckte.

»Ja! Auf jeden Fall. Wir machen einen Spaziergang, bevor es zu voll wird. An den Stand kannst du leider nicht mitkommen. Aber keine Sorge, ich werde regelmäßig nach dir sehen und sicherstellen, dass du nicht verhungerst.«

»Wuff, wuff!« Er trippelte freudig mit seinen Pfoten und wartete geduldig, bis ich ihm seine Leine anlegte und wir schließlich über einen Schotterweg auf einen ausgeschilderten Wanderweg schlenderten, der um die Burg herumführte. Die Runde bis zur Coffee House Bridge und zurück dauerte eine gute halbe Stunde und würde genug Energie verbrennen, um Meatball nicht ruhelos werden zu lassen.

Als ich noch mehr Verkäufer sah, die ihre Waren auf dem Parkplatz abluden, wurde ich langsamer. Ich freute mich darauf, heute mein hart verdientes Geld für all das köstliche Essen ausgeben zu können.

»Aufgepasst! Hier kommen die leckersten Pasteten des Landes.«

Ich trat zur Seite, als der Mann mit fünf weißen Schachteln an mir vorbeieilte. Er grinste und zwinkerte mir zu, bevor er in Richtung des Hauptzeltes verschwand.

Ich war nicht weiter als ein paar Schritte gekommen, weil Meatball zu fasziniert von den Gerüchen war, die die Fahrzeuge verströmten, als der Mann zurückkehrte.

Er war groß, blond und hatte ein Funkeln in seinen blauen Augen. Als er mich sah, lächelte er. »Wirst du auch an der Messe teilnehmen?«

Ich erwiderte sein Lächeln. »Ja. Ich arbeite in der Burg. Heute werde ich den ganzen Tag an unserem Stand sein.«

»Eine Bewohnerin der Burg.« Sein Blick wanderte über mich, dann wurde sein Grinsen breiter. »Sag mir nicht, dass ich den Adel vor mir habe? Sollte ich mich verbeugen und meinen Hut abnehmen?«

Ich lachte. »Nicht nötig. Ich arbeite nur in der Küche.«

»Er gibt kein *nur* bei der Arbeit in einer Küche. Ich weiß, wie schwierig es ist, etwas zu kreieren, das köstlich schmeckt.« Er streckte mir seine Hand entgegen. »Ich bin Pete ›der Pastetenmann‹ Saunders.«

»Holly Homes. Freut mich sehr.« Ich schüttelte seine Hand.

»Ebenso. Ich mache die leckersten und schmackhaftesten Fleischpasteten der Welt. Du wirst keine Pastete finden, die sich mit meinen messen kann.« Er tippte sich seitlich an die Nase. »Das alles verdanke ich den geheimen Zutaten. Ich verrate nie jemandem das Rezept. Das werde ich mit ins Grab nehmen. Und ich bekomme Bestellungen aus der ganzen Welt für meine Pasteten.«

»Das klingt köstlich«, sagte ich.

»Das sind sie auf jeden Fall. Warte eine Sekunde.« Er verschwand hinten in seinem Van und kehrte kurz darauf mit einer Pastete in der Hand zurück. »Damit du nicht nur auf mein Wort vertrauen musst. Die ist vorgekocht. Du musst sie nur noch im Ofen erhitzen.« Er wollte mir die Pastete reichen, aber sie glitt aus seinen Händen und landete verkehrt herum auf dem Boden.

»Oh! Das tut mir leid.« Verzweifelt starrte ich auf die Pastete hinunter. »Das war meine Schuld.«

»Nein, das geht auf mein Konto. Butterfinger.« Pete zuckte mit den Schultern und grinste.

Meatball schlenderte herüber und schnüffelte an der Pastete.

»Aber es sieht so aus, als würde sie nicht verschwendet werden«, sagte Pete.

Meatball probierte einen Bissen, bevor er die Nase rümpfte. Dann wich er zurück, als hätte er etwas geschmeckt, das er nicht mochte.

»Das ist seltsam. Ich schätze, er hat keinen Hunger«, sagte ich. »Er hatte gerade erst sein Frühstück.«

»Wahrscheinlich ist er kein Fan von den Gewürzen«, sagte Pete. »Manchmal haben meine

Pasteten einen gewissen Kick. Ich mache großartige Hühnchen-Madras-Pasteten.«

»Das wird es sein. Meatball mag eigentlich nichts, was stark gewürzt ist«, sagte ich.

Meatball nieste, sein skeptischer Blick lag immer noch auf der Pastete.

»Was genau machst du in der Küche?«, fragte Pete. »Bist du die Küchenleitung?«

»Nein! Ich bin eine allgemeine Aushilfe, wobei ich mich auf die Desserts für das Café konzentriere. Ich bin oft im Dorf unterwegs und liefere Bestellungen aus.«

»Jemand, der so süß ist, muss köstliche Desserts zaubern. Falls du etwas zu entbehren hast, ich bin immer für etwas Dekadentes zu haben. Und nur Nachtisch zu essen fühlt sich so unanständig an.« Seine blauen Augen funkelten. »Kreierst du unanständige Desserts, Holly?«

Meine Wangen fühlten sich heiß an. »Ich habe ein Händchen für Schokolade.«

»Vielleicht können wir uns mal treffen, dann kannst du mich mit deinen Leckereien verführen.« Er wackelte mit den Augenbrauen.

Sein unverhohlenes Flirten ließ mich noch roter werden. Er war ein gutaussehender Mann mit einem frechen Lächeln. »Ich vermute, dafür wirst du zu beschäftigt mit den ganzen Bestellungen für die Pasteten sein.«

»Für eine schöne Frau schaffe ich immer Platz in meinem Kalender.«

»Ich werde bei der Messe sein. Dort können wir uns später bei einem Stück Kuchen unterhalten.« Es war Zeit, diesen Schürzenjäger in die Friendzone zu schicken. Für meinen Geschmack war er ein wenig zu direkt.

»Wir sollten Zeit und Ort für unser süßes Date ausmachen«, sagte Pete. »Wie wäre es –«

»Pete, wo sollen die Lammpasteten mit der Minzsoße hin?« Eine junge Frau, deren dunkle Locken von einem Pferdeschwanz aus dem Gesicht gehalten wurden, eilte herbei. »In unserem Stand ist kaum noch Platz.«

»Wir müssen sie alle dort unterbringen. Im Van sind noch mindestens zwölf Kisten«, sagte Pete.

Die Frau schüttelte den Kopf. »Ich wusste, dass wir zu viele mitgebracht haben.«

»Maisie, du machst dir zu viele Sorgen. Am Ende des Tages werden wir ausverkauft sein«, sagte Pete. Wieder zwinkerte er mir zu. »Das ist Maisie Bright, meine Catering-Assistentin. Ihr zweiter Vorname ist Panik.«

Maisies leicht betrübter Blick begegnete meinem, und dann nickte sie. »Eigentlich stimmt das sogar. Ich befürchte, dass der Tisch das ganze Gewicht der Kisten nicht halten kann.«

»Dann behalten wir vorerst ein paar in dem Kühlschrank des Transporters. Wenn es schleppend läuft, werde ich ein Sonderangebot machen. Vier Pasteten zum Preis von drei. Wie klingt das? Spätestens dann wird es laufen.«

Maisie seufzte und nickte. »Du bist der Boss.«

»Aber nicht vergessen.« Er rieb seine Hände aneinander. »Ein paar mehr Kisten könnten wir noch mitnehmen.«

Maisie biss sich auf die Unterlippe, aber huschte ohne einen weiteren Kommentar zum Van zurück.

Pete grinste mich an. »Sie ist ein nettes Mädchen, aber hat keinen Schimmer vom Geschäft. Ich helfe ihr, indem ich ihr diesen Job gegeben habe. Sie kommt frisch vom College, aber ist sehr lernbegierig, das ist die Hauptsache.«

»Es ist schön, dass du ihr eine Chance gegeben hast«, sagte ich. »Das ist mehr, als viele Unternehmen tun würden.«

»Jeder braucht ein bisschen Unterstützung. Nun, zurück zu unserem heißen Date. Wie wäre es, wenn wir –«

»Hier versteckst du dich also!«

Pete drehte sich um und das Lächeln auf seinem Gesicht erstarb. »Ricky! Ich wusste nicht, dass du hier sein würdest.«

»Du hast wohl eher gehofft, ich würde nicht herausfinden, dass du dich hier versteckst.« Ricky trug abgetragene dunkle Jeans, eine schwarze Lederjacke und ein weißes T-Shirt. Als seine Aufmerksamkeit zu mir wanderte, grinste er und entblößte einen Goldzahn. »Und wer bist du?«

»Sie ist niemand, um den du dir Sorgen machen musst«, sagte Pete. »Was willst du, Ricky?«

»Ich muss ein ernstes Wort mit dir reden.« Ricky senkte seine Stimme. »Vermutlich willst du nicht, dass deine Freundin hört, was ich zu sagen habe.«

Ich wollte gerade unseren nicht vorhandenen Beziehungsstatus klären, aber Pete schüttelte beinahe unmerklich mit dem Kopf.

»Lass uns in den Garten gehen. Da wird es so früh noch ruhig sein.« Pete nickte mir zum Abschied zu, bevor er mit Ricky davoneilte.

Das schien keine freundliche Unterhaltung zu werden.

Ich neigte meinen Kopf, als von einem weiter weg geparkten Foodtruck Flüche und Gemurmel an meine Ohren drangen. Ich ging mit Meatball darauf zu. Meine Augen wurden groß, als ein Mann mit einem schlecht balancierten Stapel Kisten in den Händen am Rand des Trucks entlang stolperte.

»Sofort stehenbleiben.« Ich schoss nach vorn. »Sie fallen gleich über den Rand.«

»Oh! Vielen Dank. Ich kann nicht sehen, wohin ich trete.« Der Mann, der sich hinter den Kisten versteckte, klang äußerst vornehm.

»Ich werde Ihnen die oberen Kisten abnehmen, dann sollten Sie besser sehen können.« Ich legte Meatballs Leine um den Griff der Wagentür, damit er nicht davonlaufen konnte, dann erhob ich mich auf die Zehenspitzen und schnappte mir drei Kisten. Sie strömten einen köstlichen Duft von Basilikum und Thymian aus.

»Kann ich jetzt weiterlaufen?«

»Ja. Machen Sie einen Schritt nach vorn und tasten nach der ersten Metallstufe.«

Der Mann bewegte sich vorsichtig und linste über die oberste Kiste hinweg. Er stieß ein Grunzen aus, als seine Ladung anfing zu wackeln, aber er schaffte es sicher die Stufen hinunter. »Vielen Dank. Ich bin heute ganz allein hier und etwas aufgeregt. Mein Assistent hat sich krankgemeldet. Ich war wütend auf ihn, aber wollte trotzdem unbedingt zu dieser Messe kommen. Dann war ich zu spät dran. Stand auf dem Weg hierher im Stau. Es scheint, als würde heute alles schieflaufen.«

»Also, jetzt nicht mehr. Ich werde Ihnen helfen.« Ich lächelte ihn an. Er war klein und stämmig, hatte dunkles, dünn werdendes Haar und buschige Augenbrauen. »Ich bin Holly. Ich arbeite in der Burg.«

»Es freut mich außerordentlich, Sie kennenzulernen, Holly«, sagte der Mann. »Ich bin Dennis Lambeth.«

»Freut mich ebenfalls, Sie kennenzulernen, Dennis. Und von dem köstlichen Duft nach zu urteilen, der aus diesen Boxen kommt, müssen Sie für den Pastetenmarkt hier sein.«

Er lächelte, sein ernstes Gesicht hellte auf. »Das bin ich in der Tat. Warten Sie eine Sekunde.« Er stellte die Kisten ab und zog eine Karte aus seiner Tasche. »Mein Urgroßvater hat Lambeth Fine Pies gegründet. Er hat sogar die Queen mit Pasteten beliefert.«

»Es muss schön sein, ein so etabliertes Unternehmen zu führen.«

Er schaute sich um und seufzte. »Das Problem ist, dass die Leute sich nicht mehr für Tradition interessieren. Sie sind nur daran interessiert, möglichst günstig an ihr Essen zu kommen. Das liegt nur daran, weil diese neuen Unternehmer überall auftauchen und mich unterbieten.« Er deutete auf die anderen Foodtrucks.

»Das ist eine Schande«, sagte ich. »Manche Traditionen sollten niemals sterben. Und fantastische Pasteten gehört eindeutig dazu.«

»Dem könnte ich nicht mehr zustimmen. Vor einem halben Jahr musste ich einen Laden in London schließen. Die Preise sind in die Höhe geschossen und haben uns beinahe gelähmt, aber wir haben weitergemacht. Doch dann hat eine dieser schrecklichen Ketten ganz in unserer Nähe aufgemacht. Jeden Abend gab es ein Zwei-zu-Eins-Angebot. Damit kann ich nicht mithalten. Ich wähle meine Zutaten nur von den besten Zulieferern und achte darauf, dass das Fleisch von Bauern kommt, die sich wirklich um ihre Tiere kümmern. Diese Billiggiganten importieren ihr Fleisch aus wer weiß welchem Land. Wahrscheinlich verkaufen sie Pasteten mit Pferdefleisch und behaupten, es wäre das beste lokale Rindfleisch, das es gibt.« Er schüttelte den

Kopf. »Aber ich sollte mich nicht beschweren. Diese Lebensmittelmessen tun mir gut.«

Meatball schnüffelte an den Kisten, die auf dem Boden standen, sein Schwanz fing an zu wedeln.

Sanft zog ich ihn zurück. »Beachten Sie ihn nicht. Er hat einen ausgezeichneten Geschmack, wenn es um Pasteten geht.«

Dennis hob seine Waren vom Boden auf, sein Blick ruhte auf Meatball. »Ich befürchte, die kann er nicht haben. Ich muss alle verkaufen, um etwas Profit zu machen.«

»Dürfte ich mal einen Blick darauf werfen?«, fragte ich. »Ich arbeite in der Küche hier und suche immer nach neuer Inspiration.«

»Nur zu.« Dennis strahlte vor Stolz, als er eine Schachtel öffnete und ich nach Luft schnappte.

»Die sind wunderschön.« Die Kuchen schimmerten, und auf jedem saß ein kleiner Vogel aus Teig. »Die sehen ganz anders aus als die dieses anderen Verkäufers, Pete. Er hat sich mir als ›der Pastetenmann‹ vorgestellt und sagte, seine Pasteten wären die besten des Landes.«

Dennis Blick wurde finster, als er den Deckel wieder schloss. »Er ist hier! Ich bin überrascht, dass er einen Stand bekommen hat. Hat schon jemand probiert, was er verkauft?«

Ich schaute über meine Schulter zu der Pastete, die Meatball verschmäht hatte. »Nicht, dass ich wüsste. Sie halten nichts von seinen Pasteten?«

»Das tue ich nicht. Er ist Teil meines Problems. Die Kunden haben vergessen, wie echte Fleischpasteten schmecken. Meine sind deutlich besser.«

Meatball winselte und sprang hoch, als wollte er zustimmen.

»Diese Stimme haben Sie auf jeden Fall«, sagte ich.

Dennis schürzte die Lippen. »Ich hoffe nur, Petes Stand ist nicht in der Nähe von meinem. Wir sind schon mehrfach aneinandergeraten. Pete sagt mir immer, dass es an der Zeit ist, meinen Hut an den Nagel zu hängen. Ich werde nichts dergleichen tun. Noch werde ich nicht aufgeben. Ich werde ihn besiegen, koste es, was es wolle.«

»Hoffentlich werden Sie heute viele Kunden finden, die eine unglaubliche Pastete erkennen, wenn sie eine sehen. Ich werde definitiv vorbeikommen.«

Dennis schnaubte, doch dann nickte er. »Vielen Dank. Das weiß ich sehr zu schätzen.«

Ich half ihm, die Kisten in das Hauptzelt zu tragen, und nahm mir einen Moment, um mich umzusehen. Es gab einen Stand mit luxuriöser belgischer Schokolade, mehrere Stände mit Käse, Whisky und teuren Weinen, einen Stand mit Champagner und eine riesige Auslage mit frischem Obst, das in allen erdenklichen Farben leuchtete. Und das war nur die erste Reihe der Verkaufsstände.

Mir lief das Wasser im Mund zusammen. Diese Veranstaltung würde fantastisch werden. Ich konnte es kaum erwarten, ein Teil davon zu sein.

Ich wollte das Zelt gerade verlassen und Meatball einsammeln, als ich beinahe mit einem Mann zusammenstieß. Er trug ein Baseball Cap, auf dem vorne ein Stück Käse prangte.

»Entschuldigung. Lass mich raten. Der Mütze nach zu urteilen wirst du heute Käse verkaufen?«

Sein Kopf wippte auf und ab. »Colin Cheeseman, zu Ihren Diensten. Und bevor du fragst: Das ist mein echter Nachname und mir ist nicht entgangen, wie passend er ist.«

Passend zu seinem Namen lugten blonde Strähnen unter seiner Kappe hervor, zusammen mit blassblauen Augen. Er hatte ein langes Gesicht und seine Nase zuckte, was mich an ein riesiges Nagetier erinnerte. Mir fiel keine Möglichkeit ein, wie er noch clichéhafter hätte werden können.

Ich lächelte ihn an. »Hast du dich auf einen besonderen Käse spezialisiert? Ich liebe kräftigen Cheddar zusammen mit Gurke auf einer Scheibe frischgebackenen Brots.«

Ein Lächeln erhellte sein Gesicht. »Mein Käse ist besonders, ja. Hier entlang, überzeuge dich selbst.«

Viele verschiedene Käsesorten lagen bereit, doch etwas an ihnen war anders. Zum Beispiel, dass sie nicht nach normalem Käse rochen.

»Wurde dafür eine andere Milch verwendet?«, fragte ich.

»Gar keine Milch. Die haben wir aus Cashewkernen hergestellt.«

Meine Augen wurden groß. »Ihr macht all das aus Nüssen?«

»Warum nicht? Heutzutage kann man alle möglichen Milcharten kaufen, die aus Nüssen hergestellt wurden. Warum nicht auch eine Käse-Alternative?«

»Ist es ein einfacher Prozess, Nusskäse herzustellen?«

»Viel einfacher als mit Kuhmilch«, sagte er. »Die Leute entfernen sich von Milchprodukten. Die sind schlecht für die Cholesterinwerte. Käse aus Cashewkernen bietet eine ausgezeichnete Quelle von gesunden Fetten und Protein und schmeckt noch köstlich dazu. Probier mal.« Er hob das Probierbrett mit den sorgfältig gewürfelten Käsestücken an.

Ich wählte ein Stück aus und legte es zögerlich in meinen Mund. Ein reicher, würziger Geschmack breitete sich auf meiner Zunge aus.

»Was denkst du?« Sein nervöser Blick fixierte meinen Mund, als würde er befürchten, ich könnte den Käse wieder ausspucken.

Ich ließ mir den Geschmack auf der Zunge zergehen, bevor ich anfing, langsam zu kauen. »Daran könnte ich mich gewöhnen.«

Seine Hand zitterte, als er das Brett wieder senkte und erleichtert aufseufzte. »Es ist das erste Mal, dass ich bei einem so großen Event bin. Und noch dazu an einer so großartigen Location. Ich war besorgt, dass die Leute Käse aus Nüssen lächerlich finden und nicht interessiert wären.«

»Ich bin interessiert«, sagte ich. »Davon werde ich auf jeden Fall ein paar Sorten kaufen. Du hast ja alles Mögliche hier.« Es gab Käsestücke, die mit Walnüssen, getrockneten Beeren und schwarzem Pfeffer durchzogen waren. Sie sahen köstlich aus.

»Es freut mich, dass du ihn magst.«

»Ich liebe ihn. Ich werde Kuchen drüben am Stand des Audley Castle verkaufen. Wenn mich irgendjemand nach Käse fragt, werde ich sie hierhin schicken.«

»Das ist sehr freundlich von dir, danke. Ich wäre beinahe nicht hergekommen. Heute Morgen war ich so nervös, dass mir schon ganz schlecht wurde.« Sein Blick wanderte über meine Schulter und er winkte jemandem zu.

Als ich mich umdrehte, sah ich Pete mit zwei weiteren Kisten mit Pasteten durch das Zelt schlendern. Er nickte Colin zu.

»Du kennst Pete?«, fragte ich.

»Wir sind gute Freunde. Er hat mich dazu ermutigt, in diesem Jahr diesen Stand zu mieten. Er mag meinen Käse und spornt mich immer wieder an, mein Geschäft auszuweiten.«

»Dem nach zu urteilen, was ich gerade probiert habe, wird es heute gut für dich laufen.« Sein eigenes Unternehmen zu gründen, konnte hart sein. Ich musste es wissen, immerhin lag bereits mein eigenes gescheitertes Café hinter mir.

Er nickte. »Wollen wir es hoffen. Viel Erfolg mit dem Kuchenverkauf.«

»Den wünsche ich dir ebenfalls. Ich sollte jetzt gehen. Wir sehen uns später.« Ich verließ das Zelt und eilte zu Meatball zurück.

Wir beendeten unseren Spaziergang, und als ich die Küche betrat, war ich in Gedanken bei der bald startenden Messe und all den zahlenden Besuchern.

Nachdem ich Meatball mit einer Wasserschale und seinem Kauspielzeug in seinen Zwinger gebracht hatte, ging ich ein letztes Mal alles durch, das ich für meinen eigenen Stand benötigte.

Mit einem riesigen Servierwagen, der mit Leckereien beladen war, lief ich zum Hauptzelt zurück. Es war an der Zeit, alles aufzubauen und diese Lebensmittelmesse starten zu lassen.

Heute würde ein guter Tag voller Spaß werden, und ich war mittendrin.

❧ ❦

Ich neigte meinen Kopf von einer Seite zur anderen und ließ dann vorsichtig die Fußgelenke kreisen. In weniger als einer Stunde wäre die Messe vorbei, und ich spürte meine Erschöpfung. Ich war daran gewöhnt, den ganzen

Tag auf den Beinen zu sein, aber mit den konstanten Unterhaltungen mit den Besuchern, die alles über die Burg wissen und Kuchen kaufen wollten, hatte ich kaum Zeit für mich gehabt.

Ein paar kurze Pausen hatte ich gemacht, aber abgesehen davon war ich den ganzen Tag beschäftigt gewesen.

Als ich die ganzen leeren Tabletts sah, die von diesem arbeitsreichen Tag zurückgeblieben waren, musste ich grinsen. Das Geschäft lief gut. Die meisten Besucher, die an unseren Stand kamen, kauften mindestens ein Stück Kuchen, und alle freuten sich über unser Angebot.

Plötzlich ging ein Raunen durch die Menge und ich hob den Kopf. Die Menschen wichen zurück, um jemanden durchzulassen. Dann erschien Lord Rupert.

Er fuhr sich mit der Hand durchs Haar und grinste, als er mich sah. »Holly! Wie läuft es hier? Sind alle Besucher zufrieden?«

Ich schaute mich um und sah, wie die Leute Rupert anstarrten. Es kam nicht jeden Tag vor, dass ein Mitglied der Audley-Familie zwischen ihnen herumschlenderte.

»Es läuft super«, sagte ich. »Willst du vielleicht mit in den Stand kommen? Du erregst dort ein ziemliches Aufsehen.«

Er schaute sich um und zuckte etwas verlegen mit den Schultern, bevor er hinter unseren Tisch kam und sich hinter einem großen Pappaufsteller versteckte. »Danke. Manchmal vergesse ich, dass die Leute mich irgendwie für etwas Besonderes halten.«

»Na ja, du bist etwas Besonderes. Du lebst in einer riesigen Burg, die eines Tages dir gehören wird.«

Er gluckste. »Das ist noch nicht sicher. Aber ich musste einfach zu der Messe kommen. Als ich gesehen habe, dass es langsam ruhiger wird, dachte ich, ich könnte einen Besuch riskieren. Meine Güte, hast du all diese Kuchen verkauft?« Sein Blick wanderte über die leeren Tablette, die gestapelt unter dem Tisch lagen.

»Das habe ich. Ich hoffe, Chef Heston wird damit zufrieden sein.«

»Lord Rupert, könnte ich ein Autogramm bekommen?« Eine hübsche Blondine in kurzärmliger Weste und Shorts hielt ihm ein Stück Papier und einen Stift entgegen.

Er verzog kurz den Mund, ehe er sich zu einem Lächeln zwang und nickte. »Natürlich. Aber Sie wissen schon, dass ich nicht berühmt bin?«

»Ich finde Sie traumhaft.« Die Frau kicherte und wurde rot. »Und ich kann es nicht glauben, dass Sie nicht verheiratet sind. Suchen Sie nach jemand Besonderem?« Sie klimperte mit ihren langen Wimpern.

Sein Blick huschte zu mir, als er ebenfalls errötete. »Dazu bin ich noch nicht bereit. Ich bin immer noch dabei ... meinen Platz zu finden.«

»Ich bin mir sicher, mit einer besonderen Frau an Ihrer Seite würden Sie ihn schneller finden«, sagte sie. »Stehen Sie mehr auf Blonde oder Brünette?«

»Oh, nun, ich finde die Persönlichkeit wichtiger als die Haarfarbe.« Er gab ihr das unterschriebene Blatt Papier zurück.

»Natürlich. Attraktiv und klug. Das ist die perfekte Kombination.« Sie kicherte, bevor sie sich zusammen mit ihren Freundinnen von dem Stand entfernte.

Verärgerung flackerte in mir auf. Obwohl ich ebenfalls neugierig auf Ruperts Vorlieben war, wenn es um seine Freundinnen ging. Seit ich angefangen hatte, in der Burg zu arbeiten, war er auf ein paar Dates gegangen, schien jedoch nie begeistert von den Frauen gewesen zu sein.

Vielleicht war er einfach nicht auf der Suche nach einer Beziehung.

»Das tut mir leid.« Er zog eine Grimasse und schüttelte den Kopf. »Ich weiß nicht, was die Leute mit meinem Autogramm wollen. Das macht man eigentlich nur bei Rockstars, oder?«

»Für manche Leute bist du ein Rockstar, besonders für Frauen, die einen attraktiven Prinzen heiraten und in einem Schloss wohnen wollen.«

»Meine Güte. Du findest mich attraktiv?«

Jetzt wurde auch ich rot. Hastig beschäftige ich mich mit den Prospekten, die an unserem Stand auslagen. »Dazu sollte ich nichts sagen. Immerhin bist du mehr oder weniger mein Chef.«

»Oh, das bin ich nicht mal annähernd. Ich habe nichts mit den Finanzen des Hausstandes zu tun. Chef Heston ist dein direkter Vorgesetzter. Ich bin nur ein ... Rädchen im Getriebe.«

Ich grinste. »Ich stehe ein paar Schichten unter dir.«

»Nein! Diese Tage sind schon lange vorbei. Es ist nicht mehr so, als würden wir unsere Angestellten verstecken, um niemanden zu beleidigen. Du bist in der Burg jederzeit willkommen. Du müsstest nicht mal vorher fragen.«

Es war nett von ihm, das zu sagen, aber unter keinen Umständen würde ich unangekündigt in die privaten Quartiere der Familie platzen.

»Hier, nimm ein Stück dieses Schokoladen-Kirsch-Kuchens, bevor alles weg ist. Der war heute bei den Besuchern ein Hit.«

»Dazu sag ich nicht Nein.« Er nahm das Stück entgegen und biss genüsslich hinein, bevor er zufrieden nickte. »Ausgezeichnet, wie immer.«

Nach seinem Auftauchen hatte sich eine große Menge versammelt, und während der letzten fünfundvierzig hektischen Minuten hatten die Leute vorgegeben, an den Broschüren und dem Kuchen interessiert zu sein, nur um einen schnellen Blick auf Lord Rupert erhaschen zu können, der sich hinten in unserem Stand versteckte.

Ich ließ meinen Blick durch das Zelt schweifen und stieß ein zufriedenes Seufzen aus, als die letzten Besucher den Ausgang ansteuerten. Es war ein großartiger Tag gewesen. Geschäftig und ein wenig stressig, aber alle hatten das Essen geliebt. Den ganzen Tag über hatte ich nur Komplimente dafür bekommen. Das hatte meinem Back-Ego einen ordentlichen Schubs gegeben.

»Willst du Hilfe beim Aufräumen?« Rupert trat hinter dem Aufsteller hervor.

»Es gibt nicht mehr viel zu tun«, sagte ich. »Wie du sehen kannst, sind nur noch Krümel übrig. Wir sind offiziell ausverkauft.«

»Dann werde ich mit anpacken und die Bleche zurück in die Küche tragen«, sagte er.

»Das musst du nicht tun.«

»Es wäre mir ein Vergnügen. Immerhin erfreust du mich immer mit deinen Desserts. Das ist das Mindeste, was ich tun kann.« Er fing an, die Bleche zu stapeln, und ich beobachtete ihn lächelnd bei der Arbeit. Er war ein guter Kerl.

Ich sammelte die wenigen verbliebenen Broschüren und Informationsblätter über die Burg ein und legte sie in eine Schachtel.

Rupert stand mit den Blechen im Arm da und starrte mich an.

»Alles in Ordnung?«, fragte ich.

»Ja. Ausgezeichnet. Ich habe mich nur gefragt, ob du Opern magst?«

Meine Augenbrauen schossen nach oben. »Ich war noch nie bei einer. Aber wenn ich ehrlich bin, wäre ich wahrscheinlich kein großer Fan.«

Er schüttelte den Kopf. »Bei einer Oper geht es nicht nur um die Musik, sondern auch um die Geschichte, die sie erzählen. Das ist zumeist sehr dramatisch.«

Mein Mund zuckte zur Seite. Ich war Rockerin durch und durch. Nichts liebte ich mehr als laute Gitarren und eine raue Männerstimme. Ich konnte mir nicht vorstellen, in einer Oper zu sitzen und einer Frau bei ihrem Trällern über Tod, Herzschmerz und Betrug zuzuhören.

»Ah! Ich verstehe, mit diesem Angebot konnte ich dich nicht überzeugen«, sagte er.

Ich blinzelte schnell. Hatte er gerade versucht, mich um ein Date zu bitten? »Ähm, wir könnten immer noch unsere Musik vergleichen. Wir müssen nicht in eine Oper gehen, um sie uns anzuhören. Man kann alles online streamen, und wir könnten es uns zusammen anhören. Vielleicht machst du doch noch eine Opern-Liebhaberin aus mir.«

»Oh! Daran hatte ich nicht gedacht. Das könnten wir machen. Was für Musik hörst du gerne?«

»Ich bin Rock-Fan. Schwere Gitarren, lautes Schlagzeug, selbstbewusster Leadsänger.«

»Mit dieser Art von Musik habe ich nicht viel Erfahrung. Das erschien mir immer alles ein wenig ... schrill.«

»Es gibt ein paar fantastische Rockbands, die zusammen mit einem Symphonieorchester aufgetreten sind. Ich habe eine unglaubliche Live-DVD von Lynyrd

Skynyrd, als sie mit dem San Francisco Symphony Orchestra gespielt haben. Das würde dich umhauen.«

»Meine Güte! Das klingt intensiv.«

»Du kannst sie dir ausleihen«, sagte ich. »Warum leihst du mir nicht eine Oper, und ich gebe dir etwas Rock zum Durchhören? Vielleicht treffen sich unsere Geschmäcker in der Mitte.«

»Das klingt witzig. Und dann können wir vielleicht —«

»Er ist tot!«, rief ein Mann.

Mein Kopf wirbelte in die Richtung, aus der die Stimme gekommen war.

»Was hat er gesagt?« Rupert stellte die Bleche wieder auf dem Tisch ab.

»Irgendjemand muss mir helfen.« Colin Cheeseman stolperte in unser Sichtfeld, seine Augen waren weit aufgerissen und sein ganzer Körper zitterte.

Ich rannte zu ihm und griff nach seinem Arm. »Colin, was ist los?«

Er schluchzte laut, bevor er eine Hand hob und auf Petes Stand zeigte. »Da drüben. Ich habe ihn gerade gefunden.« Er lehnte sich vor, stemmte seine Hände auf seine Knie und atmete tief ein.

»Du bleibst bei ihm«, sagte ich zu Rupert. Dann lief ich mit pochendem Herzen zu Petes Stand. Als ich den Tisch umrundete und den hinteren Teil betrat, erstarrte ich.

Pete lag auf dem Boden, aus seinem Rücken ragte ein Pastetenmesser.

Kapitel 5

Ein paar Sekunden lang konnte ich weder hören noch sehen. Dann wurde plötzlich ein Schalter umgelegt. Geräusche drangen an meine Ohren. Ich stolperte nach vorn, fiel auf die Knie und legte meine Finger an Petes Hals.

Kein Puls. Er war tot.

Andere Standbetreiber waren mir gefolgt und standen dicht hinter mir, als plötzlich Chaos ausbrach.

»Ruft einen Krankenwagen«, rief jemand.

»Holt die Polizei.«

»Ist er tot?«

»Was steckt da in seinem Rücken?«

Ich schüttelte den Kopf, erhob mich auf zittrigen Beinen und wich zurück. Dann schaute ich mich um, doch es war niemand sonst hinter dem Verkaufstisch gewesen. Wer auch immer das getan hatte, war bereits verschwunden.

Ich wandte mich von der schrecklichen Entdeckung ab und atmete tief ein, bevor ich die versammelte Menge schockierter Menschen betrachtete. Irgendjemand musste hier das Ruder übernehmen. Immerhin befanden wir uns an einem Tatort.

Ich zeigte auf einen Mann, der sein Handy in der Hand hielt. »Rufen Sie einen Krankenwagen und die Polizei.«

Für einen kurzen Augenblick starrte er mich an, bevor er nickte und auf sein Telefon eintippte.

»Alle anderen zurück.« Ich scheuchte die Leute weg.

»Was ist mit ihm passiert?«, fragte der Standbetreiber, den ich von dem Chutney- und Pickles-Ständchen wiedererkannte.

»Ich bin nicht sicher«, sagte ich.

»Das kann kein Unfall gewesen sein«, sagte eine Frau. »Er ist nicht auf dieses Messer gefallen, oder?«

»Höchstwahrscheinlich nicht«, murmelte ich. »Wenn das hier ein Tatort ist, müssen wir zurückbleiben und die Polizei ihre Arbeit machen lassen.«

Die Leute wichen zurück, wobei sie panisch miteinander tuschelten.

»Aus dem Weg. Security im Anmarsch.« Campbell Milligan schob sich durch die Menge, gefolgt von Saracen und zwei weiteren Sicherheitsmitarbeitern. Seine Augen verengten sich, als er mich sah. »Saracen, bringen Sie die Leute hier weg. Achten Sie darauf, dass niemand potenzielle Beweisstücke zerstört.«

Saracen nickte und machte sich mit seinen Kollegen an die Arbeit.

Campbell wandte sich an mich. »Was machen Sie hier?«

»Ich hörte Colin schreien, er meinte, jemand wäre tot, also bin ich hergekommen, um nachzusehen. Und habe Pete gefunden.« Ich deutete hinter mich, noch nicht bereit, mir seine Leiche noch einmal anzusehen.

Campbell schaute über meine Schulter, sein Gesicht war angespannt. »Kennen Sie diesen Mann?«

»Nicht wirklich. Ich habe ihn heute Morgen getroffen, als er seine Pasteten abgeladen hat. Sein Name ist Pete Saunders.«

»Haben Sie überprüft, ob er noch atmet?« Campbell hatte sich bereits in Bewegung gesetzt, kniete sich neben die Leiche und legte seine Finger an die Stelle, an der ich vor kurzem noch nach einem Puls gesucht hatte.

»Natürlich. Es wurde schon ein Krankenwagen gerufen. Die Polizei müsste auch schon auf dem Weg sein.« Plötzlich überkam mich ein Schwindelgefühl und ich schwankte.

Im nächsten Augenblick war Campbell bei mir, eine große Hand legte sich über meine Schulter und hielt mich davon ab, zu stürzen. »Sie müssen hier weg.«

Ich atmete tief durch, während dunkle Punkte vor meinen Augen tanzten. »Er schien mir ein netter Kerl zu sein. Wieso würde jemand so etwas tun?«

»Das werden wir herausfinden«, sagte Campbell. »Verschwinden Sie, sofort. Ich will nicht, dass Sie sich einmischen.«

Meine Augen verengten sich, als ich zu ihm aufblickte. »Ich mische mich nicht ein. Ich helfe.«

»Dann helfen Sie, indem Sie nicht im Weg stehen. Das hier ist der Tatort eines Mordes.«

Ich schluckte, und mir wurde übel. Dennoch zwang ich meinen Blick nach unten. Pete lag mit dem Gesicht nach unten da, die Arme waren weit ausgestreckt und sein Kopf zur Seite gedreht. Mehrere seiner Pasteten lagen neben ihm auf dem Boden, als wären sie absichtlich heruntergeworfen worden. Sie lagen überall verteilt. Warum sollte jemand so etwas mit seinen Pasteten tun?

Campbell stupste mich sanft an. »Zeit zu gehen, Holly.«

Ich ging ein paar Schritte, unsicher, was als Nächstes geschehen würde.

Dann erschien Rupert vor mir und legte einen Arm um meine Schultern. »Komm, bringen wir dich hier weg.«

»Lord Rupert! Sie müssen sofort mit Saracen mitgehen«, sagte Campbell.

»Oh, nein, es geht mir gut«, sagte Rupert. »Wir müssen auf Holly achten. Sie muss nach dieser schrecklichen Entdeckung unter Schock stehen.«

»Ihre Sicherheit ist von äußerster Wichtigkeit«, sagte Campbell. »Dieser Mann wurde höchstwahrscheinlich umgebracht. Der Mörder könnte noch vor Ort sein. Sie sind angreifbar.«

Ruperts Augen wurden groß, dann schaute er sich in dem Zelt um. »Ich fühle mich nicht angreifbar. Ich will bei Holly bleiben.«

»Es geht mir gut«, sagte ich. »Campbell hat recht. Du solltest gehen, nur für den Fall.«

»Nicht ohne dich«, sagte Rupert. »Komm mit mir in die Burg.«

Ich trat aus seiner beruhigenden Umarmung heraus. »Nein, ich komme zurecht.«

»Ich ... Oh, nun, wenn du dir sicher bist.« Er legte die Stirn in Falten und sah ein wenig niedergeschlagen aus.

»Wirklich, du bist viel wichtiger. Du musst an einen sicheren Ort gebracht werden.«

Rupert kratzte sich am Kinn, ehe er sich widerwillig von Saracen wegführen ließ.

Ich wollte gerade zur Seite treten, als ich beinahe von einer Frau umgeworfen wurde, die durch die immer noch versammelte Menge stürmte. Sie hatte einen vollen Schopf aus dunklen, seidigen Locken. Ihre Wangen waren bleich und ihre Augen groß, während ihr Blick hektisch umherzuckte.

»Irgendjemand hat gesagt, dass Pete verletzt wurde. Was ist passiert? Sagt mir, was hier los ist.« Sie stellte ihre Fragen nicht an eine bestimmte Person.

Ich legte meine Hand auf ihren Arm. »Sind Sie eine Freundin von Pete Saunders?«

Ihr Blick huschte kurz zu mir, doch dann schaute sie wieder weg. »Wo ist er? Ich muss wissen, ob es ihm gutgeht.«

Ich biss mir auf die Lippe. Ich hasste es, jemandem schlechte Nachrichten zu überbringen. »Es tut mir wirklich leid, aber es geht ihm nicht gut. Er –«

»Holly! Sind Sie immer noch hier?« Campbell erschien neben mir.

Ich schnaubte leise. »Ich wollte gerade gehen.«

Campbell nickte in Richtung des Ausgangs. »Gute Idee.« Dann wandte er sich an die Frau neben mir. »Kennen Sie das Opfer?«

Ich unterdrückte ein Stöhnen. Gut gemacht, Campbell.

Sie starrte ihn an, ihr Mund öffnete und schloss sich mehrere Male, aber es kamen keine Worte heraus. Dann räusperte sie sich. »Opfer? Pete ist ein Opfer? Bitte, ich muss ihn sehen.«

»Niemand kann ihn sehen«, sagte Campbell. »Nicht, ehe wir nicht alle Beweise gesammelt haben.«

Die Frau setzte zum Protestieren an, aber dann nickte sie. »Ich werde nirgendwohin gehen. Ich muss wissen, was hier los ist. Wenn ich mich weigere zu gehen, werden Sie es mir sagen.«

Campbells finsterer Blick wanderte zu mir.

Ich unterdrückte ein Grinsen. Er schien willensstarke Frauen nicht zu mögen, die sich seinen Anordnungen widersetzten.

Campbell hatte sich gerade abgewandt, als die Frau losstürmte. Sie lief um ihn herum und in den Stand hinein.

Sie schnappte nach Luft, bevor ihr ein Schrei entglitt. Dann brach sie zusammen. Campbell fing sie auf, bevor sie auf den Boden aufschlagen konnte, hob sie mühelos in seine Arme und trug sie fort.

Während er sich um die Frau kümmerte, fiel mein Blick auf Colin. Er stand ganz hinten in der Menge, sein Gesicht wirkte blass und angespannt.

Ich eilte zu ihm. »Hast du gesehen, wer Pete das angetan hat?«

Er rieb sich die Stirn. »Nein. Ich war gerade damit fertig, meinen Stand aufzuräumen. Ich hatte fast alles verkauft, also war nur wenig zu tun. Dann dachte ich, vielleicht könnte Pete Hilfe gebrauchten, sein Zeug wieder in den Transporter zu laden, und bin hergekommen. Ich bin reingegangen und ... habe ihn dort auf dem Boden liegen sehen.« Er atmete tief ein, sein Kinn zitterte.

Ich legte meine Hand auf seinen Arm. »Das muss schrecklich gewesen sein.«

»Ich konnte es nicht glauben. Ich dachte, vielleicht erlaubt er sich einen Scherz mit mir. Das hat Pete gerne gemacht. Dann sah ich das Blut und die Unordnung. Ich habe versucht, ihn wachzurütteln, aber er hat sich nicht gerührt. Ist er wirklich tot?«

»Es tut mir leid, aber ja, das ist er. Ist dir etwas Seltsames aufgefallen, als du bei seinem Stand angekommen bist? Hat sich jemand auffällig verhalten oder ist zu hastig weggegangen?«

»Nichts dergleichen«, sagte Colin. »Es war ruhig. Viele Besucher waren schon gegangen. Es war niemand in der Nähe.«

»Kennst du die Frau, die gerade in Ohnmacht gefallen ist?«, fragte ich. »Sie kennt Pete.«

»Oh, ja, ich kenne sie. Das ist Jessica Donovan. Sie sind miteinander ausgegangen. Na ja, ich schätze, man könnte es eher eine On-Off-Beziehung nennen. Pete war beliebt bei den Frauen. Wenn wir unterwegs waren, war ich oft sein Wingman. Wenn sie etwas Ernsteres wollte, hat er es beendet. Ich bin nicht überrascht, sie heute hier zu sehen. Sie liebt Lebensmittelmessen. Ich glaube, so haben sie sich kennengelernt.«

»Hatte sie immer noch Kontakt zu Pete?«

Er nickte. »Sie war oft dabei, wenn er gearbeitet hat, und hat versucht, ihm Honig ums Maul zu schmieren, aber er war nicht interessiert. Trotzdem tut es mir leid, dass sie das sehen musste. Sie ist sehr nett.«

Ich ließ meinen Blick über die Menge schweifen. Dennis Lambeth stand in der Nähe und sah überraschend zufrieden aus.

Er hatte deutlich gemacht, wie sehr er Pete hasste, und dass er ihn als direkte Konkurrenz für sein Unternehmen ansah. Ein Konkurrent, der drohte, ihn vom Markt zu verdrängen. Hatte Dennis etwas dagegen unternommen? War er den Konkurrenten losgeworden, indem er Pete umgebracht hatte?

Ich stupste Colin an. »Weißt du irgendwas über Dennis Lambeth? Ich habe ihn heute Morgen kennengelernt. Er schien nicht sehr glücklich darüber zu sein, Pete hier zu sehen.«

»Natürlich nicht. Sie haben sich ständig gezankt. Dennis dachte, Pete würde ein fragwürdiges Geschäft führen. Aber Pete hat lediglich seine Kosten geringer gehalten, damit er seine Pasteten für weniger Geld anbieten konnte. Dennis bietet seine zu höheren

Preisen an, weil er behauptet, sie wären von höherer Qualität.«

»Wie tief ging diese Feindseligkeit? Du glaubst nicht, dass er Pete etwas angetan haben könnte, oder?«

Colin blinzelte schnell. »Dennis ist dafür verantwortlich?«

Ich hob eine Hand. »Ich stelle nur Vermutungen an, aber das wäre kein schlechtes Motiv.«

Er rieb sich den Nacken. »Ich weiß nicht. Dennis hatte den Bezug zur richtigen Welt verloren. Ich hörte, dass er neulich ein Geschäft schließen musste, weil er nicht genug Gewinn gemacht hat. Mir war nicht bewusst, dass es so schlecht lief. Glaubst du, er könnte den Verstand verloren und Pete mit seinem eigenen Pastetenmesser erstochen haben?«

»Das wird die Polizei herausfinden müssen«, sagte ich.

»Es ist eine Tragödie«, sagte Colin. »Ich habe mit Pete an einem neuen Rezept gearbeitet. Wir wollten seine Pasteten mit meinem Käse kombinieren und etwas Einzigartiges erschaffen. Wir waren ein gutes Team.« Er wischte sich über die Augen. »Er war mein bester Freund. Das ist jetzt alles vorbei.«

Ich tätschelte seinen Arm. »Hatte Pete irgendwelche Feinde? Wurde er bedroht oder hat sich Sorgen um seine Sicherheit gemacht?«

»Abgesehen von Dennis?«

»Ja. Obwohl ich mir sicher bin, dass die Polizei mit Dennis bezüglich ihrer Fehde sprechen wird«, sagte ich. »Fällt dir irgendjemand ein?«

Colin schaute sich unter den Leuten um, bevor er die Stirn runzelte. »Wo ist Maisie?«

»Petes Assistentin?«

Er nickte. »Ich habe sie schon eine Weile nicht gesehen. Sie ist immer so grummelig. Niemals glücklich, es sei denn, sie kann sich über Pete beschweren.«

»Sie mochte ihn nicht?«

»Pete hat Maisie hart arbeiten lassen, und das hat sie gehasst.« Er lehnte sich etwas näher. »Mal unter uns, ich glaube, sie stand auf Pete. Nicht, dass er darauf eingegangen wäre. Sie ist fast jung genug, um seine Tochter sein zu können.«

In der kurzen Zeit, in der ich Maisie und Pete heute Morgen zusammen gesehen hatte, war mir nichts Besonderes bei ihrer Beziehung aufgefallen, aber Pete war ein charmanter, attraktiver Kerl. Er war möglich, dass sie sich ein wenig in ihn verknallt hatte.

Colin schüttelte den Kopf. »Sie war ein typisches junges Ding, das erwartet hat, dass ihr alles in den Schoß geworfen wird. Darauf hat Pete sich nicht eingelassen. Bei ihm musste sie sich jeden Penny hart verdienen. Das gefiel ihr nicht. Ich habe sie mehrfach sagen hören, dass sie am liebsten kündigen würde.«

Ich runzelte die Stirn und überlegte, ob Maisie die Mörderin sein könnte. Sie hatte Zugang zu dem Stand und wäre definitiv an die Mordwaffe herangekommen, die aus Petes Rücken ragte. Er wäre ihr gegenüber nicht misstrauisch gewesen.

Ich schaute zum Tatort. War es wirklich so leicht? Hatte ich mit einer kurzen Unterhaltung mit Colin herausgefunden, wer für den Mord verantwortlich war?

Falls dem so war, sollte ich Campbell davon erzählen und mich zurückziehen? Immerhin stand mir ein Backwettbewerb bevor, auf den ich mich konzentrieren musste.

Doch es fühlte sich verfrüht an, Maisie als Mörderin abzustempeln. Ich würde ein wenig ermitteln müssen, bevor ich mein Wissen weitergab, um ganz sicher sein zu können.

Solange Campbell nichts davon mitbekommen würde, wäre das kein Problem.

Kapitel 6

Ich stellte die letzte Kuchenform zurück in den Schrank und wischte die Arbeitsplatte ab, um für den morgigen Arbeitstag vorbereitet zu sein.

Ein Gähnen überkam mich und ich blinzelte müde. Heute war endlos und stressig gewesen. Alles, was ich für den Abend noch geplant hatte, war ein langes Bad in der Wanne, bevor ich mich auf dem Sofa zusammenrollen und Meatball an meinen Füßen liegen und schlummern würde. Das klang himmlisch.

Plötzlich flog die Küchentür auf. Alice huschte herein und nahm meine Hände in ihre. »Erzähl mir alles!«

Ich widerstand dem Drang, zu grinsen. »Was meinst du?«

»Fang jetzt nicht damit an.« Sie zog mich zu dem Tisch hinüber und drückte mich auf einen Stuhl, ehe sie ebenfalls Platz nahm. »Rupert hat erzählt, dass du die Leiche bei der Messe entdeckt hast. Wie schrecklich. Ich will alles genau hören.«

Ich stieß ein Seufzen aus und nickte. Von Alice ausgefragt zu werden, fühlte sich fast an wie die Verhöre von Campbell. »Es war das Letzte, was ich zwischen all den Pasteten vermutet hatte.«

»Und er wurde mit einem Pastetenmesser in den Rücken gestochen.« Alice schüttelte ihren Kopf. »Das kann nicht sehr hygienisch gewesen sein.«

»Ich bezweifle, dass der Täter sich Sorgen um Krümel in der Wunde gemacht hat. Vielleicht war es die einzige brauchbare Waffe vor Ort. Obwohl ... die Szene hatte etwas Seltsames an sich.«

»Was meinst du? Na los, erzähl mir alles.« Alice' blaue Augen funkelten.

»Der Mann, der gestorben ist – Pete Saunders –, er hatte sich darauf spezialisiert, Pasteten zu verkaufen. Er hat sich mir sogar als ›der Pastetenmann‹ vorgestellt, als wir uns getroffen haben. Als ich am Tatort ankam, waren mehrere seiner Pasteten zerstört worden. Ich dachte, vielleicht hat er sie getragen und fallen lassen, als er angegriffen wurde, aber diese Pasteten wurden kräftig auf den Boden geworfen. Als wäre es Absicht gewesen. Sie lagen überall verteilt.«

»Vielleicht hat ein unzufriedener Kunde die Waren zurückgegeben.« Sie schnappte nach Luft. »Ich hab's! Ich weiß, was mit Pete passiert ist. Jemand hat versucht, die gekauften Pasteten zurückzugeben, und er hat sich geweigert, ihnen das Geld zurückzugeben. Sie haben mit den Pasteten nach ihm geworfen und es wurde hässlich. Der Kunde hat sich das Pastetenmesser geschnappt und Pete erstochen.«

Ich rümpfte die Nase. »Hätte er einem wütenden Kunden den Rücken zugedreht? Bestimmt hätte er keine Szene riskiert, die andere Kunden vergrault hätte.«

»Es ist eine gute Theorie.«

»Das ist eine ausgezeichnete Theorie, aber ich denke nicht, dass es so passiert ist.«

»Wie kannst du dir da sicher sein?«

»Kann ich nicht, aber wenn du recht hast, haben wir ein großes Problem. Hunderte von Leuten haben Petes Stand besucht. Jeder von ihnen könnte es gewesen sein.«

»Oh! Das macht es komplizierter. Wenigstens ist es am Ende des Tages passiert«, sagte Alice. »So wurde die Messe nicht für alle verdorben.«

»Wir müssen es mit einem rücksichtsvollen Mörder zu tun haben«, sagte ich. »Er hat gewartet, bis alle ihre Pasteten und Schoko-Karamellkuchen gekauft haben, bevor er ein Leben beendet hat.«

»Es gab Schoko-Karamellkuchen? Davon hat Rupert nichts erzählt.«

Ich lachte. »Es war wirklich gut, dass es am Ende des Tages passiert ist, so haben es nicht zu viele Leute mitbekommen. Aber ich befürchte, es wird schon bald in den Zeitungen stehen.«

»Natürlich.   Auf   den   ganzen Social-Media-Plattformen wird schon darüber diskutiert; ich habe nachgesehen. Das muss schnell aufgeklärt werden. Sonst schrecken die Touristen noch davor zurück, die Burg zu besuchen. Wie sieht der nächste Schritt aus, um den Täter zu fassen?«

»Campbell kümmert sich darum«, sagte ich. »Bevor ich aus dem Zelt getrieben wurde, ist die Polizei eingetroffen und sie haben sich beraten.«

»Du musst auch ermitteln«, sagte Alice. »Du bist so gut darin, Geheimnisse zu lösen.«

»Campbell war ziemlich deutlich. Ich soll nicht herumschnüffeln.«

»Mach dir um ihn keine Sorgen. Er ist zahm wie ein Miezekätzchen. Ich kann dich in seinem Team unterbringen, du musst nur ein Wort sagen.«

»Nein! Ich sage gar nichts. Campbell wird mich bei lebendigem Leib zerfleischen, wenn er mich dabei erwischt, wie ich mich einmische.«

»Du bist kein bisschen daran interessiert, was mit Pete geschehen ist?« Ihr Grinsen machte deutlich, dass sie wusste, wie neugierig mich dieser Mord gemacht hatte.

Ich neigte meinen Kopf von einer Seite zur anderen. »Ich konnte ein paar Verdächtige ausmachen. Und die Art, wie Pete getötet wurde, lässt einen persönlichen Grund vermuten.«

»Du denkst, wer auch immer Pete umgebracht hat, kannte ihn?«

Ich tippte mit den Fingern auf die Tischplatte. »Genau das denke ich. Er hatte Rivalen bei der Messe. Andere Verkäufer, denen es nicht gefallen hat, wie er ihre Preise unterbietet und ihnen die Kundschaft wegnimmt.«

»Und? Wer sind die Verdächtigen?«

Ich biss mir auf die Unterlippe. »Ich habe einen Freund von Pete kennengelernt – Colin Cheeseman. Er hat während der Messe seinen Käse verkauft und die Leiche gefunden.«

»Denkst du, er hat seinen Freund umgebracht?«

»Nein, er schien sehr schockiert über das zu sein, was passiert ist. Er hat seinen Stand aufgeräumt, als der Mord geschehen ist. Obwohl es nicht schaden würde, trotzdem zu überprüfen, ob er wirklich dort war. Aber es gab noch einen anderen Mann, der Pasteten verkauft hat. Ein Kerl namens Dennis Lambeth. Er hat seinen Unmut gegenüber Pete nicht verborgen und sah fast glücklich darüber aus, dass er tot ist.«

»Der Rivale hat Pete ermordet.« Alice nickte. »Das ergäbe Sinn.«

»Ich weiß nicht, wo er war, als Pete ermordet wurde. Das muss ich überprüfen. Und dann gibt es noch Maisie Bright, seine unzufriedene Assistentin.«

»Eine Assistentin! Für sie wäre es leicht gewesen, Pete zu töten«, sagte Alice. »Er muss ihr vertraut haben. Es wäre ihm nicht seltsam vorgekommen, wenn sie sich das Messer genommen hätte. Er dreht ihr den Rücken zu und dann ...« Sie ahmte eine stechende Bewegung nach.

»Und sie wird vermisst«, sagte ich. »Ich weiß nicht, ob sie mittlerweile gefunden wurde.«

»Sie ist geflohen! Sie hat Pete getötet und das Weite gesucht.«

Ich kratzte mich am Kinn. »Das wäre möglich. Aber wie gesagt, ich werde mich nicht einmischen.«

Alice kicherte. »Dafür ist es schon zu spät. Du hast schon jetzt mehrere Verdächtige ausgemacht. Jetzt kannst du nicht mehr zulassen, dass dieser Mord unaufgeklärt bleibt.«

»Das wird er nicht. Campbell ermittelt bereits.« Ein Schrei ließ mich aufspringen. »Wo kam das denn her?«

Alice nahm meine Hand und zog mich zur Tür hinaus. »Finden wir es heraus.«

Wir rasten durch den Flur bis in Lady Audleys Wohnzimmer. Campbell stand vor einer champagnerfarbenen Chaiselongue und hielt abwehrend die Hände hoch, während er vor Jessica zurückwich.

Als wir hineinstürmten, warf er einen Blick über seine Schulter und runzelte die Stirn. »Hier gibt es nichts zu sehen.«

»Er wollte mich umbringen«, quiekte Jessica, dunkle Locken fielen in ihr blasses Gesicht. »Ich bin aufgewacht und er stand über mir. Ich dachte, jetzt wäre es vorbei.«

»So war es nicht«, sagte Campbell hastig. »Sie sind wieder ohnmächtig geworden.«

Jessicas Augen verengten sich, sie starrte ihn finster an. »Sie könnten wer weiß wer sein. Ich wache nach dem Schock meines Lebens wieder auf und sehe einen riesigen, gruseligen Mann in Anzug vor mir stehen. Was soll ich da schon denken?«

»Er sieht gefährlicher aus, als er ist.« Alice ging zu ihr. »Achte nicht auf Campbell. Er ist mein Bodyguard.«

Campbell räusperte sich und trat einen Schritt zurück.

Alice grinste mich an und zwinkerte, bevor sie sich wieder Jessica zuwandte. »Hallo. Ich bin Prinzessin Alice Audley. Ich wohne in der Burg. Und das ist meine Freundin Holly Holmes. Sie war heute auch bei der Lebensmittelmesse.«

Jessicas Blick wanderte zu mir, und ihr Blick wurde nachdenklich. »Oh! Ja, jetzt erinnere ich mich. Du warst auch dort, als Pete gefunden wurde. Du warst diejenige, die mir gesagt hat ... du hast mir gesagt ... Oh Mann, ich kann es immer noch nicht glauben. Das muss ein schrecklicher Albtraum sein, aus dem ich gleich aufwache, nicht wahr?«

»Nein, ich befürchte, so ist es nicht«, sagte ich. »Wie fühlst du dich?«

»Mir ist ganz übel«, sagte sie. »Als ich Pete dort auf dem Boden liegen sah, konnte ich nicht mehr atmen. Alles wurde schwarz. An mehr erinnere ich mich nicht.«

»Ab hier sollte ich übernehmen«, sagte Campbell. »Ich muss mich mit Jessica unterhalten.«

Alice winkte ab. »Nein, sie steht ganz offensichtlich unter Schock. Das erfordert die Feinfühligkeit einer Frau. Holly, du wirst die Befragung übernehmen.«

Ich schaute zu Campbell. Sein Blick wurde hart, und seine Finger zuckten, als würde er mich warnen, mich nicht einzumischen. »Es ist keine schlechte Idee, dass ich ein paar Fragen stelle. Unter Ihrer Aufsicht natürlich. Das muss sehr stressig für Jessica sein.«

Campbell nickte knapp. »Legen Sie los.«

Ich wandte mich an Jessica. »Ist es in Ordnung, wenn ich dir ein paar Fragen über Pete stelle?«

Ihr Seufzen klang zittrig, doch sie nickte. »Natürlich. Wenn ihr denkt, dass ich irgendwie helfen kann.«

»Wart ihr ein Paar?«, fragte ich.

»Das waren wir, aber das ist schon ein paar Monate her«, sagte Jessica.

»Und Pete hat die Beziehung beendet?«, fragte ich.

»Oh, nein. Es war umgekehrt. Ich habe ihn verlassen.«

»Wie kam es dazu?«

»Er hätte die Wahrheit nicht mal erkannt, wenn sie ihm direkt in den Hintern getreten hätte. Pete hat immer Dinge verheimlicht. Ich habe versucht, es zu akzeptieren, aber er war so heimlichtuerisch. Dann habe ich ein geheimes Telefon gefunden. Das war für mich der Tropfen, der das Fass zum Überlaufen gebracht hat.«

»Ein geheimes Telefon?« Campbell trat vor. »Wie haben Sie das gefunden?«

Jessica leuchtete rosa, aber sie hielt ihr Kinn erhoben. »Wenn man jemandem nicht vertraut, wird man irgendwann misstrauisch. Ich habe mich gefragt, ob er sich noch mit einer anderen trifft. Also fing ich an, seine Taschen nach Beweisen zu durchsuchen, dass er mich betrügt. Eines Abends schaute ich in seine Manteltasche und fand ein Handy. Dafür konnte es nur einen Grund geben: Er hat es versteckt, weil er nicht wollte, dass ich die Nachrichten einer anderen Frau entdecke.«

»Vielleicht nutze er es für die Arbeit«, sagte ich. »Petes Geschäft lief gut. Wahrscheinlich wollte er nicht rund um die Uhr auf seinem privaten Mobiltelefon mit Anrufen bezüglich der Arbeit genervt werden.«

»So war es nicht«, sagte Jessica. »Er hat ständig Geschäftsanrufe auf seinem privaten Telefon entgegengenommen. Er konnte sich kaum von diesem elenden Ding lösen. Hat nie aufgehört, zu arbeiten. Neben seinem heimlichen Getue und den langen Arbeitstagen, wurde ich an den Rand gedrängt. Ich hatte genug. Also sagte ich ihm, es wäre vorbei und habe ihn verlassen.«

»Was hat Pete dazu gesagt?«, fragte ich.

»Er hat ein paar Kommentare darüber abgegeben, dass er sich mehr anstrengen und eine besser Work-Life-Balance schaffen würde, aber man konnte erkennen, dass er es nicht ernst meinte.«

»Aber du meintest es ernst?«, fragte ich.

Campbell stupste mich mit dem Fuß an. »Vielleicht wäre es hilfreich, wenn Sie sie nach dem Mord fragen.«

»Dazu komme ich noch.« Ich versuchte, Jessicas Vertrauen zu gewinnen, damit sie sich mir öffnete. Außerdem war ihre Beziehung zu Pete wichtig für diesen Fall.

Sie lehnte ihren Kopf leicht zurück und ließ ihren Blick durch den Raum schweife. »Wow! Mir wird erst jetzt bewusst, wo ich bin. Das ist wirklich Audley Castle.«

»Das ist es«, sagte Alice stolz. »Und mein Zuhause. Wir sind hier im Wohnzimmer von Lady Audley. Früher durften es nur Damen betreten, aber diese Regel befolgen wir nicht mehr. Wie du sehen kannst, ist Campbell definitiv keine Dame.«

»Es ist umwerfend«, sagte Jessica. »Oh! Tut mir leid, wo sind nur meine Manieren geblieben. Du bist eine Prinzessin? Hätte ich einen Knicks machen sollen? Bekomme ich Schwierigkeiten, wenn ich mich nicht ans Protokoll halte?«

Alice lachte. »Jemand, der sich gerade von einer Ohnmacht erholt, muss keinen Knicks machen. Alles in Ordnung.«

»Zurück zu Pete«, sagte ich. »War das zwischen euch etwas Ernstes?«

Jessica zuckte mit den Schultern. »Wenn er mir Aufmerksamkeit geschenkt hat, war er großartig. Er war lustig und so charmant. Er hat es immer geschafft, jeden in seiner Umgebung aufzuheitern.«

»Aber nur zu seinen Bedingungen«, sagte ich.

»Das stimmt. Alles musste immer so laufen, wie Pete es wollte. Davon hatte ich irgendwann genug. Ich werde nicht jünger und wollte jemanden finden, der sich Hals über Kopf in mich verliebt und eine große Familie haben möchte. Mich von Pete zu trennen, war schwer, aber ich musste nach vorne blicken.«

»Und Sie haben nach vorne geblickt, indem Sie eine Messe besuchten, auf der Pete Aussteller war?«, fragte Campbell.

Jessicas Ausdruck wurde hart. »Diese Messen habe ich schon lange vor meiner Beziehung mit Pete besucht. Ich werde nicht mit etwas aufhören, das ich liebe, nur weil die Möglichkeit besteht, ihm über den Weg zu laufen.«

»Auf der Website der Burg gibt es eine Liste mit sämtlichen Ausstellern«, sagte Campbell. »Es wäre leicht gewesen, zu überprüfen, ob Pete hier ist. Warum sind Sie ausgerechnet zu dieser Messe gekommen?«

»Ich bin nicht *ausgerechnet* zu dieser Messe gekommen«, sagte Jessica. »Eine meiner Großtanten wohnt in Audley St. Mary. Sie hat mir von der Messe erzählt, was mir einen perfekten Grund geliefert hat, herzukommen, das Wochenende mit ihr zu verbringen und die Messe zu besuchen. Ich bin nicht hergekommen, weil ich Pete stalke, falls Sie das denken.«

Ich schaute zu Campbell. Mir war der Gedanke, dass Jessica eine eifersüchtige Exfreundin sein könnte, ebenfalls gekommen. Das wäre ein gutes Motiv für den Mord an Pete. Jessica war betrogen und hängengelassen worden. Für Pete stand sein Geschäft an erster Stelle, also hatte sie ihn verlassen, konnte ihn aber nicht vergessen. War sie diejenige gewesen, die ihn getötet hatte?

»Wo warst du, als Pete ermordet wurde?«, fragte ich.

»Ich war fast den ganzen Tag bei der Messe. Meistens warte ich bis zum Ende des Tages, weil die Verkäufer da ihre Preise senken, damit sie nicht wieder alles mit zurück schleppen müssen. Ich bin herumgeschlendert und hoffte, einen guten Deal zu finden, als ich plötzlich die Schreie hörte. Da bin ich zu den Leuten geeilt und die meinten, Pete wäre verletzt worden.«

Es war nicht das beste Alibi, das ich je gehört hatte, aber wir könnten es überprüfen, indem wir die anderen Standbetreiber befragten.

»Wo wohnen Sie während Ihrer Zeit hier?«, fragte Campbell.

»Meine Großtante wohnt im Heatherfield Cottage«, sagte Jessica. »Kennen Sie das?«

»Ich kenne es«, sagte ich. »Daran bin ich während meiner Auslieferungen schon oft vorbeigefahren. Wie lange wirst du dort bleiben?«

»Ich hatte geplant, morgen früh wieder abzureisen«, sagte Jessica.

»Es wäre das Beste, wenn Sie noch etwas länger bleiben«, sagte Campbell. »Ich könnte noch weitere Fragen an Sie haben.«

Er könnte noch weitere Fragen haben? Ich war diejenige, die die nützlichen Fragen stellte.

Jessica runzelte die Stirn. »Ewig kann ich nicht hierbleiben. In ein paar Tagen muss ich zurück zur Arbeit.«

»Ich kann Sie nicht zwingen, zu bleiben«, sagte Campbell. »Aber wenn ich Sie verhaften lasse, werden Sie keine andere Wahl haben.«

»Verhaften! Wofür? Ich habe damit nichts zu tun.« Jessicas Unterlippe zitterte.

Campbells Taktlosigkeit machte mich für einen kurzen Moment sprachlos. Das half nicht dabei, Jessica zu beruhigen und sie zu einer Kooperation zu bewegen. »Niemand wird dich verhaften. Aber es wäre gut, wenn du noch ein paar Tage bleiben könntest. Ich bin mir sicher, dass deine Großtante nichts gegen die Gesellschaft hätte.«

»Überprüft meine Taschen«, sagte Jessica. »Die sind voll mit Einkäufen. Das meiste davon habe ich während der letzten Stunde der Messe gekauft. Ich habe nicht herumgelungert und gehofft, einen Blick auf Pete werfen zu können wie ein liebestoller Teenager. Ich bin fünfunddreißig Jahre alt. Die Zeiten, in denen ich unnahbaren Männern nachgelaufen bin, sind vorbei. Ich war wirklich wegen des Essens hier.«

Mein Blick fiel auf die prall gefüllten Taschen, die neben der Chaiselongue standen.

»Trotzdem, bleib bitte in der Nähe«, sagte ich. »Vielleicht fällt dir später noch etwas ein, das du gesehen hast und für diese Ermittlung wichtig sein könnte.«

Sie nickte. »Ich kann noch zwei Tage länger bleiben, aber mehr nicht. Dann muss ich aufbrechen.«

»Womöglich wird das nicht ausreichen«, sagte Campbell.

»Wir werden damit arbeiten müssen«, sagte ich zu ihm. Jessicas Arm bebte, als ich meine Hand darauf legte. Sie stand immer noch unter Schock, und wenn wir nicht aufpassten, würde sie erneut ohnmächtig werden.

»Kann ich jetzt gehen?«, fragte Jessica. »Großtante Mary macht sich bestimmt schon Sorgen, wo ich bleibe. Vielleicht hat sie gehört, was bei der Messe passiert ist, und bekommt Panik.«

»Natürlich«, sagte ich. »Wie wirst du nach Hause kommen?«

»Ich bin zu Fuß hier«, sagte Jessica. »Die frische Luft wird mir guttun. Nach dem, was passiert ist, muss ich den Kopf wieder freibekommen.«

»Ich werde dich hinausführen.« Alice hakte sich bei Jessica unter, als sie aufstand und ihre Taschen einsammelte. »Du kannst mir zeigen, was du bei der Messe gekauft hast. Ich hoffe, es ist nichts verdorben.«

Jessicas Augen weiteten sich kurz, dann nickte sie. »Danke. Ich hätte nie gedacht, einmal von einer Prinzessin begleitet zu werden.«

Als sie durch die Tür verschwanden, spürte ich, wie sich mir die Nackenhaare aufstellten. Ich drehte mich und sah Campbells finsteren Blick auf mir ruhen. »Ich habe nichts Falsches gemacht. Ich habe nur versucht, jemandem in Not zu helfen.«

»Sie haben sich wieder eingemischt.«

»Prinzessin Alice hat mich mitgezerrt, als wir Jessica schreien gehört haben.«

»Ist das so?«

»Ja! Und meine Fragen waren hilfreich. Ich konnte ihr wichtige Informationen entlocken.«

Campbell verschränkte die Arme vor seiner Brust und starrte mich weiter an.

Doch diesmal funktionierte seine Einschüchterungstaktik nicht. »Ich helfe nur.«

»Sie haben genug auf Miss Cluedo gemacht. Ich habe Ihnen gesagt, dass Sie sich aus dieser Sache heraushalten sollen.«

»Und das versuche ich auch wirklich, aber Sie machen es mir nicht leicht, wenn Sie herumlaufen und die Verdächtigen verängstigen.«

»Ist das so? Warum haben Sie dann zusammen mit Prinzessin Alice in der Küche über die Verdächtigen dieses Mordfalls gesprochen?«

Ich schüttelte den Kopf. Campbells Fähigkeiten, Privatgespräche zu belauschen, waren besorgniserregend. »Unter der Anweisung von Prinzessin Alice, die darauf bestanden hat, genau zu erfahren, was passiert ist. Sagen Sie mir, dass ich mich einem direkten Befehl der Prinzessin widersetzen soll?«

Er schmunzelte. »Ich habe die Sache unter Kontrolle. Wir haben unsere Verdächtigen und es werden bereits Verhöre durchgeführt. Es wurden Beweise gesammelt und –«

»Wissen Sie, wann genau Pete getötet wurde?«, fragte ich. »Das könnte hilfreich dabei sein, Verdächtige auszuschließen.«

Seine Nasenflügel blähten sich auf, aber er nickte. »Als Colin Cheeseman ihn gefunden hat, war er höchstens seit zehn Minuten tot. Irgendjemand muss den Täter an seinem Stand gesehen haben. Wir werden ihn finden.«

»Zweifellos werden Sie das«, sagte ich. »Vielleicht könnte ich helfen. Ich dachte, möglicherweise –«

»Hören Sie auf, zu denken.« Er zeigte zur Tür. »Gehen Sie wieder in die Küche und machen Sie *Ihren* Job.«

Meine Hände ballten sich zu Fäusten. Ich wollte dieses Rätsel lösen, aber ich durfte mich nicht ablenken lassen. Campbell war an dem Fall dran und ich hatte viel zu tun, wenn ich morgen an dem Backwettbewerb teilnehmen wollte.

»Wie ich sehe, konnte ich zu Ihnen durchdringen«, sagte Campbell. »Belassen wir es dabei. Sie kümmern sich um die Kuchen und –«

»Ich weiß, Sie kümmern sich um die Sicherheit. Ich vermute, Sie werden die Ermittlungen leiten?«

»Natürlich. Wir stehen mit der Polizei in Kontakt und werden zusammenarbeiten. Innerhalb von achtundvierzig Stunden werde ich das geklärt haben.«

»Gut für Sie. Ich wünsche Ihnen viel Erfolg für die Ermittlung.« Ich bemühte mich nicht, meine Verärgerung zu verstecken, als ich herumwirbelte und davon marschierte. Gerne wäre ich ein Teil davon gewesen, aber ich musste mich voll und ganz auf meine Kuchen konzentrieren.

Mein Ruf hing von diesem Wettbewerb ab. Ich durfte nicht zulassen, mich ablenken zu lassen, egal wovon. Muffins waren wichtiger als ein Mord.

Kapitel 7

»Nur drei winzige Stunden.« Ich folgte Chef Heston durch die Küche. »Mehr brauche ich nicht, um den Kuchen rechtzeitig fertig zu bekommen.«

»Sie hätten gestern daran arbeiten sollen«, sagte er. »In Ihrer Freizeit.«

»Das hätte ich, wenn nicht jemand ermordet worden wäre.« Gestern Abend hatte ich zwei Stunden damit verbracht, über meinen Backbüchern zu hocken, bis ich mich endlich entschieden hatte, welchen Kuchen ich für den heutigen Wettbewerb backen wollte. Ich war zwiegespalten gewesen, hatte mich dann aber für den riskanteren neapolitanischen Red-Velvet-Schichtkuchen entschieden. Das Problem war, dass ich gestern so erschöpft gewesen war, dass ich ihn noch nicht gebacken hatte.

Obwohl ich zwei Stunden eher aufgestanden war und alles gegeben hatte, lief mir immer noch die Zeit davon. Und das hatte dazu geführt, dass ich Chef Heston anflehen musste.

Er blieb so abrupt stehen, dass ich gegen seinen Rücken stieß.

Er drehte sich um, legte seine Hände auf meine Schultern und schob mich zurück. »Sie können die benötigte Zeit bekommen, wenn Sie mir etwas versprechen.«

»Was versprechen?«

»Dass Sie gewinnen werden.«

Ich atmete tief ein. So etwas konnte ich unmöglich versprechen. Die Konkurrenz war hart, und ich hatte keine Ahnung, was die anderen backen würden. Höchstwahrscheinlich würden sie umwerfende Kreationen präsentieren. Daneben würde mein Kuchen winzig und traurig erscheinen.

»Ich werde mein Bestes geben.«

»Nein, Sie werden gewinnen. Sie arbeiten für das Audley Castle. Sie arbeiten in meiner Küche. Es steht nicht nur Ihr Ruf auf dem Spiel. Wenn Sie verlieren, wird man mein Urteilsvermögen in Frage stellen.«

»Ich verspreche, dass ich Sie nicht mal erwähnen werde. Ich werde kein Wort über diese Küche verlieren. Ich kann auch unter einem falschen Namen antreten, falls das hilft. Sie müssen nicht zwangsweise mit meinem Beitrag in Verbindung gebracht werden.«

Er schnaubte und schüttelte den Kopf. »Sie sind eine ausgezeichnete Bäckerin.«

»Danke. Das ist sehr nett von Ihnen. Also –«

»Aber wenn Sie nicht gewinnen, werden Sie unentgeltlich Doppelschichten schieben. Und ich werde dafür sorgen, dass Sie vorerst sämtliche Schälarbeiten übernehmen.«

Ich zog eine Grimasse und schaute weg. Ich hasste es, Gemüse zu schälen. Allerdings brauchte ich mehr Zeit. Entweder musste ich mich auf diesen Deal einlassen oder von dem Wettbewerb zurücktreten. Und das war gar nicht meine Art.

»Okay, ich werde diesen Wettbewerb gewinnen.«

Er warf einen Blick auf die Uhr. »Ihre drei Stunden fangen jetzt an.«

»Und für die Zeit, in der die Kuchen bewertet werden, nehme ich meine Mittagspause«, sagte ich.

Er fuchtelte mit der Hand vor meinem Gesicht herum. »Lassen Sie mich das nicht bereuen.«

Ich grinste, als ich davoneilte und alles zusammensuchte, was ich zum Backen brauchte. Ich war gerade dabei, Mehl und Zucker abzuwiegen, als Betsy Malone durch die Tür stürmte.

Mit funkelnden Augen kam sie auf mich zu. »Alle stellen Fragen über diesen Mord bei der Lebensmittelmesse.«

Ich hielt meinen Blick auf das Rezept vor mir gerichtet, während ich die Zutaten in eine große Rührschüssel gab. »Natürlich tun sie das.«

Sie lehnte sich näher, sodass ich den schwachen Zitronenduft ihres Putzmittels riechen konnte, der von ihrer Kleidung ausströmte. »Als ich heute zur Arbeit gekommen bin, hat mich so ein zwielichtiger Kerl aufgehalten. Er wollte wissen, was ich in der Burg wollte, und ob ich hier arbeite.«

Ich hielt mitten in meinen hektischen Bewegungen inne und schaute sie an. »Ein zwielichtiger Kerl? War es ein Reporter, der herumschnüffeln wollte?«

»Nein. Zumindest sah er nicht wie einer aus. Er hatte keins von diesen Plastikschildchen um seinem Hals hängen, die man sonst bei der Presse sieht.«

»Wie sah er aus?«

»Gemein, unheimlich. Er hat eine Lederjacke getragen und sah aus, als wollte er Probleme machen.« Betsy schnaubte.

Das klang nach Ricky, der Mann, mit dem Pete am Morgen gesprochen hatte, bevor er gestorben war. »Was genau hat er dich gefragt?«

»Als er hörte, dass ich in der Burg putzte, hat er angefangen mich darüber auszufragen, wen sie für Petes Mörder halten. Als würde ich so etwas wissen. Ich halte nichts von Tratsch.«

Ich lächelte liebevoll. Betsy war die größte Tratschtante, die ich kannte. Dank ihrer Fähigkeit, sich während ihrer Arbeit unbemerkt durch die Burg zu bewegen, bekam sie mehr mit als alle anderen. Wenn die Leute dachten, dass niemand sie hören konnte, kamen ihre pikantesten Geheimnisse ans Licht.

»Was hast du ihm gesagt?« Ich schlug mit einer Hand ein Ei auf, während ich meinen Blick weiter auf das Rezept gerichtet hielt.

»Ich habe ihm gesagt, dass ihn das nichts angeht. Und dass er aufhören sollte, solche Fragen zu stellen, weil sonst noch jemand annehmen könnte, er hätte etwas damit zu tun.«

Ich grinste. »Was hat er darauf erwidert?«

»Er hat sich vom Acker gemacht, nachdem ich ihm erzählt habe, dass ich gut mit dem Securitychef befreundet bin. Das hat ihm gar nicht gefallen.«

»Hat er nach Verdächtigen gefragt, weil er hofft, dass die Polizei schon jemanden festgenommen hat? Wenn er etwas damit zu tun hätte, würde er nicht wollen, dass die Polizei auf ihn aufmerksam wird. Und das würden sie nicht, wenn sie es bereits auf einen Verdächtigen abgesehen hätten.«

»Das weiß ich nicht. Aber sein Blick hat etwas Böses ausgestrahlt«, sagte Betsy. »Ich habe ihm nicht über den Weg getraut. Und gestern Abend war ich unten im Pub, für einen Softdrink, natürlich. Ich halte nicht viel von Alkohol.«

Ich musste ein Grinsen unterdrücken. Wenn Betsy die richtige Stimmung hatte, musste ich den Sherry, den ich zum Backen verwendete, vor ihr verstecken. Und ich hatte alles über die letzte Weihnachtsfeier gehört. Sie trank definitiv hin und wieder gerne etwas.

»Hast du etwas Interessantes gehört?«, fragte ich.

»Das kann man wohl sagen.« Sie lehnte sich noch näher. »Da stand dieser schreckliche, selbstgefällige kleine Mann an der Bar. Er hat erzählt, dass er Petes Leiche gesehen hat. Alles, was er sagte, wirkte so grausam. Mir ist ganz anders geworden.«

»Er muss unter den Schaulustigen gewesen sein, nachdem Pete entdeckt worden ist.«

»Entweder das oder er hat es selbst getan. Es war sehr detailliert, er hat sogar von einem silbernen Pastetenmesser erzählt, das ihm aus dem Rücken ragte.« Sie erschauderte und verzog das Gesicht. »Es war grauenvoll. Doch das Schlimmste war, dass er immer wieder meinte, dass er es verdient hätte. Er hat allen erzählt, dass Pete kein netter Mann war und jeden betrogen hat, den er kannte. Er hätte es sich selbst zuzuschreiben.«

»Erinnerst du dich daran, wie dieser Mann ausgesehen hat?«, fragte ich.

»Klein, etwas mollig und lichtes Haar. Kleine dunkle Augen. Noch so jemand, dem man nicht über den Weg trauen würde.«

Das klang nach Dennis Lambeth. Er müsste seine Meinung darüber, dass Pete den Tod verdient hatte, diskreter angehen müssen, sonst würde die Polizei ihm bald ein paar lange, unangenehme Stunden bereiten, wenn sie das nicht bereits taten.

»Wie auch immer, ich muss weiter. Vor mir liegen noch ein Dutzend Zimmer, die geputzt werden möchten. Aber sei vorsichtig, Holly. Da draußen läuft ein Mörder herum.« Sie tätschelte meinen Arm.

Ich nickte. »Keine Sorge, ich werde mich aus allem raushalten. Heute nehme ich an dem Backwettbewerb teil.«

»So ist es gut, habe Spaß und bleib in Sicherheit«, sagte Betsy. »Dennoch ist es eine üble Sache.« Sie nickte, bevor sie wieder aus der Küche huschte.

Während ich weiter die Zutaten für meinen Kuchen vermengte, grübelte ich über das nach, was Betsy mir erzählt hatte. Es war gut möglich, dass Ricky oder Dennis etwas mit diesem Mord zu tun hatten.

Dennis hasste Pete, und sein Unternehmen hatte finanzielle Schwierigkeiten. Und als Ricky mit Pete gesprochen hatte, war sein Ton alles andere als freundlich gewesen. Hätten sie in einen Geschäftsdeal verwickelt sein können, der schiefgelaufen war? War Ricky dort gewesen, um Schulden einzutreiben, doch Pete hatte sich geweigert? Was auch immer es war, Ricky und Dennis mussten auf der Liste der Verdächtigen stehen.

Meine hektischen Rührbewegungen wurden langsamer. Sollte ich Campbell davon erzählen? Er hatte mich gewarnt, mich aus der Ermittlung rauszuhalten, und würde mir nur vorwerfen, herumzuschnüffeln, wenn ich ihm diese Informationen gab. Aber es könnte ihn zu dem Mörder führen.

Ich konzentrierte mich auf meinen Teig, rührte ihn ausgiebig, um sicherzustellen, dass der Kuchen leicht und fluffig werden würde. In meinem Bizeps breitete sich gerade das vertraute Brennen aus, das mir verriet, dass ich beinahe fertig war, als die Küchentür aufgeschoben wurde.

Campbell marschierte hinein, seine Schultern waren angespannt und seine Hände zu Fäusten geballt. »Mitkommen.«

Das klang, als gäbe es Schwierigkeiten. Ich schüttelte den Kopf. »Ich kann nicht. Mein Teig ist gerade in einer entscheidenden Phase. Wenn ich jetzt mit dem Rühren aufhöre, wird er zu dicht.«

»Dann wird er eben dicht. Sie werden gebraucht.« Er drehte sich um und stampfte davon.

Ich überlegte ernsthaft, ihn zu ignorieren, aber etwas an seiner Stimme hatte zu ernst geklungen. Also klemmte ich mir die Rührschüssel unter den Arm und folgte ihm, während ich weiter rührte. Ich schob die Tür mit meiner Hüfte auf und trat in den Flur, wo Campbell bereits wartete.

Er drehte sich, warf einen Blick auf die Kuchenschüssel und schüttelte den Kopf. »Es ist ein Sicherheitsproblem aufgetreten. Ich werde woanders gebraucht.«

»Was ist passiert?« Ich wusste nicht, warum ich fragte. Campbell würde mir niemals antworten.

»Einem Mitglied der Familie wurde ... geschadet.«

»Inwiefern geschadet?« Das klang, als befänden wir uns mitten in einem Spionagefilm.

»Das müssen Sie nicht wissen. Aber ich muss sofort aufbrechen. Und Sie müssen vorübergehend den Platz meiner Assistentin einnehmen.«

Meine Augenbrauen schossen nach oben. »Assistentin wofür?«

»Sie müssen mit den verbliebenen Zeugen im Mordfall Pete Saunders sprechen.«

Fast hätte ich die Rührschüssel fallen lassen. »Soll das ein Scherz sein?«

»Wir haben bereits geklärt, dass ich keine Scherze mache.«

»Dafür bin ich nicht ausgebildet. Ich weiß nicht, wie man die Leute befragt. Was, wenn ich es vermassele?«

»Sie mögen nicht speziell ausgebildet worden sein, aber Sie bemerken viele Dinge und die Menschen scheinen Sie zu mögen. Wir sind bei den Ermittlungen gut vorangekommen, aber jetzt muss ich den Großteil meines Teams von der Burg abziehen. Dadurch bleiben nur eine Handvoll Leute zurück, um die Sicherheit der Familie zu gewährleisten. Weshalb sie sich auch nicht der Ermittlung zuwenden können. Hier ist eine Liste von Leuten, mit denen Sie reden müssen.« Er hielt mir ein Stück Papier entgegen.

Jedoch hatte ich keine Hand frei. »Stecken Sie den Zettel in die Tasche meiner Schürze. Ich werde es mir ansehen, wenn ich einen Moment Zeit finde.«

»Dafür werden Sie mehr brauchen als nur einen Moment«, sagte er. »Es könnte sein, dass ich erst in ein paar Tagen zurückkehre.«

»Das klingt ernst«, sagte ich. »Es hat nichts mit Lord Rupert zu tun, oder?«

»Das müssen Sie nicht —«

»Ich hab's verstanden. Das muss ich nicht wissen und es geht mich definitiv nichts an. Oder doch?«

»Korrekt. Das geht Sie nichts an. Alles, was Sie tun müssen, ist, die Fragen zu stellen, die auf diesem Blatt stehen. Finden Sie heraus, wo sich die Leute aufgehalten haben, was sie von Pete hielten, und ob jemand ein Motiv hätte, ihn umzubringen. Das war's. Solange Sie nichts Dummes tun, können Sie das nicht vermasseln.«

»Ich mache nie etwas Dummes«, sagte ich. »Sind Sie sicher, dass Sie mich für diese Aufgabe wollen? Vielleicht sollte jemand von der örtlichen Polizei mit den verbliebenen Zeugen sprechen.«

»Diese Angelegenheit fällt in meinen Zuständigkeitsbereich«, sagte er. »Die Polizei tut, was sie kann, aber es gibt nur drei Beamte für das ganze Dorf. Ich habe sie darüber informiert, dass Sie meine Assistentin sind. Falls nötig, werden sie Sie unterstützen, aber es ist ein einfacher Auftrag. Sie werden niemanden verhaften müssen.«

»Wenn jemand gesteht, werde ich es tun.«

»Das werden Sie nicht. So einfach ist es nie. Sammeln Sie Informationen und geben Sie diese an mich weiter. Und bevor Ihnen das zu Kopf steigt: Das ist nur vorübergehend. Saracen wird die Verantwortung über das Sicherheitspersonal übernehmen. Das bedeutet, dass er auch für Sie zuständig ist.«

Ich schluckte. Saracen für mich zuständig. Er redete kaum, war super gruselig und fast so furchteinflößend wie Campbell.

»Kann Saracen die verbliebenen Zeugen nicht befragen?«

»Saracen hat ... besondere Fähigkeiten. Der Umgang mit Menschen gehört nicht dazu.«

»In etwa das Töten von gefährlichen Typen mit seinen bloßen Händen und das Verstecken von Beweisen?«

»Schlimmer. Er ist Ihr Verbindungsmann. Zweimal täglich werden Sie ihn über Ihre Fortschritte auf dem Laufenden halten. Wenn irgendjemand Ihre Alarmglocken läuten lässt, dann sagen Sie es ihm. Er wird sich darum kümmern.«

»Wird diese Person noch leben, nachdem er sich um sie gekümmert hat?«

Campbell neigte seinen Kopf leicht zur Seite. »Die Chancen stehen fifty-fifty, dass die Person unverletzt bleibt, aber nur so kann ich die aktuelle Situation regeln. Also, sind Sie dabei?«

Es war alles andere als ideal. Ich musste mich auf den Backwettbewerb konzentrieren. Aber ich wollte ebenfalls diesem Geheimnis auf die Spur kommen. Trotzdem schwankte ich.

»Holly, sind Sie dabei?« Die Dringlichkeit in Campbells Stimme ließ mich reagieren.

»Ich bin dabei. Aber Saracen soll versprechen, dass er mich nicht zu Tode erschrecken wird.«

»Das kann ich nicht versprechen. Saracen hat eine besondere Art. Und das funktioniert. Er erledigt seine Arbeit. Machen Sie keine Dummheiten und stellen sich ihm nicht in die Quere, dann werden Sie es in einem Stück überstehen.«

Huch. Das war nicht sehr beruhigend. »Aber was ist, wenn ich –«

Campbell hielt einen Finger hoch. »Ich höre, Alpha Two.«

Ich konnte nichts hören. Manchmal konnte ich auch das andere Ende des Gesprächs über Campbells Ärmel-Mikrofon mitbekommen, aber sie mussten es stumm geschaltet haben, um keine geheimen Informationen durchsickern zu lassen.

Der Wissensdrang brannte bereits in mir. Das alles klang verrückt und aufregend. Vielleicht hatte ich mit meiner Karriere als Konditorin doch den falschen Weg eingeschlagen. Ich hätte eine Spionin werden können, genau wie Campbell. Aber wenn ich das wäre, würde ich das Backen vermissen. Ich bezweifelte, dass sich mir, während ich die Welt rettete, jeden Tag die Chance auf Triple-Chocolate-Brownies bieten würde.

»Verstanden. Out.« Campbell senkte seinen Arm. »Kommen Sie mit.« Er drehte sich um und marschierte durch den Flur.

Ich musste joggen, um mit ihm Schritt halten zu können, wobei ich darauf achtete, dass der Teig nicht über den Rand der Rührschüssel schwappte. »Ich werde tun, was ich kann, aber heute Nachmittag muss ich an dem Backwettbewerb teilnehmen. Den werde ich nicht aufgeben.«

»Das erwartet auch niemand. Stellen Sie die Fragen außerhalb Ihrer Arbeit, achten Sie nur darauf, dass alles erledigt wird. Lassen Sie mich nicht hängen.« Er zog die Tür auf und trat auf den Hubschrauber-Landeplatz hinter der Burg.

»Das werde ich nicht.« Mein Herz raste, während sich ein Lächeln auf meinem Gesicht ausbreitete. Ich war die Assistentin eines ehemaligen Agenten. Machte mich das zu einer Art Geheimagentin? Einer Agentin in Ausbildung? Wahrscheinlich eher zu einem von Campbells Lakaien.

»Ich vertraue auf Sie, Holly.« Dann wandte Campbell sich ab und ging, bevor ich die Chance hatte, zu antworten. Er sprang in den schnittigen schwarzen Hubschrauber und flog kurz darauf davon.

Das war so James-Bond-mäßig, dass ich meine Bewunderung nicht unterdrücken konnte. Vielleicht dachte Campbell doch, dass ich ihm irgendwie von Nutzen sein könnte.

Ich wirbelte herum und eilte zurück in die Küche. Ich würde dieses Rätsel lösen und beweisen, dass ich eine wertvolle Gehilfin sein konnte.

Ich riss die Tür auf und schrie, stolperte zurück und verteilte den Kuchenteig über meinem ganzen Arm.

Im Türrahmen stand Saracen und blockierte mir den Weg. Seine Augen wurden von einer Sonnenbrille verdeckt, und seine bullige Gestalt dehnte den Stoff seines Anzugs. Sein dunkles Haar war kurz geschnitten und seine Schultern waren so breit, dass er den Türrahmen fast auf beiden Seiten berührte.

»Ähm, hallo. Ich glaube, ich stehe unter Ihrer Aufsicht, während Campbell weg ist«, stammelte ich.

Saracen nickte.

»Das ist super. Ich bin gerade noch mit meinem neapolitanischen Kuchen beschäftigt, aber später können wir Petes Mord aufklären. Passt Ihnen das?«

Wieder nickte er.

Würde ich ihm jemals ein Wort entlocken können?

»Okay. Ausgezeichnet. Kommen Sie, Saracen. In die Küche, wir müssen einen Kuchen backen.«

Kapitel 8

»Halten Sie sie vorsichtig zwischen Ihrem Zeigefinger und dem Daumen, als würden Sie ein winziges Stück Glas halten.« Ich versuchte, mir meine Verärgerung nicht anmerken zu lassen. Saracen stand kurz davor, die sechste Mini-Rose aus Icing zu zerstören, und ich hatte keine mehr in Reserve. »Halten Sie sie ruhig, dann werde ich sie weiter bearbeiten und auf dem Kuchen platzieren.«

Saracen grunzte, während eine Schweißperle seitlich über sein Gesicht lief.

Ich war überrascht gewesen, als er mir an diesem Morgen in die Küche gefolgt war, aber während der letzten drei Stunden war er mein stiller, effizienter Backhelfer gewesen.

Irgendwie hatte ich erwartet, er würde irgendwann aufbrausen, wenn ich ihn herumkommandierte, aber er nahm die Befehle schweigend entgegen. Das musste durch seine Militärausbildung fest in ihm verwurzelt sein. Solange ich mich klar und deutlich ausdrückte und ihm keine Wahl ließ, tat er genau das, was ich von ihm verlangte.

Ich hatte mich entschieden, Saracens Wissen in der hohen Kunst der Tortendekoration zu erweitern. Das Problem war, dass er alles andere als feinfühlig war, und eine winzige, pastellrosafarbene Rosenknospe zu halten, hatte sich als schwierig erwiesen.

»Genau so. Nicht bewegen. Nicht einmal atmen.« Ich steckte die Blume an ihren Platz, trat zurück und betrachtete die Torte.

Sechs Schichten Perfektion standen vor mir. Jeweils zwei Schichten mit Schokolade, Erdbeere und Vanille. Ich hatte sie übereinander gestapelt und abwechselnd mit einer großzügigen Schicht aus Vanillecreme und Schokoladenmousse gefüllt. Auch von außen war sie mit feinem Mousse überzogen und oben mit einem Strauß aus winzigen pinken Rosenblüten geschmückt.

»Okay, das war's. Wir können den Kuchen noch auf dem Besichtigungstisch ausstellen, bevor die Verkostung beginnt.«

Saracen lehnte sich gegen die Wand und verschränkte seine Hände hinter dem Rücken.

»Wollen Sie mitkommen und zusammen mit mir die anderen Kuchen ansehen?«, fragte ich.

Er grunzte.

Schnell hatte ich gelernt, dass dieser Laut bedeutete, dass er eine eindeutige Ansage hören wollte, anstatt dass ihm mehrere Optionen gelassen wurden. »Sie werden mich begleiten. Wir liefern den Kuchen dort ab und schauen uns an, womit die anderen Kandidaten antreten. Na los.«

Saracen setzte sich sofort in Bewegung und öffnete die Tür für mich, während ich das Tablett mit dem Kuchen vorsichtig vor mir her trug.

Dann gingen wir auf das Zelt zu, in dem der Wettbewerb stattfinden würde. Ich entdeckte den Tisch, auf dem mein Name stand, und platzierte den Kuchen vorsichtig in der Mitte.

Ich rieb meine Hände aneinander und ließ meinen Blick durch das Zelt schweifen.

Neben den zwanzig ausgestellten Torten gab es herzhafte Leckereien, Getränke sowie Chutney und Soßen.

Als ich die Werke meiner Konkurrenz begutachtete, schwand meine Zuversicht. Es gab einen turmhohen Engelskuchen, der mit Glitzer und kleinen weißen Engeln geschmückt war, mehrere traditionelle, fluffig aussehende Biskuitböden, ein großes, baiserartiges Gericht mit frischen Beeren und eine Schokoladenrolle.

Plötzlich knurrte mein Bauch. Ich hatte mich so auf meinen Kuchen konzentriert, dass ich vergessen hatte, zu Mittag zu essen. Immerhin gäbe es reichlich zu probieren, wenn die Verkostung vorbei war.

Dann entdeckte ich Maisie, die gerade durch das Zelt eilte. Sie stand nicht auf Campbells Liste der Verdächtigen. »Saracen, bewachen Sie den Kuchen. Nicht vom Fleck bewegen.«

Er ging vor dem Kuchen in Position, sein Kopf drehte sich langsam von einer Seite zur anderen, als überprüfe er, dass sich keine Feinde näherten.

Ich huschte zu Maisie und war überrascht, ihren Namen auf einem der Tische stehen zu sehen. Neben ihr stand eine große Pastete, die mit einem Deckel aus Teig bedeckt war.

»Hey, Maisie. Ich wusste nicht, dass du an dem Wettbewerb teilnimmst.«

Sie zuckte mit den Schultern und schaute auf die Pastete hinunter. »Warum nicht? Da der Security-Kerl nicht will, dass ich gehe, und ich hier festsitze, dachte ich, ich könnte das Beste daraus machen.«

»Trittst du mit einer von Petes Pasteten an?«

Sie schnaubte und schüttelte den Kopf. »Natürlich nicht. An diesen Pasteten gab es nichts Besonderes. Das waren nur Fleischpasteten mit einer undefinierbaren Füllung. Ich habe die Gratisproben, die Pete mir mitgegeben hat, nur selten gegessen. Viel zu salzig.«

»Du mochtest die Pasteten, die du verkauft hast, nicht?«

»Hast du mal eine von Petes Pasteten probiert?«, fragte sie.

»Nein. Obwohl er mir eine geben wollte, doch sie ist auf den Boden gefallen. Und mein Hund war nicht sehr angetan von ihr. Normalerweise liebt Meatball alles, was in diese Richtung geht.«

»Dann hat dein Hund einen ausgezeichneten Geschmackssinn«, sagte Maisie. »Petes Pasteten waren fade. Er hat Gewürze und Salz benutzt, um ihnen irgendwie Geschmack zu verleihen. Deshalb wollte ich mit einem meiner ganz eigenen Rezepte antreten. Das ist meine Pastete. Mein Rezept. Mein Beitrag.«

»Das ist toll«, sagte ich. »Wie fühlst du dich nach dem, was mit Pete passiert ist?«

»Nicht so toll. Es war schrecklich.«

»Wurdest du schon befragt, ob du irgendetwas Verdächtiges gesehen hast?«

»Gestern habe ich mit diesem gruseligen Security-Kerl gesprochen. Er hat meine Personalien aufgenommen und gesagt, dass er sich melden würde.«

»Ich helfe ihm bei der Ermittlung«, sagte ich. »Hättest du jetzt Zeit zum Reden?«

»Oh! Natürlich. Ich wusste gar nicht, dass du auch zum Sicherheitsteam der Burg gehörst.« Ihr Blick wanderte zu meinem Kuchenstand.

»Das ist ein ... freier Beitrag von mir«, sagte ich.

Sie zuckte mit den Schultern. »Was möchtest du wissen?«

Ich versuchte, mich an die Fragen zu erinnern, die Campbell auf den Notizzettel geschrieben hatte. »Was hast du von Pete gehalten?«

Maisie schaute auf ihre Pastete. »Pete war ein charmanter Gauner. Wenn er etwas wollte, hat er seinen Charme spielen lassen. Nachdem man einige Zeit mit ihm verbracht hatte, war es leicht, zu erkennen, dass es nur eine Maske war. Das war nicht der echte Pete. Er hat einen Charakter gespielt. Nachdem er bekommen hatte, was er wollte, hat er sie wieder fallen lassen.«

»Was du nicht gut fandest?«

»Es hat mich geärgert, dass die Leute ihn nicht durchschaut haben, aber ich war nicht anders. Als ich angefangen habe, bei ihm zu arbeiten, hat er mir alles Mögliche versprochen. Und was ist daraus geworden? Gar nichts.«

»Wie war er so als Chef?«

Ihre Miene wurde grimmig. »Chef! Ich war wohl eher seine Sklavin. Der Job war nicht besonders. Er hat mich ausgenutzt, weil ich unbedingt Arbeitserfahrung sammeln und eine gute Beurteilung erhalten wollte. Er hat mich genauso benutzt wie alle anderen. Weißt du, wie er mich bezahlt hat?«

»Ich schätze mit dem Mindestlohn.«

»Das wäre schön gewesen. Pete hat mich mit übrig gebliebenem Essen bezahlt. Er hat mir diese schrecklichen Pasteten gegeben und gemeint, die würden mich schon durchbringen. Ein paar habe ich mir reingequält, wenn es besonders knapp wurde. Er war ein mieser Boss. Ich habe oft darüber nachgedacht, zu kündigen, wollte aber noch ein oder zwei Monate mehr

Erfahrung sammeln, bevor ich mich aus dieser Situation befreie.«

»Hattest du eine romantische Beziehung mit Pete?«, fragte ich.

Sie neigte ihren Kopf zurück und lachte. »Was für ein grauenvoller Gedanke. Ich wäre unter keinen Umständen mit Pete ausgegangen. Er sah gut aus und hatte diesen schurkenhaften Charme, der bei den meisten Frauen funktioniert hat, aber er war ein Hochstapler. Außerdem war er alt genug, um mein Vater sein zu können. Auch wenn ich auf reife Kerle stehe, gibt es einen Unterschied zwischen reif und verstörend alt.«

So viel zu meinen Gedanken über eine unerwiderte Liebe. »Fällt dir jemand ein, der ein Problem mit Pete hatte? Jemand, der wütend genug hätte sein können, um ihn umzubringen?«

»Ich weiß nicht. Ich meine, er hat ein paar Leuten vor den Kopf gestoßen, aber nur, wenn sie gemerkt haben, dass er sie ausnutzte. Meistens haben sie allerdings gar nicht gemerkt, was er mit ihnen gemacht hat. Klar, einige haben die Nase gerümpft, wenn er sich ein neues Sonderangebot ausdachte, und wir den großen Auftrag für günstige Pasteten erhielten. Die meisten anderen Hersteller konnten da nicht mithalten.«

»Gab es in letzter Zeit Auseinandersetzungen, die dir in Erinnerung geblieben sind?«

»Nein, nichts Neues. Er hat sich immer herausgeredet, sie auf ein Bier eingeladen, und das war's. Mir fällt niemand ein, der wütend genug gewesen wäre, sich auf die Messe zu schleichen und ihm ein Pastetenmesser in den Rücken zu rammen.«

»Darf ich fragen, wo du gestern warst? Als Petes Leiche entdeckt wurde, habe ich dich nirgendwo gesehen.«

»Ich habe fast den ganzen Tag zusammen mit Pete gearbeitet«, sagte sie. »Als die Besucher weniger wurden, hat er mir gesagt, dass ich schon anfangen sollte, den Van zu beladen. Ich bin ein paar Mal zwischen dem Zelt und dem Transporter hin- und hergelaufen, dann wurde er ermordet. Mich müssen einige Leute gesehen haben.«

»Ich habe dich nicht gesehen«, sagte ich. »Und auch nicht, als Petes Leiche entdeckt wurde. Während ich dort war, bist du nicht aufgetaucht.«

Sie schaute weg. »Oh, nun, das wollte ich nicht sagen, weil ich den ganzen Tag mit Lebensmitteln arbeite, aber mein Magen hat Probleme gemacht. Ich habe es auf eine von Petes fiesen Pasteten geschoben. Wie auch immer, ich musste eine Notfall-Pause auf dem Klo einlegen. Ich schätze, ich war etwa zwanzig Minuten lang weg. Als es mir wieder besser ging, bin ich zum Zelt zurückgegangen, erst da habe ich gehört, was passiert war. Dich habe ich nicht gesehen. Du musst dann schon weggegangen sein.«

Das war kein gutes Alibi. Ob Maisie den Transporter beladen hatte, würde ich überprüfen können, aber ob sie wirklich die ganze Zeit über auf der Toilette gewesen war, wäre unmöglich zu kontrollieren.

»Als du zu eurem Stand zurückgekommen bist, hast du da irgendwas Seltsames oder Auffälliges gesehen?«, fragte ich.

»Abgesehen von Petes Leiche und dem Durcheinander?«

»Ja. Ist vielleicht Geld aus der Kasse verschwunden oder etwas in der Art?«

»Du glaubst, dass ein Raub schiefgelaufen sein könnte?« Maisie schüttelte den Kopf. »Nein, wir haben diese Bauchtaschen getragen und das Geld darin aufbewahrt, um Diebstähle zu verhindern. Ich habe eine und Pete genauso. Er hat seine noch getragen. Laut den Ermittlern hat kein Geld gefehlt.«

»Also wurde nichts entwendet?«

Sie drehte das Ende eine Locke um ihren Finger. »Sein Laptop war nicht da. Pete hatte ihn immer geöffnet, um auf seinen Social-Media-Seiten darüber zu posten, wie fantastisch seine Pasteten waren. Als ich zurückkam, war er verschwunden.«

Ich konnte mich nicht daran erinnern, einen Laptop gesehen zu haben, als ich Pete entdeckt hatte, allerdings hatte ich so unter Schock gestanden, dass ich ihn hätte übersehen können. Würde jemand einen Menschen umbringen, um an einen Laptop zu kommen?

Ein Murmeln der anderen Teilnehmer im Zelt riss mich aus meinen Gedanken, und dann schluckte ich. Der Herzog und die Herzogin standen vor meinem Tisch und betrachteten meinen Kuchen!

Ich machte einen Schritt auf sie zu, dann blieb ich wie angewurzelt stehen. Ich hatte mich von Petes Mord ablenken lassen und meinen Beitrag ganz vergessen.

»Danke, Maisie. Viel Glück mit deiner Pastete.« Ich eilte hinüber und versuchte, meinen rasenden Puls zu beruhigen.

Als ich näherkam, wurde ich langsamer und neigte meinen Kopf. Saracen sprach mit dem Herzog und der Herzogin. So lebhaft hatte ich ihn noch nie gesehen. Er lächelte, nickte und gestikulierte angeregt mit den Armen. Was war in ihn gefahren?

Ich ging noch ein paar Schritte, bis ich hören konnte, was er sagte. Er informierte sie über meinen Kuchen wie ein professioneller Konditor.

»Durch die besondere Schlagtechnik wird der Boden besonders weich. Zunächst wird der Teig per Hand gerührt und dann von der Küchenmaschine. Das verleiht ihm eine besondere Fluffigkeit.«

»Das ist wahrscheinlich der fluffigste Boden, den ich je gegessen habe«, sagte die Herzogin.

»Die Verzierungen sind handgemacht. Jede einzelne Rosenblüte wurde fachmännisch von der Bäckerin gefertigt und angebracht«, sagte Saracen.

»Und woher, sagten Sie, stammt die Füllung?« Der Herzog betrachtete den Kuchen, hielt ein Stück direkt vor sein Gesicht und studierte es aus zusammengekniffenen Augen.

»Die Früchte stammen aus lokalem Anbau. Die Erdbeeren bieten eine perfekte Mischung aus Süß und Sauer«, antwortete Saracen.

»Das ist absolut köstlich«, sagte die Herzogin.

Als Saracen mich entdeckte, zwinkerte er mir zu. »Und Sie werden erfreut sein zu hören, dass die Bäckerin dieser wundervollen Torte soeben eingetroffen ist.« Er deutete zu mir, bevor er einen Schritt zur Seite machte.

Ich konnte noch immer nicht glauben, was ich gerade gehört hatte. Doch ich schluckte meine Überraschung herunter und lächelte die Herzogin und den Herzog breit an. »Es tut mir leid, dass ich nicht dabei sein konnte, als Sie meinen Kuchen probiert haben.«

»Schon in Ordnung«, sagte die Herzogin. »Ihr … Assistent war sehr hilfreich. Obwohl er mir sehr bekannt vorkommt. Er muss einen Zwilling haben, der im Sicherheitsteam der Burg arbeitet.«

Saracen senkte seinen Kopf.

Die Herzogin lächelte nachsichtig. »Machen Sie sich keine Sorgen. Wir alle brauchen Hobbys, in denen wir aufgehen können. Es ist gut zu sehen, dass meine

Security auch noch andere Interessen hat. Das ist wichtig für einen abgerundeten Charakter.«

»Er war ein großartiger Assistent«, sagte ich.

»Mit diesem Kuchen haben Sie ein Wunder vollbracht, Holly«, sagte die Herzogin. »Leicht, mit genau dem richtigen Maß an Süße und absolut köstlich. Das wird nur schwer zu überbieten sein.«

»Das freut mich sehr«, sagte ich. »Ich wollte etwas Klassisches, aber auch Denkwürdiges kreieren.«

»Das ist Ihnen damit definitiv gelungen.« Die Herzogin legte ihre Hand auf den Arm ihres Mannes. »Lass uns zum nächsten Stand gehen, mein Liebster.«

»Nur noch ein Bissen von diesem Kuchen, bevor wir gehen«, sagte der Herzog.

»Teil dir deinen Appetit ein«, sagte die Herzogin. »Du musst noch Platz in deinem Bauch lassen, damit jeder eine faire Chance bekommt.«

Widerwillig stellte der Herzog seinen Teller ab und nickte mir zu. »Bisher der Beste.«

Dann schlenderte er mit seiner Frau davon.

Langsam drehte ich mich zu Saracen, immer noch betäubt vor Schock und Überraschung. »Sie sprechen in ganzen Sätzen.«

Er zuckte mit den Schultern. »Nur im Notfall.«

»Das war definitiv ein Notfall. Ich wurde abgelenkt. Als ich Maisie sah, musste ich mit ihr über das sprechen, was mit Pete passiert ist.«

»Was hat sie Ihnen erzählt?«

»Dass sie sich zum Mordzeitpunkt nicht gut fühlte und Petes Laptop verschwunden ist.«

Saracen nickte. »Interessant.«

»Könnte er wegen seines Laptops umgebracht worden sein?«

»Das kommt darauf an, was darauf gespeichert war.«

»Was, denken Sie, könnte es gewesen sein?«

»Dateien, die einer Erpressung hätten dienen können. Fragwürdige Bilder. Aufnahmen von korrupten Geschäften. Drohbriefe. Bis jetzt wäre noch alles möglich.«

Eine richtige Unterhaltung mit Saracen machte deutlich mehr Spaß. Ich schnitt ihm ein großes Stück Torte ab und überreichte es ihm. »Ein kleines Dankeschön dafür, dass Sie meinen Kuchen angepriesen haben.«

Er grinste, nahm den Teller entgegen und aß beherzt.

Ich stieß ein Seufzen aus und schaute mich im Zelt um. Mein Kuchen war von den ersten Richtern probiert worden. Noch zwei weitere würden meinen Beitrag kosten, und dann mussten alle vier ihre Favoriten auswählen.

Den Kommentaren des Herzogs und der Herzogin nach zu urteilen, konnte ich mir Hoffnung auf eine gute Platzierung machen. Selbst wenn ich nur eine Schleife gewann oder mein Beitrag gelobt wurde, würde mir das schon reichen. Doch dann musste ich an Chef Hestons Drohung denken. Wenn ich nicht gewann, müsste ich Doppelschichten schieben und dabei den ganzen Tag nur schälen.

»Würde es Ihnen etwas ausmachen, bei dem Kuchen zu bleiben?«, fragte ich Saracen. »Es kommen noch zwei weitere Richter, um ihn zu probieren, und es gibt noch jemanden, mit dem ich sprechen will.«

Er nickte mit dem Mund voller Kuchen.

Ich huschte zu der Abteilung mit den herzhaften Beiträgen zu Colin Cheesemans Tisch hinüber. »Hey, Colin. Ich wusste gar nicht, dass du teilnimmst.«

»Ich muss meinen Cashewkäse unter die Leute bringen«, sagte er. »Diese Möglichkeit wollte ich nicht verpassen. Ein Lob von der Herzogin wird Wunder für meinem Ruf bewirken.«

»Und wie geht es dir?«

Er seufzte und rückte die Kappe auf seinem Kopf zurecht. »Ich stehe immer noch unter Schock. Ich meine, es ist erst einen Tag her und es ist so viel passiert. Gibt es schon etwas Neues?«

»Tatsächlich helfe ich mehr oder weniger bei der Ermittlung«, sagte ich. »Und ich habe mich gefragt, ob du mir ein paar Alibis bestätigen könntest.«

Er nickte. »Natürlich. Alles, was euch weiterhelfen könnte. Wer könnte es getan habe?«

»Es gibt mehrere Leute, für die wir uns interessieren«, sagte ich. »Hast du Maisie gesehen, kurz bevor Pete ermordet wurde?«

Er schaute zu ihrem Tisch hinüber, bevor er sich schnell wieder abwandte. »Ich habe sie in Petes Transporter gesehen, kurz bevor ich ihn gefunden habe. Wir hatten nicht sehr weit voneinander entfernt geparkt. Sie hat etwas eingeladen. Allerdings war zu der Zeit viel dort los, und ich hatte mich darauf konzentriert, meine eigenen Sachen wieder einzuladen.«

»Könntest du übersehen haben, wie sie zu Petes Stand zurückgegangen ist, so beschäftigt, wie du warst?«

»Das wäre möglich. Ich habe nicht besonders auf sie geachtet. Aber trotz ihrer Schwächen ist sie kein schlechtes Mädchen. Sie muss noch etwas erwachsen werden, das ist alles. Ich kann mir nicht vorstellen, dass sie eine Mörderin sein soll.«

Ich genauso wenig. Maisie schien eine aufgeweckte, intelligente junge Frau zu sein. Obwohl sie deutlich gemacht hatte, sich nicht besonders über Petes Form der Bezahlung gefreut zu haben. Dennoch schien sie ruhig und besonnen zu sein. Maisie würde es noch weit bringen.

In Gedanken schob ich sie ganz unten auf die Liste der Verdächtigen.

»Was ist mit Petes Exfreundin, Jessica?«, fragte ich. »Hast du sie in der Nähe von Petes Stand gesehen?«

Colin schüttelte den Kopf, seine Unterlippe zitterte. »Sie habe ich nicht gesehen. Ich meine, ich habe sie etwas früher an dem Tag gesehen. Sie hat sich die anderen Stände angesehen, aber ich weiß nicht, ob sie Kontakt zu Pete hatte, während sie bei der Messe war. Aber wenn sie sich getroffen haben, dann war Pete freundlich zu ihr. Er hat sich nie gerne Feinde gemacht. Wenn er sich je mit jemandem gestritten hat, hat er sich Mühe gegeben, die Wogen schnellstmöglich wieder zu glätten. So war er einfach.« Das Zittern in seiner Stimme verriet, dass seine Nerven blank lagen.

»Wie lange wirst du noch bleiben?«

»Ich habe eine Schlafnische in meinem Food Truck, also kann ich so lange bleiben, wie nötig. Während ich hier bin, werde ich ein paar potenzielle Kunden besuchen, um die Zeit zu nutzen.«

»Klingt, als würde dein Geschäft gut laufen«, sagte ich. »Das muss aufregend sein. Konzentrier dich auf das Positive. Ich weiß, dass das eine schlimme Zeit sein muss, aber du wirst es überstehen.«

Er schaute sich um, sein Blick wirkte verzweifelt. »Es fühlt sich jetzt alles ganz anders an. Ich bin mir nicht sicher, ob ich weiter Lebensmittelmessen besuchen werde. Pete war derjenige, der mich hierzu überredet hat. Er war immer der selbstbewusste Kerl, der alle zum Lachen gebracht und gerne neue Dinge ausprobiert hat. Ich war sein ruhiger Anker. Manchmal konnte Pete etwas unverschämt werden, aber ich habe darauf geachtet, dass er keine Grenzen überschreitet. Ich bin mir nicht sicher, ob ich jemals wieder jemanden finde, mit dem ich so viel Spaß haben kann.«

Der arme Kerl. Er tat mir schrecklich leid. »Warte kurz.« Ich huschte zu meinem Tisch zurück und schnitt ein Stück der Torte ab, bevor ich damit zu Colin zurückkehrte. »Das wird nicht all deine Probleme lösen, aber mir hilft Kuchen immer, wenn ich traurig bin.«

Tränen füllten seine Augen, doch er blinzelte sie weg. »Das ist sehr freundlich von dir. Danke. Und wenn es irgendetwas gibt, womit ich bei der Ermittlung helfen könnte, dann frag bitte einfach. Ich gehe den Tag in Gedanken immer wieder durch und versuche mich daran zu erinnern, ob ich irgendetwas übersehen habe, aber bisher ist mir noch nichts eingefallen. Es ist mir immer noch ein Rätsel, was passiert sein könnte.«

»Es ist ein Rätsel, das ich vorhabe, zu lösen. Keine Sorge, wir werden das schon bald geklärt haben.«

Er aß einen Bissen des Kuchens und lächelte mich an. »Hoffen wir es.«

Ich nickte ihm zum Abschied zu und eilte zu meinem Tisch zurück. Bald müsste ich meine Verdächtigen weiter eingrenzen. Es sah aus, als wäre Maisie raus, aber wenn sich Jessicas Alibi nicht bestätigen ließ, stünde sie noch immer auf meiner Liste. Dann gab es noch Ricky, den zwielichtigen Geschäftspartner, der immer noch hier herumlungerte. Sein Verhalten war verdächtig. Und Dennis Lambeth, der öffentlich seine Abneigung gegenüber Pete kundgetan hatte. Einer von ihnen musste es gewesen sein.

Ich musste nur Beweise finden, die meinen Verdacht untermauerten.

Kapitel 9

»Aufwachen!«

Eine Hand rüttelte mich aus meinem Schlummer. Ich stöhnte und rollte mich zur Seite, nur um mich Angesicht zu Angesicht mit Prinzessin Alice wiederzufinden. Ihr blondes Haar war zu einem hohen Pferdeschwanz zurückgebunden, und sie trug etwas, das aussah wie eine Pyjama-Hose, eine kurzärmlige Weste und einen knallpinken Kapuzenpullover.

Ich blinzelte mehrfach. »Ist das ein Traum?«

Sie kicherte. »Nein, du Dussel! Ich habe eine Überraschung.«

Ich gähnte und warf einen Blick auf die Uhr. »Alice! Es ist sechs Uhr morgens.«

»Die perfekte Uhrzeit.«

Ich stöhnte. »Wofür?«

»Für deine besondere Überraschung. Ich wäre beinahe nicht in deine Wohnung gekommen, um sie dir zu geben«, flüsterte sie.

»Warum nicht?« Ich setzte mich auf und rieb mir die Augen. »Hat Meatball versucht, dich zu beißen, als du eingebrochen bist?«

»Nein! Der hat mir übers Gesicht geleckt.« Sie schaute über ihre Schulter. »Wusstest du, dass Saracen deine Vordertür bewacht?«

»Was? Nein! Warum macht er das?«

»Vielleicht steht er auf dich.« Sie hielt sich die Hand vor den Mund und lachte. »Er ist fürchterlich groß. Bestimmt reichst du ihm nicht mal bis zur Brust.«

»Ich bin ihm noch nicht nah genug gekommen, um das abzumessen«, sagte ich. »Aber er ist nicht so gruselig, wie ich anfangs dachte. Bei dem Backwettbewerb gestern war er eine große Hilfe.«

Sie grinste. »Und die Ergebnisse werden heute Morgen verkündet. Ich hoffe, du hast es ins Finale geschafft.«

Was das anging, stand ich innerlich im Konflikt. Ein Teil von mir wollte ins Finale kommen, aber das würde noch viel mehr Arbeit erfordern und mich davon abhalten, herauszufinden, wer Petes Mörder war.

Ich liebte es, zu backen, aber der Gedanke an diesen ungelösten Mord wog schwer. So sehr ich mich auch auf meine köstlichen Desserts konzentrieren wollte, Pete verdiente es, dass der Täter seine gerechte Strafe erhielt.

»Also, du hast von einer Überraschung gesprochen?«, sagte ich.

»Du wirst es lieben. Aber wir müssen uns rausschleichen. Nicht, dass Saracen uns einen Strich durch die Rechnung macht.«

»Wovon sollte er uns abhalten wollen?« Ich streichelte Meatball, als er aufs Bett gesprungen kam, um seine morgendliche Schmuseeinheit abzuholen.

»Mehr werde ich nicht verraten. Steh auf und zieh dich an. Am besten etwas Elastisches.« Dann trat Alice von meinem Bett zurück.

»Was führst du im Schilde?« Ich rollte mich aus dem Bett und kippte das Glas Wasser herunter, das ich immer auf meinem Nachttisch hatte. Dann suchte ich mir meine bequemen Yoga-Klamotten heraus und verschwand im angrenzenden Badezimmer.

»Ich führe etwas Fantastisches im Schilde«, sagte sie, nachdem ich die Tür hinter mir geschlossen hatte, um mich schnell frisch zu machen.

Fünf Minuten später kam ich mit gewaschenem Gesicht und geputzten Zähnen wieder heraus. »Wie sollen wir an Saracen vorbeikommen, wenn er draußen Wache hält?«

Sie zeigte auf eine Steinwand. »Das ist leicht. Auf dieselbe Art, auf die ich reingekommen bin. Wir benutzen das Priesterloch.«

Meine Augenbrauen schossen nach oben, ich musste grinsen. »Ihr habt geheime Durchgänge in den Burgwänden?«

»Natürlich. Rupert und ich haben unsere halbe Kindheit in ihnen verbracht.«

»Wie kommen wir dort hinein?« Während meines Studiums hatte ich mehr über Priesterlöcher und Tunnel erfahren. Sie wurden im sechzehnten Jahrhundert eingeführt, um katholische Priester in einer Zeit der Verfolgung zu verstecken. Es war nicht ungewöhnlich, sie in großen Anwesen vorzufinden. Manche waren lediglich kleine Räume hinter einer Wand, während andere zu großen Zimmern und Fluren führten, die den Priestern erlaubten, sich unentdeckt fortzuschleichen.

Ich starrte die massive Steinwand an, auf die sie zuging.

»Wir schieben unsere Finger hinter diesen Stein und drücken fest zu.« Alice wackelte mit ihren Augenbrauen, bis ich ein leises, knirschendes Geräusch vernahm. Eine Reihe von Steinen glitt zur Seite und enthüllte einen schmalen Eingang.

Ich lief darauf zu und starrte in die Dunkelheit. »Wohin führt dieser Weg?«

»Sie führen alle in unterschiedliche Richtungen. Du hast Glück, einen in deiner Wohnung zu haben. Überall gibt es sie nicht. Hierdurch kannst du fast jeden Ort in der Burg erreichen, wenn du den Weg kennst. Aber was am wichtigsten ist, er bringt uns nach draußen.«

Ich zog meine Sneaker an, schnappte mir eine weiße Baseballcap, um meine strubbeligen Haare zu verbergen, und eilte Alice nach.

Meatball winselte, als er seine Nase in den Tunnel steckte. Um ganz sicher zu sein, dass ich ihn nicht verlor, hob ich ihn in meine Arme. Sobald er sich an mich gekuschelt hatte, schien er genauso neugierig zu sein wie ich.

Alice zog ihr Telefon hervor und öffnete die Taschenlampen-App, um uns den Weg zu leuchten, während wir durch die leicht geschwungenen Wege liefen. Der Gang war schmal – nur eine Person konnte hindurchlaufen – und die Decke war niedrig und roch klamm.

»Es ist schrecklich, wenn man an all die armen Priester denkt, die gezwungen waren, sich an Orten wie diesem zu verstecken«, sagte Alice. »Laut unseren Familienaufzeichnungen gab es Stellen, an denen den Priestern Essen und Bier hinterlassen wurde, damit sie hier drin wochenlang überleben konnten.«

Ich erschauderte. »Das klingt nicht, als wäre es besonders lustig gewesen.«

»Besser, als umgebracht zu werden. Und es waren nicht nur die Priester, die in Schwierigkeiten geraten wären, wenn man sie entdeckt hätte. Auch die Besitzer der Burg wären für die Unterbringung von gesuchten Personen bestraft worden. Es gibt Aufzeichnungen, dass Mitglieder meiner Familie deswegen geköpft, eingesperrt und erhängt wurden. Das war eine schreckliche Sache. Trotzdem kommen uns diese Gänge jetzt auch zugute. Wir können uns rein und raus schleichen, ohne Saracen Rede und Antwort stehen zu müssen. Aber du solltest mit ihm darüber reden, was er vor deiner Wohnung macht. Sonst fangen die Leute noch an zu tuscheln, dass du eine verbotene Beziehung mit einem Mitglied unseres Sicherheitsteams hast.«

Uff! Daran hatte ich noch gar nicht gedacht. »Ich weiß nicht, warum er da draußen ist. Ich habe ihn nicht darum gebeten, auf mich zu warten.«

»Vielleicht ist er verliebt.« Alice lachte.

»Wohl eher nicht«, murmelte ich.

»Ist er nicht dein Typ?« Sie bog um eine Kurve und ich beeilte mich, um mit ihr Schritt zu halten.

»Ich bevorzuge meine Männer etwas weniger ...« Ich war mir nicht sicher, wie ich meinen Geschmack bezüglich Männer beschreiben würde. Eklektisch könnte passen.

»Beängstigend? Fähig, mit nur einem einzigen Schlag zu töten?«, fragte Alice.

Ich lachte. »Ich bin mir sicher, dass Saracen für irgendwen der perfekte Ehemann werden wird, aber nicht für mich.«

»Wir sind da. Das ist der Ausgang, den wir brauchen.« Ein paar Sekunden lang tastete Alice die Wand ab, ehe sich eine neue Tür öffnete und ins Innere führte. Sie nahm meine Hand. »Hier entlang. Wir wollen doch nicht zu spät kommen.«

Ich stolperte in die klare, frische Morgenluft des Sommers hinaus. Die Burg erhob sich majestätisch in der friedlichen Stille des neuen Morgens in all ihrer Pracht.

Als ein Blöken an meine Ohren drang, legte ich den Kopf schief. »Was war das?«

»Wuff, wuff?« Meatball wand sich in meinen Armen.

»Das ist deine Überraschung. Komm schon.« Alice zerrte mich weiter.

Wir umrundeten eine Ecke und betraten den privaten Garten der Familie, wo ich stolpernd zum Stehen kam. Vor mir stand eine Frau mit langen Armen und Beinen, braungebrannt und in Designer-Yoga-Klamotten.

Als sie Alice sah, lächelte sie und nickte ihr zu.

Aber meine Aufmerksamkeit galt den Zwergziegen, die durch den Garten tapsten.

»Ich verstehe nicht«, sagte ich. »Was genau machen wir hier?«

Alice schlug mir leicht auf den Arm. »Ich weiß doch, dass du es seltsam magst, wenn es um Fitness geht. Wir werden etwas Ziegen-Yoga machen.«

Ich starrte die Ziegen an, und dann Alice. »So was gibt es?«

»Natürlich gibt es so was«, sagte sie. »Ziegen-Yoga hat viele Vorteile. Unsere Matten warten bereits, genau wie die Ziegen.«

Sie führte mich zu einer Matte, bevor wir uns vor der Yoga-Lehrerin verbeugten.

»Namaste«, sagte die Frau. »Ich bin Natalie. Ich werde heute Morgen eure Lehrerin sein. Diese vier Ziegen werden unsere Assistenten sein. Wir haben heute das Privileg, mit Miss Daisy, Clover, Bubbles und Murphy zu arbeiten.«

Meatball regte sich in meinen Armen, sein intensiver Blick lag auf den Ziegen.

»Sind die erfahren im Umgang mit Anfängern?« Ich beobachtete, wie die kleinen Ziegen herumhüpften.

»Sie sind immer sehr geduldig«, sagte Natalie. »Vertraut den Ziegen. Sie sind von Natur aus neugierig und werden es genießen, bei dieser Yoga-Stunde dabei zu sein. Seid ihr beide bereit?«

Ich schluckte. »Ich schätze schon.«

»Das sind wir auf jeden Fall«, sagte Alice.

Ihr Enthusiasmus ließ mich schmunzeln. Yoga mit Ziegen klang spaßig. Und Alice hatte recht, ich interessierte mich für komische Fitness-Trends. Ich hielt immer nach der einen Sache Ausschau, die mir so viel Spaß machen würde, dass es sich nicht mehr wie Sport anfühlte.

Natalies Blick fiel auf Meatball. »Vielleicht wären die Übungen ohne deinen Gefährten leichter für dich.«

»Oh! Er sollte mit den Ziegen zurechtkommen.« Ich setzte Meatball auf den Boden.

Er sprang sofort zu den Ziegen, seine Rute war aufgestellt und sein Näschen zuckte.

Eine kleine, schwarz-weiße Ziege senkte ihren Kopf und stieß ihn in die Seite.

»Wuff!« Meatball sprang zurück, bevor er erneut versuchte, den Hintern der Ziege zu beschnüffeln.

Er fing sich noch ein paar weitere Kopfstöße ein, aber nach einigen Augenblicken machten sie es sich nebeneinander bequem.

»Wir werden damit beginnen, uns auf den Rücken zu legen, unsere Knie an unsere Brust zu ziehen und sanft von einer Seite zur anderen zu wiegen«, wies Natalie uns mit ihrer ruhigen Stimme an. »Das wird eure Muskeln dehnen.«

Ich legte mich hin und rollte mich ein. Es war entspannend, in der frischen Morgenluft draußen zu sein und abgesehen von dem leisen Blöken der Ziegen noch nichts zu hören.

»Streckt eure Beine aus und legt sie vorsichtig auf dem Boden ab«, sagte Natalie. »Legt eure Arme an eure Seiten, die Handflächen zeigen nach oben. Jetzt atmet fünf Mal tief durch die Nase ein, füllt eure Lungen auf und atmet dann durch den Mund wieder aus.«

Ich hatte gerade meinen zweiten Atemzug gemacht, als eine kleine Ziege auf meinen Bauch sprang und die Luft aus mir herauspresste.

»Uff!« Ein Paar neugieriger Augen schaute auf mich herunter. »Hallo, du.« Ich streichelte die Ziege.

Der kleine Kerl sprang mehrere Male auf und ab, bevor er wieder von mir hüpfte und davonhuschte.

»Das war Murphy. Die Ziegen merken, wenn ihr zusätzliche Unterstützung braucht, und werden mit euch interagieren«, sagte Natalie. »Außerdem werden sie auf euch springen, wenn ihr zusätzliches Gewicht braucht, um eine bestimmte Pose zu erreichen.«

»Ist das nicht herrlich?«

Ich schaute zu Alice herüber, die gerade mit Clover kuschelte. »Ich dachte, das wäre Ziegen-Yoga und nicht Ziegen-Kuscheln. Ist das erlaubt?«

»Natürlich ist es das.« Alice drückte ihre Nase gegen den Kopf der Ziege.

Natalie nickte. »In diesen Stunden ziehen die Leute auf unterschiedliche Weise Trost von den Ziegen. Die Ziegen werden euch sagen, wenn ihr ausreichend physischen Kontakt hattet, und ihr könnt nahtlos in die nächste Pose übergehen. Wenn ihr bereit seid, rollt euch auf den Bauch und erhebt euch auf eure Hände und Knie in die Katze.«

»Wohl eher die Ziege«, sagte Alice, als die Ziege von ihr weg hüpfte.

Ich hatte mich gerade in den Vierfüßlerstand gebracht, als eine andere Ziege auf mich sprang.

Während ich versuchte, das Gleichgewicht zu halten und mit der Ziege auf dem Rücken eine sichere Position einzunehmen, schob sich Meatball unter meinen Bauch, rollte sich auf den Rücken und schaute mit seinem niedlichen Gesicht zu mir auf.

Vorsichtig senkte ich meinen Kopf und küsste ihn auf den Bauch. »Du musst dir keine Sorgen machen. Ich werde mich nicht in diese Ziegen verlieben.«

Meatball leckte über mein Kinn und ich ging wieder in die Katze. Er blieb dort liegen und zappelte wild, um meine Aufmerksamkeit auf sich zu lenken.

»Wenn ihr bereit seid, streckt langsam einen Arm und das gegenüberliegende Bein aus und haltet diese Pose für dreißig Sekunden. Euer Zentrum bleibt angespannt.«

Ich schwankte stark, als die Ziege über meinen Rücken tanzte und Meatball unter mir zappelte, um noch mehr Küsschen zu bekommen. Noch nie hatte ich mich beim Yoga so sehr konzentrieren müssen.

»Senkt Arm und Bein wieder, jetzt ist die andere Seite dran«, sagte Natalie.

»Puh!« Alice brach zusammen, als Bubbles mehrfach auf ihr auf und ab sprang.

»Das ist nicht so leicht, wie ich dachte«, keuchte ich, als sich der erste Schweißfilm auf meiner Stirn bildete.

Wir gingen mehrere Posen durch, wobei Meatball und die Ziegen um meine Aufmerksamkeit wetteiferten, als ich den herabschauenden Hund, den Sonnengruß und die Kobra machte.

»Zeit für eine Fünf-Minuten-Pause«, sagte Alice. »Diese ganzen Ziegen-Übungen sind anstrengend.«

»Wer hätte gedacht, dass diese kleinen Ziegen so schwer sein können?« Ich ließ mich auf die Matte fallen und kuschelte mit Meatball, der auf meinen Bauch gekrabbelt war, immer noch eifersüchtig auf die ganze Aufmerksamkeit, die ich von den Ziegen bekam.

»Hast du Spaß?«, fragte Alice.

»Ja! Das war eine großartige Idee. Danke, dass du mich dazu eingeladen hast.«

Sie winkte ab. »Du brauchtest eine Möglichkeit, um Stress abzubauen. Campbell hat eine Menge Druck auf deine Schultern abgewälzt. Ich muss doch sicherstellen, dass meine Lieblingsbäckerin nicht zerbricht. Deine Brownies würde ich zu sehr vermissen, wenn du plötzlich in Therapie gehen müsstest.«

Darüber musste ich lachen. »Nun, ich freue mich über meine Ziegen-Erfahrung.«

»Und, macht ihr Fortschritte?« Alice überschlug ihre Beine und lehnte sich mir entgegen.

Clover hüpfte herbei und sprang auf ihren Schoß.

»Ich führe immer noch Befragungen durch und versuche herauszufinden, wer Pete am ehesten tot hätte sehen wollen.«

»Hast du eine bestimmte Person im Visier? War Grannys Vorhersage über Perücken und Feigen hilfreich?«

Ich fuhr mit meinen Fingern durch Meatballs Fell. »Nicht wirklich. Ich bin mir nicht sicher, wie das mit diesem Mord zusammenhängen könnte. Pete hat kein Obst verkauft.«

»Hat er Feigen-Pasteten verkauft?«

»Er hat ausschließlich herzhafte Pasteten hergestellt.«

»Passen Feigen und Fleisch zusammen?«

»Diese Kombination würde ich nicht ausprobieren. Und selbst wenn, wie passt die Perücke da hinein?«

Alice spielte mit Clover, der auf ihrem Schoß herumsprang. »Campbell muss darauf vertrauen, dass du es herausfinden wirst.«

»Er erwartet nicht, dass ich den Mordfall löse. Ich soll nur Informationen sammeln.«

»Aber würde es sich nicht toll anfühlen, diese Sache für ihn zu lösen? Stell dir mal sein Gesicht vor, wenn er zurückkommt und der Mörder schon verhaftet wurde, und das dank uns.«

Meine Augen verengten sich. Der Gedanke, dass Alice sich in diesen Fall einmischte, gefiel mir nicht. Solange der Mörder noch frei herumlief, war das ein zu großes Risiko. Auch für mich stellte es ein Risiko dar, aber ich hatte keinen Platz in der Thronfolge.

»Eine Mordermittlung ist kein Auftrag für eine Prinzessin«, knurrte eine tiefe Männerstimme.

Meine Schultern verspannten und machten die gesamte Arbeit der Yoga-Lehrerin zunichte. Als ich mich umdrehte, sah ich Saracen neben einem Busch stehen, seine Hände hatte er vor sich verschränkt.

»Oh, Saracen! Sie Dummerchen.« Alice stand auf und hob Clover in ihre Arme. »Natürlich habe ich nicht angedeutet, selbst den Mörder zu jagen. Ich würde lediglich Anweisungen geben, aus sicherer Entfernung. Sie müssen sich keine Sorgen um mich machen.«

»Es ist mein Job, mich zu sorgen«, sagte er.

Alice kicherte und schaute zu mir. »Ist es nicht wundervoll, dass all diese traumhaften Männer mich beschützen? Ich fühle mich regelrecht verwöhnt.«

»Das muss toll sein.« Ich erhob mich, mein Blick lag immer noch auf Saracen. Würde er denken, dass es meine Schuld war und ich Alice aus der Burg gelockt hatte?

»Sie sollten sich zu uns gesellen«, sagte Alice. »Ihre Schultern sehen eindeutig verspannt aus. Ziegen-Yoga könnte Ihnen helfen, diese Verspannungen loszuwerden.«

Eine Reihe von Ausdrücken huschte über Saracens Gesicht, bevor seine übliche Maske wieder an ihren Platz fand. »Ziegen-Yoga wäre nicht angemessen, während ich im Dienst bin.«

Ich biss mir auf die Unterlippe, um mein Grinsen zu unterdrücken, und wandte mich ab. »Ich fand es sehr entspannend.«

Alice nickte begeistert. »Nicht wahr? Wir sollten das wiederholen. Vielleicht könnten wir unsere eigenen Burg-Ziegen bekommen. Dann könnten wir private Stunden machen, wann immer wir wollen. Und alle könnten mitmachen, auch Saracen.«

»Darauf komme ich auf jeden Fall zurück.« Ich schaute zu Saracen. Jetzt sahen seine Schultern noch angespannter aus.

Miss Daisy trabte zu ihm herüber, schaute an dem Menschenberg vor ihr hoch und sprang in die Luft. Offensichtlich hielt sie ihn für einen Gipfel, der erklommen werden musste.

Saracens Arme schossen nach vorne, und er fing die Ziege mitten im Flug auf.

Das Tier blökte überrascht, bevor es sich in Saracens Armen bequem machte und seinen Kopf gegen seine feste Brust drückte.

»Na also! Ein Naturtalent im Umgang mit Ziegen«, sagte Alice. »Sie müssen ein Mitglied in unserem Yoga-Team werden.«

Saracen setzte Miss Daisy vorsichtig auf dem Boden ab, bevor er wieder seine starre Wach-Position einnahm.

»Meine Güte, was ist denn hier los?« Rupert schlenderte um die Büsche herum und trug etwas, das wie sein Pyjama aussah. Ein etwas zu großes, weißes T-Shirt und eine karierte Hose. Seine Haare sahen aus, als hätte er seinen Finger kürzlich in eine Steckdose gesteckt.

»Ziegen-Yoga«, sagte Alice. »Das habe ich für Holly organisiert.«

»Ich wusste gar nicht, dass du Ziegen magst«, sagte er zu mir.

»Natürlich. Wie könnte man die nicht mögen? Diese hier ist ganz besonders süß.«

»Also, das ist eine interessante Sache.« Rupert fuhr sich mit den Händen durch die Haare. »Ziegen, was? Ich wusste immer schon, dass du Tiere magst.«

»Du hast recht. Ich liebe alle Tiere«, sagte ich.

»Gut zu wissen.« Er nickte Saracen zu. »Wie läuft die Ermittlung zu dem, was mit diesem Kerl bei der Messe passiert ist? Irgendwelche Hinweise?«

Darüber sollte ich ebenfalls nachdenken.

»Wir arbeiten daran«, sagte Alice. »Wir werden das noch klären, bevor Campbell zurückkommt. Er wird so stolz auf *uns* sein.«

Saracen räusperte sich leise und schüttelte den Kopf.

Alice fuchtelte mit den Händen in der Luft herum. »Sie wissen, was ich meine. Wir werden in Sicherheit bleiben und absolut kein Risiko eingehen, um diesen Mord zu lösen. Na los, Holly. Vor uns liegen noch fünfundvierzig Minuten Ziegen-Yoga.«

Ich schüttelte meinen Kopf, auch wenn ich versucht war, noch ein bisschen mehr Zeit mit den süßen Ziegen zu verbringen. »Ich sollte gehen. Mir steht ein anstrengender Tag bevor.«

»Oh! Wie schade. Ich habe dich mit meinem Gerede über den Mord abgelenkt. Rupert, du musst Hollys Platz einnehmen«, sagte Alice.

»Oh! Ziegen-Yoga. Ich bin mir nicht sicher, ob ich dafür koordiniert genug bin.« Rupert beobachtete

Bubbles, die wiederholt mit ihrem Kopf gegen Saracens Schienbein stieß.

Alice griff nach seinem Arm und schob ihn auf die Matte. »Natürlich bist du das. Stell dich gerade hin, spann deine Mitte an und denk daran, tief einzuatmen. Das schaffst du.«

»Das klingt kompliziert«, sagte er.

»Du wirst das großartig machen«, sagte ich. »Ich lasse euch mal allein.« Ich schaute nicht zu Saracen, als ich davoneilte.

Halb erwartete ich, dass er mich fragen würde, wie ich unbemerkt meine Wohnung hatte verlassen können, aber er sagte kein Wort, als er Meatball und mir folgte.

Vielleicht kannte er die geheimen Gänge oder hatte mich irgendwie mit einem Peilsender versehen, der ihm meine Position verraten hatte, sobald ich aufgebrochen war. Campbell hatte ihn ausgebildet, also war das definitiv möglich.

Ich musste mich konzentrieren. Es war höchste Zeit, ein wenig herumzuschnüffeln und zu backen.

Kapitel 10

»Gute Nachrichten, Holmes.« Chef Heston schlug mit der flachen Hand auf die Arbeitsplatte. »Sie haben es ins Finale des Backwettbewerbs geschafft. Glückwunsch.«

Ich schaute von meinem Berg Cupcakes auf, die ich gerade mit Schokoladen-Icing verzierte, und war mir nicht sicher, ob ich ihn richtig verstanden hatte. »Woher wissen Sie das?«

»Weil ich Ihr Boss bin. Ich weiß alles. Sie haben es einen Schritt weiter von den Doppelschichten weggeschafft. Gut für Sie.« Er klopfte mir auf den Rücken, bevor er davonhuschte.

Hastig brachte ich meine Arbeit an den Cupcakes zu Ende, während sich in mir ein Sturm aus Nerven und Aufregung zusammenbraute. Ich hatte es geschafft. Mein Beitrag war gut genug gewesen. Ich hatte es ins Finale geschafft, aber das brachte auch Komplikationen mit sich. Sollte ich den Mord an zweite Stelle setzen und mich nur auf das Backen konzentrieren, um zu gewinnen?

Den ganzen Tag über hatte ich über die Verdächtigen in Petes Mordfall gegrübelt. Warum war Pete getötet worden? Wer hatte die Möglichkeit dazu? Was war der Grund für den Mord? Wo war sein Laptop? Wer hatte ihn als Letztes lebend gesehen? So viele Fragen. Es fühlte sich an, als stünde ich noch ganz am Anfang. Und jetzt musste ich mich auch noch auf ein Finale vorbereiten.

Ich schnappte mir das Tablett mit den Schokoladen-Cupcakes und geriet ins Schwanken, als ich mich zu schnell umdrehte.

Eine starke Hand legte sich Halt gebend um meine Schulter, während eine andere nach dem Tablett griff und es mir abnahm. Es war Saracen. Wo war er hergekommen? Als ich ihn das letzte Mal gesehen hatte, hatte er die Küche gerade verlassen. Wann war er zurückgekommen? Er war wie ein leiser, riesiger Ninja.

Ich seufzte erleichtert auf. »Danke. Ich bin nicht ganz bei der Sache.«

»In Gedanken bei dem Mord?«

Ich schaute mich in der Küche um, aber es schienen alle zu beschäftigt zu sein, um uns zuzuhören. »Exakt. Danke fürs Kuchen-Retten.«

»Wo sollen die hin?«, fragte er.

Meine Augenbrauen wanderten nach oben. »Die müssen nach draußen ins Café. Die Bedienungen werden wissen, wo sie hingehören.«

Er verschwand mit den Cupcakes und kam wenig später ohne zurück. »Erledigt. Bereit, loszulegen?«

Die redselige Version von Saracen war wieder da. »Auf jeden Fall. Ich muss meinen Beitrag für den Backwettbewerb vorbereiten. Ich habe es ins Finale geschafft.«

»Ich meinte die Verhöre weiterer Verdächtiger im Mordfall Pete.«

»Oh! Also, das ist auch sehr wichtig.« Ich tippte an meine Unterlippe. »Könnten wir uns erst um das Backen kümmern? Du kannst helfen, wenn du willst. Neulich warst du eine große Hilfe.«

»Ich habe die meisten der Rosenblüten zerstört.«

»Aber wir haben es geschafft. Das war ein Gemeinschaftserfolg. Außerdem finde ich deine Anwesenheit überraschend beruhigend, wenn man bedenkt, wie tödlich du bist.«

»Warum hältst du mich für tödlich?« Seine Mundwinkel zuckten nach oben.

»Du arbeitest für Campbell.«

Er zuckte mit einer Schulter. »Ein bisschen Zeit kann ich zum Backen entbehren.«

»Großartig! Ich muss nur Chef Heston um ein paar zusätzliche Stunden bitten. Du könntest mir den Rücken stärken, falls ich Hilfe brauche.«

»Ich soll ihn aufmischen, wenn er versucht, dir das Leben schwer zu machen?«

Ich unterdrückte ein Lachen. Das wäre urkomisch und sehr verlockend. »Vielleicht solltest du meinen Boss nicht aufmischen. Das würde er definitiv gegen mich verwenden.« Ich eilte los, und nach etwas Betteln und Flehen von meiner Seite, gewährte Chef Heston mir zwei Stunden, um an meinem Designkonzept für den Wettbewerb zu arbeiten.

Ich klatschte in die Hände und spürte diese vertraute Aufregung vor einem neuen Backabenteuer. »Ich habe zwei Rezepte. Das erste ist ein Red-Velvet-Mousse in einer frischen Eclair-Hülle unter einer Schokoladen-Kirsch-Ganache.«

»Klingt gut«, sagte Saracen.

»Meine zweite Option ist eine Tarte mit Zartbitterschokolade und Hagebutte unter einer Aprikosenglasur mit einem cremigen Schokoladenkern. Das könnte für diesen Wettbewerb allerdings zu innovativ sein. Die Eclairs und Tortenböden habe ich schon fertig, ich muss mich also nur auf die Füllungen und die richtige Zusammenstellung konzentrieren.«

»Brauchst du dafür einen Geschmackstester?«, fragte Saracen.

Ich grinste ihn an. »Auf jeden Fall.«

»Dann zeig mir, was gemacht werden muss. Ich habe jetzt schon Hunger.«

Die nächsten zehn Minuten verbrachten wir damit, die Zutaten für beide Desserts bereitzustellen. Schon bald schlug ich das Red-Velvet-Mousse, das eine Mischung aus Mascarpone, Zucker, frischer Vanille aus einer Schote und pürierten Erdbeeren und Himbeeren war, um ihm etwas mehr Farbe und Fülle zu verleihen.

Die Mousse stellte ich zum Festwerden in den Kühlschrank und wandte mich dem Boden der Tarte zu. Da ich wusste, wie knifflig Mürbteig sein konnte, hatte ich sechs vorbereitet, um auf Nummer sicher zu gehen. Ich wählte den gelungensten aus und platzierte ihn vor mir.

»Was jetzt?«, fragte Saracen.

»Wie geht es deinem Rührarm?«

»Meinem ... Rührarm?«

»Du brauchst ein gutes Auge und einen starken Rührarm, um das hinzubekommen.« Ich füllte Schokoladenstücke in eine Glasschale, die in einem Topf mit dampfendem Wasser stand. »Rühr weiter, bis die Schokolade geschmolzen ist und keine Stückchen mehr zu sehen sind. Achte darauf, dass nichts anbrennt oder die Schokolade bitter wird.«

»Rühren, keine Klumpen, nicht anbrennen lassen. Verstanden.«

Er war der perfekte Assistent.

Ich verteilte die Füllung auf der Tarte, bedeckte sie mit einer dünnen Schicht Mürbeteig und stellte sie in den Ofen. »Die braucht zwanzig Minuten. Ich werde die Toppings und Füllungen für die Eclairs vorbereiten, dann können wir aufbrechen und mit unserem nächsten Verdächtigen sprechen.«

»An wen hast du gedacht?«, fragte Saracen.

»Ricky«, sagte ich. »Wurde mit ihm schon gesprochen?«

»Eine Sekunde.« Saracen zog sein Telefon aus der Tasche und drückte es an sein Ohr. »Ihr höre, Boss.«

Gerne hätte ich auch das andere Ende ihrer Unterhaltung mit angehört. Überrascht hätte es mich nicht, wenn Campbell uns schon die ganze Zeit zugehört hätte. Und jetzt, als wir anfingen, über etwas Interessantes zu sprechen, schaltete er sich mit ein.

»Verstanden. Wir werden daran arbeiten.« Dann ließ Saracen das Telefon wieder in seiner Tasche verschwinden.

»Irgendwas Interessantes?«, fragte ich.

»Campbell wollte ein Update.«

»Aber du hast ihm gar nichts erzählt.«

»Er weiß bereits alles, was vor sich geht.«

Ich ließ meinen Zeigefinger durch die Luft kreisen. »Wegen der Abhörgeräte, die er in der ganzen Burg versteckt hat?«

Saracen presste seine Lippen zusammen.

Ich nickte. »Die sind überall, nicht wahr?«

»Warum sollte es so sein?«

»Weil Campbell gerne herumschnüffelt.«

»Falsch.«

»Das tut er!«

»Er sorgt für die Sicherheit einiger sehr wichtiger Leute.«

»Was bedeutet, dass er alles und jeden belauschen darf?«

Saracen zuckte mit den Schultern.

Ich schüttelte den Kopf. »Ich kenne meine Rechte.«

»Und die wären ...?«

»Kein Belauschen! Besonders nicht in meinen privaten vier Wänden.« Ich lehnte mich näher zu ihm. »Dort hat er keine Abhörgeräte installiert, oder?«

Saracen grinste lediglich und rührte weiter seine Schokolade.

»Das wird reichen.« Ich nahm ihm den Schneebesen ab und überprüfte die Schokolade. Sie war perfekt. »Jetzt muss sie etwas abkühlen, bevor wir sie mit der Sahne vermengen und alles steif schlagen.«

»Wie lange wird das dauern? Campbell hat angedeutet, dass wir uns beeilen sollten. Ich stimme ihm zu.«

»Gib mir die fünfzehn Minuten, die die Tarte noch im Ofen ist, dann können wir losziehen und Ricky aufsuchen, während alles abkühlt.«

»Wo sollen wir suchen?«

»Im Pub. Dort wurde er vor Kurzem von einer zuverlässigen Quelle gesehen.«

»Du glaubst, dass er immer noch hier im Dorf ist?«

Ich legte den Kopf schief. »Ja, obwohl er sich bedeckt halten könnte, wenn er etwas mit Petes Mord zu tun hat.«

»Warum glaubst du das?«

»Er hat vor der Burg herumgelungert und Fragen gestellt. Das zeigt, dass er Interesse an dem Fall hat. Vielleicht will er sichergehen, dass jemand angeklagt wird, damit er selbst nicht als Verdächtiger angesehen wird.«

Saracen grunzte. »Er klingt schuldig. Mit dem sollten wir anfangen.«

Sobald die Tarte fertig war, stellte ich sie zum Abkühlen raus, schnappte mir meine Jacke und zog mit Saracen los, um den einzigen Pub des Dorfes zu besuchen. Ich fühlte mich wie ein Mitglied des Adels, als ich in den riesigen schwarzen SUV stieg, der sonst benutzt wurde, um die Familie zu fahren.

Die Parson's Nose befand sich in einem großen Gebäude mit einem enormen Strohdach, und im Innern befand sich an einer Seite ein eindrucksvoller offener Kamin. Die Decke wurde von massiven dunklen Balken dominiert, die mit getrockneten Bierhopfen geschmückt waren.

Saracen blieb im Türrahmen des Pubs stehen und schaute sich um. »Wo ist unser Verdächtiger?«

Meine Augen funkelten, als ich Ricky entdeckte. »Hier entlang.« Ich ging auf die Gestalt zu, die über die Bar gebeugt an einem Bier nippte.

»Ricky Stormy?«, fragte ich ihn.

Er schaute nicht auf, aber seine Schultern verspannten und seine Hand klammerte sich um sein Glas. »Wer will das wissen?«

»Wir«, sagte Saracen.

Rickys Kopf ruckte nach oben, sein Blick wanderte über Saracens imposante Gestalt. »Und Sie sind?«

»Er ist hier, um Ihnen ein paar Fragen zu stellen«, sagte ich. »Ich arbeite zusammen mit dem Sicherheitsteam der Burg und wir ermitteln im Mordfall von Pete Saunders. Ich glaube, Sie kannten ihn.«

»Nö. Sie irren sich.«

Ich schürzte die Lippen und versuchte es erneut. »Ich habe Sie am Morgen seines Todes mit Pete sprechen sehen.«

»Sie verwechseln mich mit jemandem.« Er trank einen großen Schluck aus seinem Glas, bevor er es zurück auf die Bar stellte.

Ich runzelte die Stirn und studierte ihn. Das war definitiv der Mann, der mit Pete gesprochen hatte. »Ich bin Holly Holmes. Ich kannte Pete nur flüchtig. Was können Sie mir über ihn erzählen?«

»Nichts. Und mir ist egal, wer Sie sind.« Er schob seinen Hocker zurück und stand auf. »Ich wollte hier nur in Ruhe etwas trinken. Sieht aus, als müsste ich dafür woanders hingehen.«

»Wir haben unsere Fragen noch nicht gestellt.«

»Nicht mein Problem.« Er klopfte auf den Bartresen. »Ihr solltet aufpassen, wen ihr in diesen Pub lasst«, sagte er zu der Bardame, Elspeth Samphire. »Niemand kommt hierher, um verhört zu werden.« Dann schlenderte er auf die Tür zu.

Hmmm. Das war nicht so gelaufen, wie ich es mir erhofft hatte. Bevor ich meinen nächsten Schritt planen konnte, lief Saracen los und folgte Ricky durch die Tür nach draußen.

Ich eilte ihnen mit pochendem Herzen nach. Ich wollte nicht, dass es körperlich wurde, aber wir mussten wirklich mit Ricky sprechen.

Als ich nach draußen trat, joggte Ricky beinahe, um von Saracen wegzukommen.

Saracen marschierte ihm hinterher und hielt mit seinen langen Schritten locker mit Ricky mit.

»Lass mich in Ruhe, Mann«, rief Ricky. »Ich kann euch nicht helfen. Ich kenne diesen Kerl nicht, von dem ihr redet.«

Ich lief ihnen nach. »Wir versuchen, Sie aus den Ermittlungen auszuschließen. Alles, was Sie dafür tun müssen, ist, uns ein paar Fragen zu beantworten.«

»Ich weiß nichts darüber. Lasst mich in Ruhe.«

»Willst du, dass ich mich um ihn kümmere?«, murmelte Saracen, als ich ihn eingeholt hatte.

»Ich will nicht, dass du ihm wehtust«, sagte ich. »Aber er muss aufhören, vor uns wegzulaufen. Das lässt ihn nur schuldig aussehen.«

»Stimmt. Beenden wir das.« Saracen rannte los.

Als Saracen die Distanz zwischen ihnen schloss, drehte Ricky sich mit großen Augen um. Er tänzelte noch ein paar Schritte zurück und hob dann seine Fäuste. »Ich habe Erfahrung im Boxring. Zwingen Sie mich nicht dazu, Ihnen in den Hintern zu treten.« Dann raste seine Faust nach vorn.

Saracen wich ihr aus, tauchte hinter Ricky wieder auf und griff mit seiner riesigen Hand um seinen Nacken.

Ricky wand sich und zappelte, als er zu mir zurückgeführt wurde.

Ich starrte die beiden mit großen Augen an. Rickys Gesicht war knallrot und ein Schweißtropfen lief ihm über die Schläfe. Saracen hingegen war ein Bild der Ruhe. Scheinbar gehörte er zu den Personen, die unter Druck aufblühten.

»Vielen Dank, Saracen«, sagte ich.

»Lassen Sie mich los, Sie Loser«, knurrte Ricky. »Sie dürfen mich nicht gegen meinen Willen festhalten. Rufen Sie Ihren Wachhund zurück.«

»Das wird nicht lange dauern«, sagte ich. »Da Pete Ihr Freund war, möchten Sie uns bestimmt dabei helfen, herauszufinden, was ihm zugestoßen ist.«

»Wir waren keine Freunde.« Ricky drehte seinen Kopf und warf Saracen einen finsteren Blick zu.

»Wenn Sie versprechen, nicht wegzulaufen, wird Saracen Sie loslassen«, sagte ich.

Saracen grunzte.

»In Ordnung. Ich werde kooperieren. Stellen Sie Ihre blöden Fragen«, sagte Ricky.

»Ausgezeichnet. Vielen Dank für Ihre Hilfe.« Ich nickte Saracen zu. Er warf einen letzten Blick auf Ricky und ließ ihn los.

Rickys Miene war finster, als er sich den Nacken rieb. »Das wird einen blauen Fleck geben. Ich sollte Sie verklagen.«

»Sie müssen niemanden verklagen«, sagte ich. »Erzählen Sie mir von Ihrer Beziehung zu Bete.«

»Wir hatten keine Beziehung«, erwiderte Ricky.

»Aber Sie kannten ihn?«

»Mehr oder weniger. Es war keine große Sache.«

»Woher kannten Sie beide sich? Hatten Sie geschäftlich miteinander zu tun?«

»Warum wollen Sie das wissen?« Rickys Nasenflügel flatterten.

»Weil er während der Lebensmittelmesse auf der Burg getötet wurde. Wir müssen herausfinden, wer das getan hat.«

Er grinste schief. »Und diese hochnäsige Bande hat Sie auf die Mordermittlung angesetzt? Na dann viel Glück.«

»Wenn ich sie brauche, steht mir reichlich Verstärkung zur Verfügung.« Ich schaute zu Saracen. »Zwingen Sie mich nicht dazu, ihn wieder auf Sie anzusetzen.«

Ricky hob abwehrend die Hände und seufzte. »Was soll's. Ich bin hergekommen, weil ich wusste, dass Pete auch einen Stand haben würde. Der Idiot hat seinen Namen auf die Liste der Verkäufer setzen lassen. Ich hatte eingestellt, dass mein Telefon mich benachrichtigt, sobald sein Name online irgendwo auftaucht, also wusste ich, dass er hier sein würde.«

»Und warum wollten Sie ihn sehen?«, fragte ich.

»Er hat mir Geld geschuldet. Ich habe Pete etwas geliehen, um seinen Laden für seine Pasteten zu eröffnen. Ich brauchte es zurück. Pete war sich unserer Vereinbarung bewusst, ist aber seinen Rückzahlungen nicht nachgekommen. Immer hat er sich eine neue lahme Ausrede ausgedacht. Was mich nicht wirklich interessiert hat. Ich wollte mein Geld zurück. Ich dachte, ihn persönlich anzutreffen und eine höfliche Unterhaltung zu führen, würde ihn an seine Verpflichtungen erinnern. Dann hat der Idiot sich umbringen lassen. Und ich will immer noch mein Geld zurück.«

»Das werden Sie jetzt nicht mehr bekommen«, sagte ich.

Er zuckte mit den Schultern. »Ich werde einen Weg finden. Pete hatte Besitztümer.«

»Sie haben vor, Petes Besitz zu stehlen?«

»Das ist kein Stehlen. Er zahlt mir nur zurück, was er mir schuldet.«

»Und wie viel schuldete er Ihnen?«

»Dreißigtausend. Er brauchte es für die Miete, das Inventar und die Renovierung. Es schien ein guter Deal zu sein. Der Kerl hat ein solides Geschäft aufgebaut. Zunächst lief alles nach Plan, aber dann fing er an, meine Anrufe zu ignorieren. Das ist nie ein gutes Zeichen. Dann blieb seine erste Rückzahlung aus, und kurz darauf auch die zweite. Ich lasse nicht zu, dass jemand bei mir zu lange Schulden macht.«

Das war ein gutes Motiv für einen Mord. Pete hatte sich entschieden, Ricky sein Geld nicht zurückzuzahlen. Vielleicht wollte er Pete eine Lektion erteilen, was geschehen würde, wenn er seine Schulden nicht beglich, und die Dinge waren aus dem Ruder gelaufen.

»Wo waren Sie, als Petes Leichnam gefunden wurde?«, fragte ich. »Ich erinnere mich nicht, Sie während der Messe gesehen zu haben.«

»Nein! Ich hasse diese Lebensmittelmessen. Dieser ganze überteuerte Müll, den man viel günstiger im Supermarkt bekommen kann. Das schmeckt genauso gut. Ich bin nur hergekommen, um mit Pete zu reden und das zurückzubekommen, was er mir schuldet.«

»Sie waren nicht auf der Messe, als Pete getötet wurde?«, fragte ich.

»Nein. Ich war im Pub.«

»Den ganzen Tag?«

»Ich bin etwa gegen drei Uhr nachmittags hier angekommen. Ich hatte noch etwas in einem anderen Dorf zu erledigen, also bin ich rübergefahren, habe das geklärt, und bin dann zurückgekommen. Nach einem kurzen Abstecher zur Messe, um sicherzustellen, dass Pete immer noch dort war, bin ich hergekommen. Die meiste Zeit habe ich mich mit der süßen Bardame unterhalten. Sie hatte eine Schwäche für mich.«

»Und Sie haben den Pub zu keinem Zeitpunkt verlassen?«, fragte ich.

Seine Augen verengten sich. »Oh, jetzt verstehe ich. Sie wollen mir den Mord an Pete vorwerfen.«

»Nun, er hat Ihnen Geld geschuldet. Und scheinbar gab es Probleme mit der Rückzahlung.«

»Ja, das stimmt, aber ich bin kein Idiot. Jemanden umzubringen macht es sehr schwer, das zu bekommen, was dieser jemand einem noch schuldet. Zugegeben, ich habe schon mal Schläge verteilt, wenn sich jemand nicht an unsere Vereinbarung halten wollte, aber ich hätte niemals jemanden umgebracht. Ich verleihe Geld und sammle es zu einer fairen Zinsrate wieder ein. So läuft mein Geschäft. Breche ich dabei hin und wieder ein paar Kniescheiben? Mag sein. Aber Mord gibt es nicht in meinem Repertoire.«

Der Gedanke an eine gebrochene Kniescheibe ließ mich erschaudern. Ricky klang, als hätte er einen Hang zur Gewalt. »Wenn Sie es nicht waren, wer, glauben Sie, könnte Pete getötet haben?«

»Ich kann Ihnen genau sagen, wer ihn umgebracht hat. Pete hatte einen ernsten Rivalen. So ein vornehmer Kerl namens Dennis. Den habe ich sogar bei der Messe gesehen.«

Dennis Lambeth stand bereits auf meiner Liste der Verdächtigen. »Haben Sie die beiden während der Messe miteinander reden sehen?«

»Darauf können Sie wetten. Sie haben sich gestritten. Und es wurde körperlich. Dennis ist wohl kaum Muhammad Ali, aber er hat Pete trotzdem herumgeschubst und ihm alle möglichen Beleidigungen an den Kopf geworfen, die ich vor einer Dame niemals wiederholen würde.« Ricky grinste mich an. »Der Kerl war eifersüchtig auf Petes Erfolg. Er verlor Geld und Kunden, und das hat ihn wütend gemacht. Wenn irgendjemand Petes Tod gewollt hätte, dann Dennis. Er ist Ihr Mörder. Wenn Sie versuchen, mir ein Geständnis zu entlocken, verschwenden Sie Ihre Zeit.«

»Wissen Sie, worum es bei dem Streit ging?«, fragte ich.

»Das konnte ich nicht hören. Ich war zu weit entfernt und habe sie nur gesehen. Aber wahrscheinlich war es das Übliche. Pete unterbot Dennis' Preise. Er bezieht seine Zutaten aus anderen Quellen.«

»Was für Quellen?«

Ricky tippte an die Seite seiner Nase. »Dennis hat sich immer über Petes Zutaten beschwert und behauptet, seine Pasteten wären nicht besser als Hundefutter.«

Ich schluckte und war erleichtert, nicht dazu gekommen zu sein, eine seiner Pasteten zu probieren.

»Wie schlecht steht es um Dennis' Geschäft?«, fragte ich. »Wie ich hörte, musste er vor kurzem einen seiner Läden schließen.«

»Und es werden noch mehr folgen. Sie müssen ihn selbst fragen, wie genau es aussieht, aber ich denke nicht, dass es sein Unternehmen in einem Jahr noch geben wird.«

Ich stieß den Atem aus und schaute zu Saracen, der während der ganzen Zeit über stoisch neben Ricky gestanden hatte. Soeben hatten wir den nächsten Verdächtigen gefunden, mit dem wir sprechen mussten.

»Also, kann ich jetzt gehen?« Rickys Blick wanderte zu Saracen. »Sie werden diesen Bullen nicht auf mich loslassen?«

»Natürlich, Sie können gehen. Aber bleiben Sie im Dorf«, sagte ich.

»Viel länger kann ich nicht bleiben. Zwei Tage, dann bin ich weg.«

»Nicht, ehe wir Sie als Verdächtigen ausschließen konnten«, sagte ich.

»Ach ja?« Ricky trat einen Schritt auf mich zu. »Wollen Sie mich etwa davon abhalten?«

»Nein, ich werde gar nichts tun«, erwiderte ich. »Aber es wäre mir eine Freude, Saracen loszuschicken, um Sie ausfindig zu machen.«

Saracen machte einen Schritt in Rickys Richtung und funkelte ihn finster an.

Ricky stolperte zurück. »In Ordnung, schön. Ich habe auch vor Ort noch Dinge zu erledigen. Aber wenn Sie herausfinden wollen, wer das getan hat, sollten Sie mit unserem wütenden, beinahe bankrotten Pastetenbäcker reden. Er hätte nicht gezögert, dieses

Pastetenmesser in Petes Rücken zu rammen, und hätte dabei wahrscheinlich auch noch laut gelacht.« Er warf einen letzten bösen Blick zu Saracen, bevor er davonstampfte.

»Was hältst du von ihm?«, fragte ich Saracen.

»Er sieht schuldig aus. Wir müssen sein Alibi überprüfen.«

Ich nickte. »Ist mit dir alles okay?« Auf Saracens Stirn hatte sich ein Schweißfilm gebildet.

»Natürlich. Alles in Ordnung.«

»Warte hier im Schatten und entspann dich. Ich gehe noch mal in den Pub und frage Elspeth, ob Ricky an dem Nachmittag, als Pete ermordet wurde, versucht hat, sich an sie heranzumachen.«

Saracen nickte lediglich.

Ich eilte zurück in den Pub und entdeckte Elspeth, die gerade einen Kunden bediente.

»Hey, Holly«, sagte sie. »Was darf es sein?«

»Ich habe keine Zeit für einen Drink. Ich wollte fragen, ob du an dem Nachmittag während der Lebensmittelmesse von einem Kerl angebaggert wurdest. Warst du hier?«

Sie lachte. »Den ganzen Tag. Und wenn man so umwerfend ist wie ich, wird man ständig angebaggert. Obwohl sie es normalerweise nur auf Freibier abgesehen haben und nicht auf diesen prächtigen Körper. Wie sah er aus?«

»Er war gerade noch hier«, sagte ich. »Dunkle Haare, Lederjacke, Drei-Tage-Bart. Ein wenig ungepflegt, aber irgendwie doch attraktiv.«

»Ich erinnere mich an ihn«, sagte sie. »Er meinte, sein Name wäre Ricky. Eindeutig ein Mann, der kein Nein hinnimmt. Er hat sich selbst für unwiderstehlich gehalten und muss ein Dutzend Anmachsprüche ausprobiert haben. Die erste halbe Stunde war es noch amüsant, aber dann wurde ich genervt. Ich habe ihn deutlich abblitzen lassen. Er ist an der Bar geblieben und hat hin und wieder versucht, mich doch noch zu erweichen.«

»Wie spät ist er hier angekommen?«

»Das kann ich nicht genau sagen, aber es muss gegen drei Uhr gewesen sein. Es war nicht viel los, dann bemerkt man, wenn jemand Neues hereinkommt.«

»Und wie lange ist er geblieben?«

»Er war ungefähr bis sieben Uhr abends hier. Warum fragst du?«

»Ich überprüfe nur etwas«, sagte ich und schob mich von der Bar zurück. »Danke.«

»Kauf das nächste Mal ein Getränk«, sagte sie. »Eigentlich gibt es Informationen hier nicht umsonst.«

»Dann nehme ich beim nächsten Mal einen Doppelten.« Ich winkte ihr knapp zu und verschwand durch die Tür.

Saracen saß auf einer Bank und hatte seinen Kopf in die Hände gelegt.

Ich ging zu ihm. »Rickys Alibi ist wasserdicht. Er war es nicht.«

Er atmete tief ein und nickte.

Ich setzte mich neben ihn. »Bist du sicher, dass es dir gut geht? Wenn du dich nicht gut fühlst, können wir das auch verschieben.«

»Ich fühle mich super.« Er ließ seine Schulter kreisen und wischte sich den Schweiß von der Stirn. »Was jetzt?«

»Wir machen mit Dennis Lambeth weiter«, sagte ich. »Wenn Ricky die Wahrheit sagt, hatten Pete und Dennis einen Streit. Vielleicht war Dennis auf Rache aus. Er hätte sich an Pete heranschleichen und es zu Ende bringen können. Und wenn ich darüber nachdenke, würde es Sinn ergeben. Als ich die Leiche gesehen habe, lagen mehrere von Petes Pasteten auf dem Boden neben ihm. Das lässt den Mord persönlich erscheinen. Jemand hat gehasst, was Pete getan hat. Das passt perfekt zu Dennis.«

»Und Pete hat Dennis' Unternehmen gefährdet«, sagte Saracen. »Also hat er entschieden, dem ein Ende zu bereiten.«

Es erschien immer wahrscheinlicher, dass Dennis in diese Sache verwickelt war.

Jetzt mussten wir ihn lediglich ausfindig machen und uns mit ihm unterhalten.

Kapitel 11

Ich probierte es erneut im Pub, um herauszufinden, ob irgendjemand Dennis gesehen hatte, doch von ihm gab es keine Spur.

In Audley St. Mary gab es nur zwei Straßen, in denen sich Geschäfte befanden, und wir fragten jeden einzelnen Ladenbesitzer, ob einer von ihnen Dennis gesehen hatte.

Früh am Morgen war er noch im Dorf gesichtet worden, aber seitdem fehlte von ihm jede Spur.

Ich betrat die Lobby des Audley Hotels und ging auf den Empfangstresen zu.

Bella Aldrin stand dahinter und begrüßte mich mit einem Nicken. »Womit kann ich helfen?«

»Ich versuche herauszufinden, ob Dennis Lambeth hier übernachtet«, sagte ich. »Ich muss ihm ein paar Fragen stellen.«

»Fragen worüber? Normalerweise geben wir keine Informationen über unsere Gäste heraus.«

Ich kannte Bella nicht besonders gut und war nicht sicher, ob ich ihr die Informationen mit Kuchen entlocken könnte. »Ich muss nicht wissen, in welchem Zimmer er ist. Nur, ob er überhaupt hier eingecheckt hat.«

»Das sollte in Ordnung gehen. Lass mich nachsehen.« Sie tippte auf ihre Tastatur ein und nickte schließlich. »Er hat ein Zimmer bei uns.«

»Kannst du ihn anrufen und fragen, ob er herunterkommen könnte?«

»Nichts zu machen. Er hat darum gebeten, nicht gestört zu werden. Und ich habe ihn den ganzen Tag noch nicht gesehen. Er war nicht beim Frühstück und ich habe ihn auch nicht in der Lobby gesehen, aber ich war auch nicht den ganzen Tag hier. Ist es dringend? Du könntest eine Nachricht für ihn hinterlassen. Wenn ich ihn das nächste Mal sehe, könnte ich sie ihm übermitteln.«

Es war seltsam, dass Dennis sich versteckte. Das ließ vermuten, dass er einen Grund hatte, sich bedeckt zu halten.

Ich schrieb meine Telefonnummer und meinen Namen auf ein Stück Papier. »Kannst du ihm das geben? Ich würde mich gerne mit ihm unterhalten. Es ist sehr wichtig.«

»Natürlich.«

Ein Tumult vor der Tür ließ mich herumwirbeln. Ich eilte los, schob mich durch die Menge und schnappte nach Luft. Saracen lag auf dem Boden, seine Arme waren weit ausgebreitet.

Jenny Delaney, eine Dorfbewohnerin, stand in der Menge. »Sag nicht, du hast wieder jemandem mit deinem Fahrrad erwischt, Holly.«

»Ich war gar nicht in seiner Nähe. Und das Fahrrad steht bei der Burg. Hat irgendjemand gesehen, was passiert ist? Wurde er von irgendetwas getroffen?«

»Ich habe es gesehen«, sagte eine Frau mit hellroten Haaren. »Er ist ein bisschen geschwankt und dann nach hinten gefallen. Es war niemand bei ihm.«

Ich kniete mich neben ihn. »Saracen! Geht es dir gut?«

Er antwortete nicht. Seine Haut war blass und klamm, und auf seiner Stirn lag ein Schweißfilm.

Ich hatte Saracen zu sehr erschöpft. Ich hatte ihn bei dem Versuch, weitere Verdächtige zu befragen, stundenlang herumgeschleppt, ohne auf ihn zu achten. Als ich spürte, wie schnell sein Puls war, schüttelte ich den Kopf. Er war ein erwachsener Mann; er hätte sagen können, wenn er eine Pause brauchte.

»Was ist mit ihm?«, fragte ein Mann aus der Menge.

»Ich bin nicht sicher«, sagte ich. »Ich dachte vorhin schon, dass er etwas blass aussieht, aber er meinte, es ginge ihm gut.«

»Er hat zu viele Schichten an«, sagte die rothaarige Frau. »Sie sollten sein Hemd aufknöpfen.«

Meine Finger schwebten über den Knöpfen, aber Saracen wäre bestimmt dagegen, seinen zweifellos eindrucksvollen Körper zur Touristenattraktion von Audley St. Mary zu machen.

»Hat schon jemand einen Krankenwagen gerufen?«, fragte Jenny.

Ein paar Leute murmelten etwas, aber niemand bestätigte es.

Ich tippte vorsichtig auf Saracens Wange, aber er reagierte nicht.

Ich hatte gerade mein Handy hervorgezogen, um Hilfe zu holen, als er sich stöhnend aufsetzte, seine Augen zuckten hektisch durch die Menge.

Dann sprang er plötzlich auf und hob seine Fäuste, als stünde er einer Bedrohung gegenüber.

Ich stellte mich vor ihn und hob meine Hände. »Kein Grund zur Panik. Es ist nichts passiert. Du musst gegen niemanden kämpfen.«

Er grunzte, sein angespannter Blick zuckte weiter umher. »Warum lag ich auf dem Boden?«

»Ich, ähm, na ja, ich glaube, du bist ohnmächtig geworden.«

Jetzt fixierte er mich aus verengten Augen. »Ich werde niemals ohnmächtig.«

»Es gibt für alles ein erstes Mal«, sagte ich, in der Hoffnung, dass ich nicht den enormen Fäusten ausweichen müsste, die vor meinem Gesicht schwebten.

»Was machen all diese Leute hier?«, fragte er.

»Sie versuchen zu helfen«, sagte ich.

Er ließ seine Fäuste sinken, schwankte von einer Seite zur anderen und fiel erneut ohnmächtig zu Boden.

Irgendetwas stimmte ganz und gar nicht mit Saracen. Anstatt einen Krankenwagen zu rufen, der eine ganze Weile brauchen würde, wählte ich Ruperts Nummer.

»Hallo?«

»Rupert, hier ist Holly. Ich brauche deine Hilfe.«

»Holly! Was ist los?«

»Es geht um Saracen. Er wird immer wieder ohnmächtig. Wäre es möglich, dass euer Familienarzt ins Dorf kommt? Ich kann Saracen nicht bewegen. Er liegt auf dem Boden vorm Hotel.«

»Ist er krank?«

»Es muss ihm sehr schlecht gehen. Bitte beeilt euch.«

»Natürlich. Wir machen uns sofort auf den Weg.«

Ich stopfte mein Telefon zurück in meine Tasche und schaute mich unter der wachsenden Menge um. »Irgendjemand muss Wasser holen, und etwas Weiches, das er als Kissen benutzen kann. Wahrscheinlich ist es am besten, wenn wir ihn nicht bewegen.«

»Den Versuch würde ich gerne sehen«, sagte ein Mann, während er Saracen anstarrte, als wäre er eine Art historisches Relikt, das studiert werden musste.

Mehrere Leute rannten ins Hotel und kehrten mit Wasserflaschen und gefalteten Handtüchern zurück, von denen ich eins vorsichtig unter Saracens Kopf legte.

»Vielleicht ist es die Grippe«, vermutete jemand. »Er sieht aus, als hätte er Fieber.«

Ich goss etwas Wasser auf ein anderes Handtuch und tupfte seine Stirn ab. Er fühlte sich heiß an.

»Er ist überhitzt«, sagte die Rothaarige. »Ich glaube wirklich, dass man ihm etwas ausziehen sollte.«

Ich fand einen Kompromiss, indem ich ihm das Jackett auszog und die Ärmel seines Hemdes hochkrempelte.

Es schienen erst wenige Minuten vergangen zu sein, als ein schwarzer SUV vorfuhr. Die Menge teilte sich für Doktor Michael Evesham und Rupert.

Der Anblick von Lord Rupert löste unter den Anwesenden ein überraschtes Murmeln aus, aber er nahm sie kaum wahr, sein Fokus lag auf Saracen.

Der Arzt nickte mir zu, bevor er sich neben Saracen kniete. Ein großer, schlanker Mann in schwarzem Anzug und Sonnenbrille erschien hinter ihnen und machte einen ausgezeichneten Job; die Menge löste sich innerhalb weniger Sekunden auf. Ich hatte ihn schon ein paar Mal in der Burg gesehen, aber noch nie mit ihm gesprochen. Sein Name war Drayton oder Dravel.

»Was ist mit Saracen?«, fragte ich den Arzt.

Doktor Evesham war ein attraktiver Mann mittleren Alters mit schulterlangem, dunklem Haar. »Ich vermute, er hat nicht auf seinen Zustand geachtet.«

»Zustand?« Meine Augenbrauen schossen nach oben. »Ist er krank?«

Der Arzt hob seinen Arm, inspizierte das Handgelenk und schnalzte. »Ich wusste, dass er es nicht tragen würde.«

»Was sollte er tragen?«, fragte ich.

»Sein Notfallarmband.«

»Für was für einen Notfall?«

»Wenn Saracen seinen Zustand für sich behalten will, steht es mir nicht zu, Ihnen davon zu berichten.« Er schüttelte seinen Kopf. »Ich habe empfohlen, dass er es trägt, bis er es im Griff hat, aber natürlich wollte er sein Image des harten Kerls nicht verlieren.«

Ich biss mir auf die Unterlippe. »Gibt es etwas, das Sie tun können?«

»Natürlich. Er wird bald wieder aufwachen.«

»Wird er dieses ... Problem für immer haben?«

»Nicht mit der richtigen Ernährung und Medikamenten. Ich hatte sogar schon Patienten, bei denen sich dieser Zustand wieder ganz zurückgebildet hat. Solange man rücksichtsvoll ist und nicht zu viele Dinge isst, die man nicht essen sollte, kann man gut damit leben.«

Rupert nahm meinen Arm und half mir auf die Beine. Während Doktor Evesham Saracen behandelte, entfernten wir uns ein paar Schritte.

»Hast du ihn so gefunden?«, fragte Rupert.

»Ja. Er hat auf mich gewartet, während ich Verdächtige bezüglich Petes Mord befragt habe«, sagte ich. »Ich dachte schon vorhin, dass er nicht gut aussah, aber er meinte, es wäre nichts.«

Saracen stöhnte, dann öffneten sich seine Augen. Für einen kurzen Augenblick sah er alarmiert aus, doch dann erkannte er Doktor Evesham.

»Ich habe Sie gewarnt, dass so etwas passieren würde«, sagte der Arzt.

»Es ging mir gut«, sagte Saracen. »Dann wurde mir plötzlich schwindlig und heiß.«

»Weil Sie sich nicht an die von mir empfohlene Diät gehalten haben«, sagte Doktor Evesham. »Dieses Spiel können Sie nicht unendlich fortführen. Bringen wir Sie zurück zur Burg. Und dann werden wir ein ernstes Gespräch über Ihre Gesundheit führen und darüber, ob ich Ihnen eine Beurlaubung empfehlen sollte.«

Saracen grunzte, aber ließ sich von Doktor Evesham aufhelfen und zu dem SUV führen.

Er schaute zu mir herüber und senkte den Kopf. »Ich wollte nicht, dass das passiert.«

»Natürlich nicht«, sagte ich. »Wenn ich gewusst hätte, dass es dir nicht gut geht, hätte ich mich besser um dich gekümmert.«

Seine Lippen kräuselten sich. »Ich bin kein Invalide.«

»Genug getrödelt«, sagte Doktor Evesham. »Ich will alles darüber hören, warum Sie glauben, die einzige Person auf der Welt zu sein, die sich selbst ohne die entsprechenden Schritte heilen kann.«

Saracen seufzte und zog die Autoschlüssel aus seiner Tasche.

»Kein Autofahren.« Doktor Evesham nahm sie ihm aus der Hand, was ihm einen bösen Blick einbrachte.

»Ich kann den SUV zurückfahren«, sagte Rupert.

»Gute Idee.« Doktor Evesham überreichte ihm die Schlüssel.

In einem kleinen Konvoy fuhren wir zurück zur Burg. Ich fuhr bei Rupert mit, während alle anderen in den SUV mit Saracen stiegen.

»Weißt du, was mit Saracen ist?«, fragte ich ihn.

»Keinen Schimmer. Aber er sah aus wie ein Geist. Richtig bleich und schwitzig. Ich hoffe, es ist nichts Ansteckendes. Ich möchte nicht krank werden.«

»Nach dem, was Doktor Evesham gesagt hat, scheint es nicht ansteckend zu sein.« Ich wollte noch immer wissen, was ihm fehlte.

Sobald wir zurück an der Burg waren, sprang ich aus dem Wagen und folgte dem Arzt und Saracen zu dessen privater Wohnung, die im selben Komplex lag wie meine.

Ohne Einladung trat ich ein und wartete mit Rupert darauf zu erfahren, wie es Saracen ging.

Doktor Evesham kam aus dem Schlafzimmer und schloss die Tür hinter sich. »Kein Grund zur Sorge. Er wird wieder. Ich glaube, den schlimmsten Schaden hat sein Ego abbekommen.«

»Können wir mit ihm reden?«, fragte ich.

»Nach dem Vortrag, den ich ihm gehalten habe, wird er sich bestimmt über ein freundliches Gesicht freuen«, sagte Doktor Evesham.

»Ich bringe Sie nach draußen.« Rupert führte ihn zur Tür.

»Danke, dass Sie so schnell kommen konnten«, sagte ich.

»Dafür bin ich da«, erwiderte Doktor Evesham.

Wenig später kehrte Rupert zurück. »Soll ich dich begleiten?«

»Ich will zunächst alleine mit ihm sprechen«, sagte ich. »Es muss ihm unangenehm sein, dass du ihn dort ohnmächtig auf dem Boden hast liegen sehen. Immerhin sollte er dich beschützen.«

»Das werde ich ihm nicht vorhalten«, sagte Rupert. »Richte ihm meine Grüße aus und sag ihm, er muss sich keine Sorgen machen.«

Ich wartete, bis er gegangen war, klopfte an die Schlafzimmertür und schob sie auf.

Saracen saß auf seinem Bett, hatte seine Schuhe ausgezogen und sein weißes Hemd aufgeknöpft. Er hob seinen Blick zu mir, doch schaute schnell wieder weg. »Das habe ich wirklich versaut.«

Ich ließ mich am Ende des Bettes nieder und lächelte ihn an. »Willst du mir sagen, was los ist? Doktor Evesham war sehr wortkarg, also bin ich immer noch nicht schlauer.«

Er seufzte und zupfte an einem losen Baumwollfaden an seinen Manschetten. »Diabetes.«

»Oh, meine Güte!« Ich schlug eine Hand über meinen Mund. »Und ich habe dir den ganzen Kuchen vorgesetzt.«

»Ich hätte Nein sagen können.«

»Ich fühle mich schrecklich. Du bist meinetwegen so krank.«

»Es war nicht deine Schuld. Ich war stur. Ich dachte, die Diagnose wäre falsch.«

Ich schüttelte den Kopf. »Scheinbar ist deine Schwäche für Süßes noch schlimmer als die von Campbell.«

»Vermutlich«, sagte Saracen. »Ich wollte mir nicht eingestehen, dass ich ein Problem habe. In meiner Familie gibt es eine Krankheitsgeschichte, aber ich mache Sport und bin in Form. Ich dachte, ich könnte es umgehen. Wie sich herausstellte, lag ich falsch. Und was für eine Art, der Welt davon zu erzählen.«

»Hattest du vor der Ohnmacht irgendwelche Symptome?«

Er zuckte mit den Schultern. »Schon möglich. Eigentlich ging es mir lausig. Ich kannte die Symptome, aber dachte, ich könnte gegen sie ankämpfen.«

»Du hättest es mir sagen sollen«, sagte ich. »Was muss ich tun, falls so etwas noch mal passiert?«

»Das wird es nicht. Der Arzt hat gerade eine ganze Reihe weiterer Tests angeordnet und mir Bettruhe verordnet, bis mein Blutzucker stabil ist.«

»Ich wette, darüber freust du dich sehr«, sagte ich.

»Das ist meine eigene dumme Schuld.«

»Aber du wirst wieder?«, fragte ich.

»Solange ich mich von deinem köstlichen Essen und Alkohol fernhalte, meint der Arzt, dass es mir gutgehen wird. Er hat sogar von einer neuen Diät geredet, die gerade erprobt wird, um Typ-2-Diabetes rückgängig zu machen. Das klingt intensiv, aber ich wäre bereit, es zu versuchen, wenn ich diesen Zustand dann wieder loswerde.«

»Wenn du Hilfe mit Rezepten brauchst, dann sag Bescheid«, sagte ich. »Ist es normal, dass es so schnell so schlimm wird?«

»Das ist auch meine Schuld. Ich wusste, dass etwas nicht stimmte, und habe trotzdem im letzten Monat meinen Check-up-Termin sausen lassen.«

»Das war wahrscheinlich nicht besonders clever«, murmelte ich.

»Ja, ich bin bekannt für meinen Bizeps, nicht für mein Gehirn.«

Er grinste, doch es verließ sein Gesicht schnell wieder. »Holly, ich darf meinen Job nicht verlieren. Ich liebe, was ich tue. Bitte sag Campbell nichts davon. Bei meiner letzten Besprechung habe ich gelogen und gesagt, es gäbe keine neuen medizinischen Entwicklungen. Er wird mich nicht mehr für sich arbeiten lassen, wenn er weiß, dass ich krank bin.«

»Saracen, du machst deine Arbeit großartig. So, wie du durch das Schloss schleichst und die Familie beschützt, jagst du mir jedes Mal wieder eine Heidenangst an. Das hier bedeutet nicht, dass du deinen Job nicht mehr so gut ausführen kannst wie bisher.«

Seine Schultern sackten zusammen. »Was, wenn Campbell das anders sieht? Ich könnte ohne Job dastehen. Wer würde mich einstellen wollen?«

»Eine Menge Leute«, sagte ich. »Als du ohnmächtig geworden bist, war in der Menge eine Frau, die dich unbedingt ohne deine Klamotten sehen wollte. Wenn alle Stricke reißen, könntest du einen gut bezahlten Job als nackter Butler bekommen.«

Er schnaubte, doch es ging in ein Lachen über. »Wenn es so weit kommt, dann wähle ich lieber Tod durch Donuts.«

»Hoffen wir, dass es nicht so weit kommen wird. Hör zu, ich werde Campbell nichts sagen, aber ich denke, du solltest es tun. Er wird es verstehen, aber du musst ehrlich zu ihm sein. Und wenn der Arzt recht hat, kannst du deinen Blutzucker stabilisieren und die Krankheit vielleicht sogar umkehren, und alles ist wieder gut.«

»Ja, ich sollte reinen Tisch machen. Es tut mir wirklich leid, Holly, aber ich werde dir bei dieser Ermittlung nicht mehr helfen können. Du wirst das alleine durchziehen müssen.«

Ich blinzelte und nickte schließlich. Das war nicht ideal, aber einen anderen Weg gab es nicht. Campbell war weg, um sich um einen Notfall zu kümmern, und Saracen war zu krank, um zu helfen. Ich konnte ihn unmöglich aus dem Bett zerren, um mein Sidekick zu sein. Oder war ich sein Sidekick?

Ich straffte die Schultern. »Keine Sorge. Ich werde herausfinden, wer Pete umgebracht hat. Und wenn es so weit ist, können wir den Erfolg gemeinsam feiern.«

»Mit einem geschmacklosen, zuckerfreien Nachtisch.«

Ich lachte und schüttelte den Kopf. »Bestimmt bekomme ich etwas Besseres hin.«

Kapitel 12

Am nächsten Morgen war ich früh wach und scrollte mich durch das Internet, um mich über Typ-2-Diabetes schlau zu machen. Es gab eine Fülle von Informationen, und es faszinierte mich zu lesen, dass Doktor Evesham recht hatte. Es gab eine Möglichkeit, die Krankheit mit der richtigen Ernährung umzukehren.

Zusätzlich hatte ich eine Menge fantastischer Rezepte entdeckt, von denen ich plante, einige für Saracen zuzubereiten. Wenn ich ihm dabei helfen konnte, sich wieder besser zu fühlen, dann würde ich diese Chance ergreifen.

Es dauerte eine Weile, aber schließlich öffnete er mir die Tür. Sein Gesicht spiegelte sein Elend wider.

Ich hielt die Omeletts hoch. »Harte Nacht?«

Er trat zur Seite und ließ mich hinein. »Ich habe viel nachgedacht. Ich war so dumm und habe mich von meiner Vorliebe für Süßes überwältigen lassen.«

»Nun, für mich ist das ein großes Kompliment. Obwohl du wusstest, dass sie dir nicht guttun würden, konntest du meinen Desserts nicht widerstehen.« Ich stellte die Omeletts auf den Tisch. »Es wird dich freuen zu hören, dass es viele leckere Rezepte gibt, die du trotzdem genießen kannst, während du deinen

Blutzucker unter Kontrolle bekommst. Der Geschmack wird nicht zu kurz kommen.«

»Keine Triple-Chocolate-Fudge-Brownies mit Schokostreuseln und mit Schokolade umhüllten Haselnüssen, was?« Er starrte die Omeletts an.

Ich rümpfte die Nase und schüttelte den Kopf. »Auch dafür werden wir eine Lösung finden. Und in der Zwischenzeit dachte ich, auch wenn du gerade nicht im aktiven Dienst bist, könnten wir über die Verdächtigen reden.«

»Ich helfe gerne.« Er deutete zum Tisch. »Willst du einen Kaffee dazu?«

»Das wäre toll.« Ich nahm Platz, und wenige Augenblicke später gesellte sich Saracen mit zwei dampfenden Kaffeetassen zu mir.

»Ich wollte mich für gestern bei dir bedanken«, sagte er. »Du hättest Campbell alles erzählen können. Ich hätte dir dafür keinen Vorwurf gemacht.«

»Das ist nicht mein Geheimnis«, sagte ich.

Er stürzte sich auf sein Omelett. »Das ist wirklich gut.«

»Ich weiß ein oder zwei Dinge übers Kochen.«

»Dagegen gibt es nichts einzuwenden. Campbell ist ein guter Boss. Er ist hart, aber fair, und fordert nur das Beste von seinem Team. Ich schätze, deshalb widerstrebt es mir so, ihm von meinem Diabetes zu erzählen. Ich wollte nicht schwach wirken.«

»Kanntest du Campbell, bevor du dich seinem Team angeschlossen hast?«, fragte ich.

»Unsere Wege haben sich ein paar Mal gekreuzt. Wir haben beide beim SAS gedient und wurden bei der Operation Blade eingesetzt, jedoch in verschiedenen Trupps.«

»Was ist das?«

Er hob eine Augenbraue. »Top Secret. Hast du schon mal von der Operation Barras in Sierra Leone gehört?«

»Nein. Ist das noch eine geheime Mission?«

»Sie ist nicht mehr so geheim. Im Grunde war Operation Barras eine Geiselnahme, die schief lief. Unsere Mission war beinahe identisch. Wir wurden losgeschickt, um das lokale Militär davon abzuhalten, Chaos zu stiften. Wir kamen an, haben die bösen Jungs ausgeschaltet und die Guten gerettet. Job erledigt.«

Ich stieß meinen Atem aus. Wenn Saracen sich öffnete, dann tat er es voll und ganz. »Das ist beeindruckend furchterregend.«

»So bin ich.« Er grinste und aß noch mehr von seinem Omelett.

»So hast du Campbell und seine verblüffenden Fähigkeiten kennengelernt?«

»Ja, aber sag ihm nicht, dass ich dir etwas von seiner Vergangenheit erzählt habe. Danach wurden seine Projekte immer größer und wichtiger. Campbell hat sich bei einigen sehr wichtigen Leuten ganz nach oben gearbeitet.«

»Und jetzt beschützt er die Audley-Familie«, sagte ich. »Ist das eine Beförderung oder eine Degradierung?«

»Weder noch. Er hat entschieden, dass er genug Zeit an der Frontlinie verbracht hatte. Er musste ständig sein Leben riskieren. Er nennt das seinen Halb-Ruhestand, aber auch das solltest du niemandem erzählen, sonst könntest du eines Nachts verschwinden und nie wieder gesehen werden. Die Bezahlung ist gut, die Arbeit ist für gewöhnlich einfach und er hat die volle Kontrolle darüber, was er macht.«

»Campbell scheint hier wirklich viel Kontrolle zu haben«, sagte ich. »Einschließlich aller Ermittlungen, die auf dem Anwesen stattfinden.«

»Das hat nichts mit Campbells Einfluss zu tun. Es ist ein historisches Privileg, außerdem wird das Budget der Polizei im Dorf immer weiter gekürzt.«

»Natürlich, das hätte ich mir denken können. Während meines Studiums habe ich einiges über historische Privilegien gelesen.«

»Du hast Geschichte studiert?«

Ich erhob einen Finger in die Luft. »Das habe ich. Und ich erinnere mich daran, dass das historische Privileg es einem Landbesitzer erlaubt, die Verbrechen, die auf seinem Grundstück geschehen, selbst zu regeln.«

»So ist es. Diese Vereinbarung wurde vor Hunderten von Jahren eingeführt. Damals war es noch anders, es gab nicht mal eine Polizeistelle in der Nähe, also ergab es nur Sinn, dass die Audleys sich um alles kümmerten. Diese Vereinbarung gibt es immer noch, und die Polizei hat nichts dagegen. Wir schließen sie nicht aus. Ich habe den Eindruck, dass es sie eher freut, noch ein paar zusätzliche helfende Hände hier zu haben. Sie wurden über die Hintergründe des Sicherheitsteams informiert und wissen, dass wir keinen Ärger machen wollen. Hast du den Kerl, der die Polizei hier leitet, mal getroffen?«

»Nein. Mit ihm hatte ich noch nicht zu tun«, sagte ich.

»Das wirst du auch nicht, es sei denn, du spielst Golf. Dudley Fabin steht kurz vor seinem Ruhestand. Und das schon, seit er Polizeichef geworden ist. Die meiste Zeit verbringt er damit, Golf zu spielen und seinen Papierkram auf andere Leute abzuwälzen. Er hat die Verantwortung jeglicher Verbrechen auf dem Anwesen gerne abgegeben, vorausgesetzt, wir halten ihn auf dem Laufenden. Das ist eine Win-Win-Situation. Campbell gefällt es, in solchen Situationen die Kontrolle zu haben.«

»Ja, das ist mir schon aufgefallen.«

Saracen grinste. »Er kommt nur so streng rüber, weil er das Beste von seinen Leuten erwartet.« Sein Grinsen verblasste. »Und das konnte ich nicht abliefern. Ich habe ihm Dinge verheimlicht. Ich bin mir nicht sicher, ob ich das wieder gut machen kann.«

»Das wirst du. Du warst sehr hilfreich, und das nicht nur als mein Kuchentestesser, sondern auch bei dieser Ermittlung.«

»Ich werde keinen deiner köstlichen Kuchen mehr essen können.« Er seufzte und stocherte in seinem Omelett herum. »Weißt du, ich dachte, du wärst durch und durch die Kuchenfrau, und nicht auch noch ein Geschichtsnerd.«

»Kuchen und Korsetts, das ist mein Ding«, sagte ich. »Backen war schon immer meine Leidenschaft, aber ich hatte auch immer diesen wilden Ehrgeiz, fantastische Sachbücher über die britische Geschichte zu lesen und zu schreiben. Das Problem ist, dass ich absolut nicht schreiben kann. Ein paar Mal habe ich es versucht, aber es hat nicht funktioniert. Also habe ich mich meiner zweiten Liebe zugewandt. Nach meinem Abschluss habe ich zwei Jahre lang eine Gastronomiefachschule besucht und Teilzeit in verschiedenen Cafés gearbeitet, um Erfahrung zu sammeln.«

»Als Bäckerin bist du perfekt. Es macht mich fertig, dass ich deine Kreationen nie wieder genießen kann.«

»Natürlich wirst du das.« Ich zeigte mit meinem Messer auf sein Omelett. »Das wird noch besser werden. Du könntest mein kleines Experiment werden.«

Er grunzte. »Ich bin mir nicht sicher, was ich davon halten soll.«

»Es wird nicht wehtun, und du wirst viele köstliche Experimente vorgesetzt bekommen. Wie klingt das?«

»Hmmm. Nicht schlecht.«

»Perfekt. Und wir können diesen Mord trotzdem zusammen aufklären. Als Nächstes müssen wir Dennis finden. Ich habe mich gefragt, ob er etwas mit Petes verschwundenem Laptop zu tun haben könnte. Dass er dort war, als Pete noch lebte, und verschwand, nachdem er umgebracht worden ist, legt nahe, dass es eine Verbindung gibt. Wer auch immer diesen Laptop hat, könnte der Mörder sein.«

»Dann sollten wir ihn tracken«, sagte Saracen.

»Soll ich meine super Spionage-Laptop-Tracking-Ausrüstung holen?«

»Sehr komisch. Wenn man die IP-Adresse hat, können wir den Standort des Laptops bestimmen.«

»Wie bekommen wir die?«

»Wir brauchen Petes E-Mail-Adresse. Die sollte mit dem Laptop verbunden sein. Ich könnte ein paar Anrufe tätigen, wenn du willst. Wir haben Zugang zu einem Team von Supergeeks, die von außerhalb operieren. Sie kümmern sich genau um diese Art von Dingen.«

Warum überraschte mich das nicht? »Bevor du das tust: Es könnte noch jemand anderen geben, der die Informationen hat, die wir brauchen. Maisie hat alle möglichen Arbeiten für Pete übernommen. Bestimmt kennt sie seine E-Mail-Adresse.«

»Guter Plan.«

»Du bleibst hier und frühstückst zu Ende. Ich werde mit Maisie reden und schauen, ob sie uns helfen kann.«

Er nickte und schnitt ein großes Stück von seinem Omelett ab. »Noch mal Danke, Holly. Für das Essen und, na ja, für alles.«

»Jederzeit gerne.« Ich ließ ihn mit seinem Essen zurück und eilte zum Parkplatz der Aussteller. Als ich Petes Transporter entdeckte, ging ich zu der offenstehenden Tür und steckte meinen Kopf hinein.

Maisie stand im hinteren Teil des Vans und betrachtete sechs Pasteten, die auf einem Regal standen.

Als sie mich sah, lächelte sie. »Guten Morgen, Holly.«

»Schwer beschäftigt?«, fragte ich.

»Ich überlege, mit welcher dieser Pasteten ich in dem Wettbewerb antreten soll. Hast du schon gehört? Ich habe es ins Finale geschafft.«

»Das ist großartig«, sagte ich. »Ich ebenfalls.«

»Oh nein! Ich habe deine Kuchen probiert. Sie sind umwerfend. Es wird schwer werden, die zu besiegen.«

»Es wird zwar nur einen Gesamtsieger geben, aber auch kleinere Anerkennungen und Preise. Es ist nicht sicher, dass ich gewinne.«

»Das klingt, als wüsstest du schon, dass du gewinnst. Sag mir nicht, dass innerhalb der Burg die Fäden für dich gezogen werden.«

Ich versuchte, nicht beleidigt zu sein. »Mein Essen spricht für sich. Außerdem gibt es beim letzten Test eine blinde Verkostung. Die Richter werden nicht wissen, was ich gemacht habe.«

Sie zuckte mit den Schultern. »Das klingt fair. Kann ich etwas für dich tun?«

»Das klingt vielleicht komisch, aber könntest du mir Petes E-Mail-Adresse verraten?«

»Natürlich. Ich benutze sie ständig und kenne sogar sein Passwort. Ich musste regelmäßig den Leuten auf ihre Bestellungen antworten oder Lieferungen koordinieren. Gibt es etwas Bestimmtes, das du von seinen E-Mails sehen möchtest?«

»Wenn es okay wäre, würde ich mir gerne alles ansehen, aber hauptsächlich bin ich an seiner E-Mail-Adresse interessiert.«

»Denkst du, in seinen E-Mails findet sich etwas, das mit seinem Mord in Verbindung steht?« Sie öffnete das Netbook auf dem Tresen und tippte auf die Tastatur ein.

»Das wäre möglich, aber vor allem wollen wir seinen verschwundenen Laptop ausfindig machen. Mit seiner E-Mail-Adresse können wir seinen Standort bestimmen.«

»Tatsächlich? Okay, hier ist sein Postfach. Er bekommt viele unangebrachte Mails, also ignorier sie einfach. Manche der Witze, die seine Freunde ihm schicken, sind schmutzig. Auf den ersten Blick kann ich nichts Ungewöhnliches entdecken. Wie schnell könnt ihr den Laptop zurückverfolgen?« Sie trat zur Seite und ließ mich einen Blick auf Petes E-Mails werfen. Es gab nichts, das mir seltsam erschien.

»Ich könnte mir vorstellen, dass es schnell geht. Aber ehrlich gesagt, habe ich keinen Schimmer, wie das funktioniert. Der Sicherheitsdienst der Burg arbeitet mit einigen Tricks, um verloren gegangene Dinge wieder aufzuspüren.«

»Muss der Laptop dafür eingeschaltet sein?«

»Ich bin nicht sicher. Vielleicht.« Ich trat zurück. »Hast du Stift und Papier? Ich möchte mir Petes E-Mail-Adresse notieren.«

»Klar.« Sie überreichte mir alles, was ich brauchte, und ich kritzelte die Information nieder. »Lass mich wissen, falls du irgendwas hörst. Es ist seltsam, wenn Pete nicht da ist. Aber auch so viel ruhiger. Er hat seine Anweisungen immer herumgeschrien. Scheinbar hatte ich mich daran schon gewöhnt. Irgendwie ist es angenehm, einfach meine Arbeit machen zu können, ohne die ganze Zeit von ihm herumgescheucht zu werden.«

»Glaubst du, dass du trotz dieses Vorfalls in der Gastronomiebranche bleiben wirst?«

»Auf jeden Fall. Obwohl meine Foodtruck-Tage bald vorbei sein werden, in denen ich von einer Messe zur nächsten rase. Da ich jetzt etwas Erfahrung gesammelt habe, möchte ich mich nach einer Sous-Chef-Position in einem Restaurant umsehen.«

»Viel Erfolg damit«, sagte ich. »Und danke, dass ich einen Blick in seine E-Mails werfen durfte.«

»Ich hoffe, dass es weiterhelfen wird.«

»Ich auch.« Ich winkte ihr zum Abschied und eilte zurück zu Saracens Wohnung.

Er hatte die Teller und Tassen abgewaschen und lief im Wohnbereich auf und ab, als ich eintrat. »Hast du sie bekommen?«

»Das habe ich.« Ich reichte ihm den Zettel.

Saracen ließ sich vor seinem eigenen Laptop nieder. »Mal sehen, was wir herausfinden können.«

»Kannst du das von hier aus machen?«

»Natürlich. Die komplizierten Sachen überlassen wir den echten Technik-Geeks, aber wie man Leute aufspürt, haben wir ebenfalls gelernt. Während einer Entführung oder wenn jemand vermisst wird, kann das sehr hilfreich sein. Unsere VIPs versuchen gerne, sich unserer Aufmerksamkeit zu entziehen. Sie haben einige peinliche Hobbys, von denen sie nicht wollen, dass wir sie kennen. Manchmal wirklich perverse Sachen.«

»Ach was! Erzähl mir mehr«, sagte ich.

»Das würde ich gerne, aber dann müsste ich dich umbringen.«

Ich war mir fast sicher, dass er keine Scherze machte.

Nachdem er ein paar Minuten lang auf seine Tastatur eingehämmert hatte, schlug Saracen mit der flachen

Hand auf den Tisch. »Wir haben ihn. Es ist ein Lenovo Modell S12.«

»Und wo ist er?«

»Der Laptop ist immer noch im Dorf.«

Ich starrte den pulsierenden roten Punkt auf dem Bildschirm an. »Das ist nicht weit von hier. Vielleicht zwanzig Minuten entfernt. Das sollte ich mir mal ansehen.«

Saracen kratzte sich am Kinn. »Es ist nicht sicher, wenn du alleine losziehst. Der Laptop könnte immer noch bei dem Mörder sein.«

Das stimmte und es war eine berechtigte Sorge, aber wenn ich diesen Laptop fand, könnte er uns zum Mörder führen. Die Antwort schien zum Greifen nahe zu sein.

»Ich werde einen schnellen Blick darauf werfen«, sagte ich. »Ich werde vorsichtig sein. Beim kleinsten Anzeichen von Gefahr werde ich verschwinden und Hilfe holen.«

»Ich könnte dich begleiten«, sagte Saracen.

»Auf gar keinen Fall. Du hast die ärztliche Anweisung erhalten, dich auszuruhen, und solltest dir nicht den Stress machen, nach diesem Laptop zu suchen. Das könnte deinen Blutzucker wieder durcheinanderbringen. Wie wäre es, wenn ich eine kleine Aufklärungsmission unternehme? Ich gehe nirgendwo alleine rein; ich schaue mich nur um. Vielleicht wurde der Laptop gestohlen und in einem Graben entsorgt. Vielleicht finde ich ihn zertrümmert irgendwo am Straßenrand. Dann wäre dieses Rätsel schon mal gelöst.«

»Das gefällt mir nicht«, sagte Saracen. »Du solltest kein Risiko eingehen.«

»Wir haben den Mörder schon fast«, sagte ich. »Ich werde mich von meiner besten Seite zeigen, aber wir dürfen keine Zeit mehr verlieren. Ich werde es mir ansehen und dir Bericht erstatten.«

»Tu das. Aber sei vorsichtig. Wenn du stirbst, während ich das Kommando habe, wird Campbell mich wirklich feuern.«

»Ich werde versuchen, nicht zu sterben. Ich möchte nicht, dass du mich auf dem Gewissen hast.«

»Holly! Das ist mein Ernst. Sei vorsichtig.«

Ich grinste und ging auf die Tür zu. »Ich werde sämtlichen Schwierigkeiten aus dem Weg gehen.«

Als ich Saracens Wohnung verließ, löste ich meine überkreuzten Finger. Ein wenig schuldig fühlte ich mich schon, ihm nicht die ganze Wahrheit gesagt zu haben, aber wir standen so kurz davor, diesen Fall zu lösen. Finde den Laptop, finde den Killer. Wenn ich mich einer kleinen Gefahr stellen müsste, um das zu erreichen, dann sollte es so sein.

Kapitel 13

Ich entschied, auf der Suche nach dem Laptop das Fahrrad der Burg zu nehmen, mit dem ich für gewöhnlich Lieferungen ausfuhr. Die IP-Adresse hatte ihn in der Threadneedle Lane ausgemacht. Es war eine schmale Straße, auf der nur ein Auto Platz fand, bis sie am Ende etwas breiter wurde. Mit dem Fahrrad würde es etwas länger dauern, bis ich dort war, aber es wäre viel diskreter. So könnte ich leichter herumschnüffeln als mit einem lauten Fahrzeug.

»Wuff, wuff.« Meatball hüpfte in seinem Zwinger auf und ab, als er mich sah, und wedelte mit dem Schwanz.

»Am besten bleibst du hier, Junge. Das könnte gefährlich werden.«

»Wuff.« Er senkte seine Rute.

»Das mache ich mit einem extragroßen Abendessen wieder gut.«

Er drehte sich um und stampfte zurück in seinen Zwinger.

»Sofort stehenbleiben!« Alice rannte um die Ecke, ihre Wangen waren rot und sie keuchte schwer.

»Was ist los?«, fragte ich.

»Ich habe gerade mit Granny gesprochen. Sie hat mir gesagt, dass es sehr wahrscheinlich ist, dass du sterben wirst.«

Ich blinzelte mehrfach, mein Mund fühlte sich trocken an. »Noch eine ihrer Vorhersagen?«

»Und du weißt, wie zutreffend sie sind. Ich werde dir nicht von der Seite weichen. Ich werde dich beschützen.«

Ich stieg von dem Fahrrad und ging zu ihr. »Und wie genau willst du das schaffen?«

»Stell das Fahrrad ab«, sagte Alice.

Ich lehnte das Rad gegen die Wand. »Warum? Was hast du —«

Sie griff nach meinem Arm, stemmte ihren Körper gegen meinen und warf mich über ihre Schulter. Ich landete auf meinem Rücken und starrte verblüfft in den Himmel hinauf.

Meatball stürzte aus seinem Zwinger. »Wuff, wuff, wuff, wuff, wuuuuuuff!«

»Holly geht es gut. Ich würde sie niemals verletzen.« Alice stellte sich über mich und grinste. »Beeindruckt?«

»Es geht mir gut, Meatball.« Ich deutete ihm an, mit dem Bellen aufzuhören und holte tief Luft. »Was ist gerade passiert?«

Sie lachte, während sie mir ihre Hand hinhielt und mich zurück auf die Beine zog. »Wir haben gelernt, uns selbst zu verteidigen. Für den Fall, dass wir von irgendwelchen fiesen Typen entführt werden. Ich habe den grünen Gürtel im Taekwondo.«

»Wieso wusste ich nichts davon?«

Sie drückte einen Finger auf ihre Lippen. »Das ist geheim. Wenn es jemand auf uns abgesehen hat, muss es so aussehen, als könnten wir nicht auf uns selbst aufpassen. So werden sie unvorsichtig, und dann schlage ich zu. Ich würde sie mit einem gezielten Schlag ausschalten und davonlaufen. Also, ich würde zumindest versuchen, wegzulaufen. Darin war ich noch nie gut. Oh, und im Zeichnen, Nähen, Klavierspielen und Singen. Und Tanzen. Aber abgesehen davon, habe ich ein paar mörderische Dinge drauf.«

»Dem werde ich nicht widersprechen.« Ich wischte den Staub von der Rückseite meiner Hose. »Okay, du wirst meine Verstärkung.«

»Ausgezeichnet. Ich werde das Tandem holen.«

»Ein Tandem?«

»Tandem fahren macht viel mehr Spaß. Es hat vorne sogar einen Korb für Meatball.« Sie tätschelte seinen Kopf, als er um uns herumhüpfte, um sicherzugehen, dass es mir nach Alice' Überraschungsangriff gut ging.

Als Alice davonlief, massierte ich meinen Nasenrücken. Diese Aufklärungsmission war soeben kompliziert geworden.

Alice schob ein riesiges, hellrosafarbenes Fahrrad vor, vor dessen Lenker ein großer Korb hing. »Du nimmst den vorderen Sitz, ich gehe nach hinten.«

Ich war noch nie Tandem gefahren. Nachdem ich den Sattel richtig eingestellt hatte, testete ich es aus. Es fühlte sich viel schwerer an als mein anderes Fahrrad.

»Meatball muss auch mitkommen«, sagte Alice.

»Wuff, wuff.« Er wedelte mit dem Schwanz und tänzelte auf seinen Hinterbeinen.

»Okay, er darf auch unsere Verstärkung sein.« Ich eilte in meine Wohnung, holte unsere Helme und lief zurück, wo ich Meatball seinen aufsetzte und ihn vorsichtig in seinen neuen Korb setzte.

Er beschnüffelte ihn ausgiebig, bevor er es sich scheinbar zufrieden bequem machte.

»Bereit, wenn du es bist«, sagte Alice.

Ich drehte mich um und sah, dass sie ihr blaues Kleid angehoben und den Großteil unter ihren Gürtel geklemmt hatte. Es sah aus, als würde sie eine riesige, flatternde, blaue Unterhose tragen. »Bist du dir bei dieser Sache sicher?«

»Absolut. Granny irrt sich nie. Sobald sie mir gesagt hat, dass du gleich aufbrechen würdest und dein Leben in Gefahr ist, bin ich diese Steinstufen hinuntergerannt, um dich vor deinem Verderben zu bewahren.«

»So gefährlich ist es vermutlich gar nicht«, sagte ich und war mir ganz und gar nicht sicher, ob ich eine Prinzessin auf eine womöglich tödliche Mission mitnehmen sollte.

»Wie du gerade selbst erfahren durftest, bin ich bereit, der Gefahr ins Auge zu blicken. Worauf warten wir noch?«

»Auf drei?«, schlug ich vor.

Alice nickte. »Eins, zwei, dreeeeeiiii!«

Ich stieß mich ab und nach den ersten wackeligen Sekunden, fanden wir in unseren Rhythmus und radelten von der Burganlage auf die öffentliche Straße.

Schon bald fing ich an zu schwitzen und musste doppelt so hart treten wie sonst. Ein hastiger Blick über meine Schulter zeigte mir den Grund dafür. Alice trat nicht in die Pedale. »Würde es Euch etwas ausmachen, mir zur Hand zu gehen, Eure Majestät? Dieses Ding ist ganz schön schwer.«

»Tut mir leid, ich habe mich von der Landschaft ablenken lassen. Es ist Jahre her, dass ich einen Ausflug mit dem Fahrrad gemacht habe. Was für ein Spaß.«

»Es wäre noch spaßiger, wenn ich nicht die ganze Arbeit alleine machen müsste.«

»Jetzt helfe ich mit!«

»Aber nur ein bisschen«, murmelte ich. Ich war froh, als wir den Gipfel des ersten Hügels erreichten, und ich mich auf dem Weg bergab etwas entspannen konnte. »Wir fahren in die Threadneedle Lane.«

»Ich weiß«, sagte sie. »Granny meinte, dass du dort sein würdest.«

»Wie konnte sie das so genau vorhersagen?«

»Wenn jemand, den sie mag, in tödlicher Gefahr ist, werden ihre Visionen klarer.«

»Wenn sie so gut ist, sollte sie mit Campbell zusammenarbeiten«, sagte ich.

»Vielleicht macht sie das bereits.« Alice lachte. »Oh, Mist. Wir haben Gesellschaft. Ich dachte, ich hätte sie abgehängt.«

Ich schaute über meine Schulter und sah, wie uns ein großer schwarzer SUV folgte. »Ich hoffe, sie kommen nicht zu nah, sonst könnten sie uns verraten.«

Alice winkte dem SUV zu. »Sie wissen, dass sie nicht zu nahe kommen sollen.«

Ich hörte auf, zu treten. »Wenn sie schon hier sind, warum können wir dann nicht bei ihnen mitfahren?«

»Nein, Dummerchen! Du willst den Mörder doch nicht verschrecken. Wenn wir dort mit unserer privaten Security im Schlepptau auftauchen, könnte das alles verderben. Der Mörder würde fliehen, noch bevor ich einen meiner Karate-Schläge an ihm ausprobieren konnte.«

»Wir können es einfach nicht auf die leichte Tour machen, oder? Und ich dachte, du trainierst Taekwondo und nicht Karate?«

»Ich mache beides. Also, bring mich auf den neuesten Stand. Warum fahren wir in die Threadneedle Lane? Wird der Mörder wirklich dort sein?«

»Hoffentlich nicht. Wir suchen nach Petes verschwundenem Laptop«, sagte ich. »Wir konnten seinen Standort ausfindig machen. Na ja, Saracen konnte es.«

»In dieser Straße gibt es nicht viel«, sagte Alice. »An der ersten Abzweigung stehen ein paar Häuser, aber dann kommt nur noch der Recyclinghof.«

Ich schnappte nach Luft. »Natürlich! An welchem Ort könnte man besser einen Laptop verstecken?«

»Igitt! Sag mir nicht, dass wir den Müll dort nach einem verschwundenen Laptop durchsuchen werden?«

»Es würde mir nicht im Traum einfallen, etwas so Niederträchtiges von dir zu verlangen, Prinzessin«, sagte ich.

»Nur damit du es weißt, ich strecke dir gerade die Zunge heraus«, erwiderte sie.

Ich lachte. »Wer auch immer den Laptop genommen hat, das war ein sehr kluger Schachzug. Der Recyclinghof nimmt alle möglichen Sachen an. Das ist das perfekte Versteck.«

Wir bogen in die Threadneedle Lane ab und radelten, bis wir die Einfahrt des Recyclinghofs erreichten.

Ich hielt das Fahrrad an und stellte einen Fuß auf dem Boden ab. Mein Blick wanderte über das halbe Dutzend Containerhöfe. Wenn der Laptop hier war, würden wir ihn nie finden.

Alice sprang von ihrem Sattel und lief los. »Worauf wartest du?«

»Ich versuche, das überwältigende Gefühl der Niederlage zu verarbeiten, das mich bei dem Anblick dieses ganzen Schrotts überkommen hat.«

»Wie wäre es, wenn du mit den Elektroartikeln anfängst?«

Das war keine schlechte Idee. Vielleicht war unser Mörder umweltbewusst. »Was wirst du solange tun?«

»Es sieht komisch aus, wenn wir auf einen Recyclinghof kommen, ohne etwas zum Recyceln zu haben. Ich werde den Mitarbeitern Honig ums Maul schmieren. Das könnte ein ungeplanter Besuch sein, um unsere Wertschätzung für ihre harte Arbeit zu zeigen, dass sie das Dorf schön und müllfrei halten. Während ich mich von dem Vorarbeiter durch diese wundervolle, stechend riechende Anlage führen lasse, gehst du zu diesem Abschnitt mit Elektronikschrott und schaust, ob du den Laptop darin finden kannst.«

Ich hatte es schon öfter gedacht, aber es zeigte sich einmal mehr, dass Alice mehr war als das blonde Dummchen, das sie vorgab zu sein.

»Das ist ein ausgezeichneter Plan.«

Alice kicherte. »Komm schon, es ist Showtime.« Sie machte auf dem Absatz kehrt und lächelte den großen, glatzköpfigen Mann an, der eine fluoreszierende Jacke trug und sie schockiert anstarrte.

»Prinzessin Alice?«, stammelte er.

»Die einzig Wahre. Es sei denn, Sie zählen Alice, das Kind von Königin Victoria mit dazu. Aber die ist natürlich schon tot. Angeblich war sie ganz reizend. Ich bin eine große Unterstützerin der Frauen. Und ich bin mir sicher, dass sie es geliebt hätte, einen Ort wie diesen zu besuchen.« Sie schlenderte zu ihm, hakte sich bei ihm unter und führte ihn von mir weg. »Ich hoffe, es macht Ihnen nichts aus, dass ich Ihre wertvolle Zeit in Anspruch nehme. Ich würde mich gerne hier umsehen. Erst neulich habe ich mit der Herzogin darüber gesprochen, was für fantastische Arbeit hier geleistet wird.«

»Oh! Nun, das freut mich sehr, Prinzessin. Wollen Sie sich wirklich hier umsehen?« Sein Blick fiel auf ihr seidenes Kleid und die weißen Schuhe. »Das ist nicht gerade ein sauberer Ort.«

»Ich komme schon zurecht. Sollte meine Kleidung schmutzig werden, kann ich sie reinigen lassen. Ich interessiere mich besonders für das Altmetall. Wollen wir vielleicht dort anfangen?« Sie führte ihn an das hinterste Ende des Recyclinghofs und zeigte mir hinter ihrem Rücken einen Daumen nach oben, während sie lief.

Mehrere andere Arbeiter folgten ihnen, als könnten sie nicht glauben, was vor ihren Augen geschah.

Ich grinste, während ich das Tandem durch die Anlage schob und auf dem Abschnitt mit den Elektronikartikeln zuging. Es gab fünf große Metallcontainer, die bis zum Rand mit rostenden Mikrowellen, verkalkten Wasserkochern, mehreren bulligen Computerbildschirmen und kaputten Mixern gefüllt war. Ich schaute mich um, um sicherzustellen, dass mich niemand beobachtete, bevor ich mich auf die Suche nach dem Laptop machte.

»Wuff, wuff.« Meatball sprang in seinem Korb auf und ab.

»Ich werde dich rauslassen, aber du musst an deiner Leine bleiben«, sagte ich. »Hier gibt es viele Maschinen, von denen einige aussehen, als könnten sie aus Versehen niedliche, kleine Hunde zerquetschen. Ich will nicht, dass du denen zu nahe kommst.«

»Wuff.«

»Das ist richtig. Wir spielen nicht mit gefährlichen Sachen.« Ich hob ihn aus dem Korb, kontrollierte seine Leine und legte sie um mein Handgelenk, bevor ich mit meiner Suche anfing.

Ich fand einige Laptops, aber keiner von ihnen war das richtige Modell.

Als die Leine an meinem Handgelenk zupfte, drehte ich mich und zog sanft daran, um Meatball wissen zu lassen, dass er nicht weiter gehen durfte.

Die Leine wurde wieder lockerer, er kam zu mir zurück. Er setzte sich neben meine Füße und ließ einen schmuddeligen alten Stiefel neben mich fallen.

»Gute Arbeit, aber das gibt keinen Knochen für dich. Wir suchen nach einem Laptop.«

»Wuff, wuff.« Dann hüpfte er wieder davon, sein Schwanz wedelte freudig.

Ich fand zwei weitere Laptops, aber beide waren das falsche Modell.

Schließlich erreichte ich den letzten Container mit Elektronikartikeln. Es gab keine Garantie, dass derjenige, der den Laptop an sich genommen hatte, ihn hierher gebracht hatte. Er hätte in jeden der Container hier geworfen werden können, um die Beweise zu verstecken.

Meatball kehrte erneut zu mir zurück. Diesmal hatte er drei dreckige Tennisbälle in seinem Maul. Er ließ jeden einzeln auf den Boden fallen und grinste zu mir hoch.

»Du bist wirklich gut darin, die zu finden«, sagte ich. »Die sind so viel schöner als die zahlreichen sauberen, gut duftenden Spielsachen, die du zu Hause hast.«

»Wuff, wuff.« Wieder hüpfte er davon.

Er unternahm noch zwei weitere Ausflüge und kehrte jedes Mal mit ähnlich widerlichen Bällen zurück.

»Hey! Was machen Sie da?« Ein großer Mann mit dichtem Bart stapfte auf mich zu.

Meatball knurrte und verteidigte seine neugefundenen Tennisbälle.

»Oh! Gar nichts. Ich wollte nur sehen, ob –«

»Und hier kommen wir zu den Elektroartikeln.« Alice tauchte an der anderen Seite des Abschnitts auf, noch immer hielt sie sich am Arm des Vorarbeiters fest. »Das ist alles so faszinierend. Was macht ihr mit all denen?« Sie hob ihre Augenbrauen und nickte mir zu.

Der Mann, der mich gefunden hatte, beobachtete mich immer noch, aber als er sah, wie eine in wunderschöne Seide gekleidete Prinzessin zwischen dem Müll auftauchte, huschte Unsicherheit über sein Gesicht.

»Holly! Da bist du ja«, sagte Alice. »Ich hoffe, du findest diesen Besuch ebenso interessant. Holly ist meine Assistentin. Sie begleitet mich überall hin. Sie ist sehr fleißig, aber ein wenig besessen von Computern. Diesem Abschnitt konntest du nicht widerstehen, nicht wahr?« Sie zwinkerte mir diskret zu.

»Das ist wirklich alles sehr interessant«, sagte ich.

Der bärtige Mann, der mich unterbrochen hatte, schien meine Anwesenheit vergessen zu haben und starrte Alice an.

»Alle hier arbeiten so hart«, sagte sie. »Wenn wir zurück in der Burg sind, werde ich dafür sorgen, dass die Herzogin euch ein kleines Dankeschön dafür schickt, dass ihr unser schönes Dorf so sauber und grün haltet.«

»Das ist sehr freundlich, Prinzessin«, sagte der Vorarbeiter. »Aber das ist wirklich nicht nötig. Wir machen nur unseren Job.«

»Obwohl eine kleine Aufmerksamkeit nett wäre«, sagte der bärtige Mann.

Alice lachte. »Dann soll es so sein. Nun, haben wir alles gesehen, was wir sehen mussten?« Diese Frage richtete sie an mich.

Der Laptop war nicht in den Containern in diesem Abschnitt, und die Anlage war zu riesig, um sie alleine zu durchsuchen. »So ist es. Vielen Dank, dass wir uns umsehen durften.«

»Wenn Sie noch einmal herkommen möchten, lassen Sie es mich einfach wissen«, sagte der Vorarbeiter. »Es war ein Vergnügen, Ihnen alles zu zeigen.«

»Das Vergnügen ist ganz meinerseits.« Alice ließ von seinem Arm ab und hakte sich stattdessen bei mir unter, bevor wir davoneilten und ich das Fahrrad mit einer Hand neben mir her schob.

Meatball trottete mit uns, sein Maul war voll von den ekligen Tennisbällen, die er gesammelt hatte.

»Irgendein Zeichen von dem Laptop?«, flüsterte sie.

»Nein. Der könnte überall auf der Anlage sein. Offensichtlich ist der Mörder nicht umweltbewusst, und wir können nicht den ganzen Müll durchsuchen.«

Als wir den Ausgang erreichten, wurde Alice langsamer. »Was wir brauchen, ist eine Pastete.«

Ich starrte sie an. »Wovon sprichst du?«

»Wir brauchen etwas zu essen. Etwas, das unsere grauen Zellen anregt und uns hilft, dieses Rätsel zu lösen.«

»Okay, aber mein Frühstück ist noch nicht lange her. Warum möchtest du ausgerechnet eine Pastete?«

»Weil ich gerade diesen Foodtruck entdeckt habe, der mit Bildern von Pasteten übersät ist.«

Mein Blick folgte ihrem Zeigefinger, und mir fiel die Kinnlade herunter. Ich schlug mir gegen die Stirn. »Ich bin so eine Idiotin. Wie konnte ich den auf unserem Hinweg nicht sehen? Das ist Dennis' Foodtruck. Wir haben am falschen Ort gesucht.«

Kapitel 14

Wir liefen zu dem Foodtruck. Ich lehnte das Tandem an das Fahrzeug und linste durch das Fenster.

»Ist Dennis da drin?«, flüsterte Alice.

»Ich sehe niemanden«, sagte ich.

»Schau mal. Die Tür ist offen.«

Ich huschte um die Seite und sah, wie sich ihre Finger um den Griff legten. »Ist das nicht so etwas wie Hausfriedensbruch?«

»Nein! Das habe ich im Fernsehen gesehen. Wenn man einen triftigen Grund hat, ein Gebäude zu betreten, dann bricht man keine Gesetze.«

»Du bringst Fernsehen und Realität durcheinander«, sagte ich.

»Das mache ich nicht«, erwiderte sie. »Das ist legal. Die Tür ist unverschlossen, was bedeutet, dass es in Ordnung ist, hineinzugehen, um eine nette Unterhaltung mit dem Mörder aus der Nachbarschaft zu führen. Und wenn er nicht da ist, können wir uns tatsächlich umsehen und nach etwas Belastendem suchen, während wir auf ihn warten.«

»Nicht so laut«, sagte ich. »Ich könnte ihn einfach übersehen haben oder er schläft irgendwo in seinem Truck.«

»Wenn es ernst wird, haben wir Verstärkung.« Sie zeigte über meine Schulter zu dem schwarzen SUV, der am Bordstein geparkt hatte.

»Wir können einen schnellen Blick hineinwerfen«, sagte ich. »Aber beim ersten Anzeichen von Problemen, verschwinden wir.«

»Du klingst schon fast so ernst wie Campbell«, sagte sie.

»Er hat mir die Verantwortung übergeben.«

»Ich hörte, du wärst seine Sekretärin, würdest herumlaufen, Notizen machen und Diktate abtippen.«

Ich warf ihr einen bösen Blick zu. »Ich bin ganz sicher nicht Campbells Sekretärin. Aber verzweifelte Zeiten erfordern verzweifelte Maßnahmen, und ich war die einzige Option, die er noch hatte. Wie dem auch sei, steig in diesen Foodtruck, bevor uns noch jemand beim Schnüffeln sieht und die Polizei ruft.«

Alice ging hinein und rümpfte die Nase. »Hier drin riecht es nach verdorbenem Käse.«

Ich folgte ihr zusammen mit Meatball und warf einen kurzen Blick in einen der Kühlschränke. »Das liegt daran, dass er mehrere Stücke stinkenden Blue Stilton hier hat.«

»Das ist es! Ich wusste, dass ich etwas Ekliges gerochen habe. Gegen Brie habe ich nichts, aber stärker darf es nicht werden. Manche Männer sind besessen von ihrem stark riechenden, schimmeligen Käse.«

»Konzentrieren wir uns darauf, den Laptop zu finden, und ignorieren für einen Moment den Stinkekäse.« Ich schloss die Kühlschranktür und ließ meinen Blick durch den Foodtruck wandern. Er besaß eine Standardeinrichtung, an einer Seite gab es eine große Fläche, wo das Essen zubereitet werden konnte, und darüber Regale voll mit Zutaten, außerdem zwei große

Kühlschränke und einen Gefrierschrank, um das Essen zu lagern. Die Luke war geschlossen und im Innern war es schummrig.

»Irgendein Hinweis auf den Laptop?«, flüsterte ich.

»Ich kann ihn nicht sehen. Ich werde die rechte Seite übernehmen und du die linke. Wenn wir jedes Regal durchgehen, müssen wir ihn finden«, sagte Alice.

Ich nickte und machte mich an die Arbeit, indem ich die erste Schublade aufzog und einen Blick hinein warf. Alles war sauber und ordentlich, doch ich fand lediglich Kochutensilien.

Der Laptop musste irgendwo sein. Dennis musste ihn an sich genommen haben, nachdem er Pete umgebracht hatte, und ihn hier versteckt haben. Es könnten wichtige Informationen darauf sein, die er geheim halten wollte.

Meatball ließ seine dreckigen Tennisbälle auf den Boden des Trucks fallen und knurrte.

Ich lief zur Hintertür und schaute durch das kleine Fenster. Mein Magen verkrampfte, als ich zurückwich. »Dennis kommt!«

»Wir müssen uns verstecken!« Alice stolperte gegen eine Wand, ehe sie sich unter den Tresen duckte.

»Ich kann dich immer noch sehen«, sagte ich. »Dein Kleid guckt heraus.«

»Was sollen wir tun?« Sie erhob sich mit großen Augen aus ihrem Versteck.

Ich schluckte und stellte mich vor die Tür. »Bleib hinter mir.«

Kurz darauf schwang die Tür auf und Dennis trat ein. Für eine Sekunde schien er wie erfroren zu sein. »Was zum Henker macht ihr hier?«

»Es ist so schön, Sie wiederzusehen.« Alice schob sich mit einem breiten Lächeln auf dem Gesicht an mir vorbei. »Ich habe gerade zu Holly gesagt, dass wir den besten Pastetenbäcker des Landes einfach treffen müssen. Und da sind Sie.«

Unentschlossenheit huschte über sein Gesicht, bevor sich Falten auf seiner Stirn ausbreiteten. »Wovon sprechen Sie? Was macht ihr in meinem Truck?«

»Auf Sie warten«, sagte Alice. »Wir hatten gehofft, noch ein paar Leckereien abgreifen zu können, ehe Sie das Dorf verlassen. Bitte sagen Sie, dass wir noch ein paar Ihrer köstlichen Pasteten kaufen können.«

Seine Stirn war immer noch gerunzelt, als sein Blick von Alice zu mir wanderte. »Sie waren bei der Lebensmittelmesse. Was machen Sie hier?«

»So wie Prinzessin Alice gesagt hat, hatten wir darauf gehofft, Ihre Pasteten kaufen zu können.« Es war keine besonders gute Lüge, ganz egal, wie man sie formulierte.

»Ich habe nichts mehr zu verkaufen. Und das hier ist Privatbesitz. Hoffentlich habt ihr nichts kaputt gemacht, als ihr hier eingebrochen seid.« Dennis beugte sich hinunter und betrachtete das Schloss.

»Oh, nein. So etwas würden wir niemals tun.« Alice warf mir einen irritierten Blick zu. Ausnahmsweise schien ihr Charme nicht zu funktionieren. »Es war offen. Wir dachten, wir könnten hier drin auf Sie warten.«

Er schürzte die Lippen, während sein Blick über den Tresen wanderte. »Ich hoffe, ihr habt euch nicht an meinem Equipment zu schaffen gemacht. Hier drin sind einige teure Utensilien.«

»Wir haben nichts angerührt«, sagte Alice.

»Gut. Ihr müsst jetzt gehen.« Er kam schnell näher.

Meatball bellte und knurrte und gab sein Bestes, wie ein winziger brauner Wolf zu wirken.

Alice wich wieder hinter mich, und auch ich machte einen Schritt zurück, wobei meine Waden gegen einen kleinen Sitzbereich stießen. Ich fiel nach hinten und landete schwer auf einem der Sitze. Als ich mich wieder aufsetzte, spürte ich etwas Hartes unter mir. Ich griff unter das Polster und zog einen Laptop hervor.

Alice schnappte nach Luft. »Du hast ihn gefunden! Ist das der verschwundene Laptop?«

Ich zog eine Grimasse und warf ihr einen warnenden Blick zu. »Ist das Ihrer?«, fragte ich Dennis.

»Was? Nein, das ist nicht meiner. Warum haben Sie ihn dahin gelegt?«

»Das habe ich nicht. Warum haben Sie ihn versteckt?« Ein schneller Blick auf den Laptop zeigte mir, dass es genau das Modell war, nach dem wir suchten.

Er starrte den Laptop an. »Ich habe keine Ahnung, wovon Sie sprechen. Ich habe das Ding noch nie zuvor gesehen.«

Er log. Er musste lügen. »Alice, es ist Zeit für diese Verstärkung.«

»Schon dabei.« Sie lehnte sich aus der Tür und winkte hektisch.

»Was für eine Verstärkung?« Dennis funkelte mich böse an. »Wo wollt ihr mich hier reinziehen?«

»Ich habe ein paar Fragen an Sie bezüglich des Mordes an Pete Saunders«, sagte ich.

Er hob seine Hände, die Handflächen zeigten zu mir. »Ich habe bereits alle Fragen beantwortet und meine Aussage gemacht. Heute werde ich aufbrechen. Davon können Sie mich nicht abhalten.«

»Das kann ich tatsächlich nicht«, sagte ich. »Aber das hier ist Petes verschwundener Laptop. Haben Sie ihn an sich genommen, nachdem Sie ihn umgebracht haben?«

Dennis stolperte zurück, seine Hand wanderte an seine Brust. »Ich habe ihn nicht umgebracht.«

»Sie mochten ihn nicht«, sagte ich.

»Ich mag eine Menge Leute nicht. Es gibt immer jemanden, der versucht, mich zu unterbieten oder mich aus dem Geschäft zu drängen. Das bedeutet nicht, dass ich herumlaufe und sie umbringe.« Er zeigte auf den Laptop. »Und damit habe ich nichts zu tun. Soweit ich weiß, könnten Sie ihn dorthin gelegt haben. Vielleicht wollen Sie mir diesen Mord anhängen.«

Zwei Sicherheitsmitarbeiter der Burg erschienen in der Tür.

»Dieser Mann muss in Gewahrsam genommen werden«, sagte Alice. »Er ist des Mordes an Pete Saunders schuldig.«

»Nein! Ihr irrt euch.« Dennis wich vor den Männern zurück.

»Es gibt keinen Grund, eine Szene zu machen, Sir«, sagte einer der Wachen. »Kommen Sie mit uns.«

»Ich werde nirgendwohin gehen. Sie sind nicht die Polizei«, sagte Dennis.

»Aber sie helfen der Polizei bei den Ermittlungen zu Petes Mord. Bestimmt wollen Sie sich kooperativ verhalten«, sagte ich. »Besonders, wenn es Ihren Namen reinwäscht.«

»Ich will Pete nicht helfen. Seit er sein Geschäft eröffnet hat, hat er mir nichts als Probleme bereitet. Sein Unternehmen ist ein Chaos. Es ist mir peinlich, bei derselben Veranstaltung wie er gesehen zu werden.«

»Also haben Sie ihn umgebracht«, sagte ich. »Er hat Sie wütend gemacht, Ihr Unternehmen in Bedrängnis gebracht, und dann haben Sie zurückgeschlagen. Hat er etwas gesagt, um Sie zu provozieren?«

Eine der Wachen griff nach Dennis Arm, und nachdem er sich kurz gewehrt hatte, wurde er aus dem Foodtruck gezerrt.

»Das ist Irrsinn«, sagte Dennis. »Ich bin unschuldig.«

Ich blieb mit Alice und Meatball zurück, während Dennis zu dem schwarzen SUV geführt und auf die Rückbank geschoben wurde.

Sie drehte sich zu mir und schloss mich in eine feste Umarmung. »Wir haben es geschafft! Wir haben den Mörder entlarvt. Wir haben den Fall geknackt. Campbell wird so stolz auf mich sein.«

»Meinst du nicht, er wird stolz auf *uns* sein?«

Sie trat zurück. »Du weißt, was ich meine. Das wird ihm zeigen, dass ich alles schaffen kann.«

»Und warum willst du Campbell unbedingt beeindrucken?«

Sie stupste mich mit ihrem Ellenbogen an. »Weil ich will, dass er gut von mir denkt. Daran gibt es nichts auszusetzen.« Sie glättete die Falten ihres seidenen Rocks.

»Natürlich nicht. Solange es das ist und nicht mehr, weil du auf deinen Bodyguard stehst.«

»Was? Ich weiß nicht, wovon du sprichst. Es ist ja nicht so, als könnte ich ihn heiraten. Das würde Mutter niemals erlauben. Sie würde sagen, dass er dafür nicht geeignet ist.«

»Du hast mir vor einiger Zeit erzählt, dass du nur aus Liebe heiraten würdest. Wenn das der Fall ist, wäre sein Status bestimmt nicht so wichtig.« Ich neckte sie, aber nur ein kleines bisschen.

»Hör auf, die Dinge kompliziert zu machen.« Sie schlug mir leicht auf den Arm. »Es ist Zeit zu feiern.«

»Bevor wir das tun, sollten wir uns diesen Laptop ansehen und herausfinden, warum er so wichtig ist«, sagte ich. »Vielleicht finden wir darauf etwas, das scheinbar einen Mord wert wäre.«

»Hältst du das für eine gute Idee? Der könnte entscheidend für diese Ermittlung sein.«

»Zieh die an.« Ich überreichte ihr ein paar blaue Einmalhandschuhe aus dem Foodtruck. »Wenn wir die tragen, werden wir keine Beweise auf dem Laptop vernichten.«

»Du bist so clever, Holly. Ich hätte schon stundenlang auf der Tastatur herumgetippt, bevor mir Fingerabdrücke überhaupt erst in den Sinn gekommen wären. Offensichtlich schaust du viel mehr Krimis als ich.«

Ich grinste und öffnete vorsichtig den Laptop. »Ein oder zwei. Obwohl ich meine Krimis lieber in Buchform vor mir habe. Mit einem Buch von Agatha Christie kann man mich immer glücklich machen.«

»Oh, ja, die ist gut.«

Als ich ihn hochfuhr, zeigte der Akku noch eine Stunde Laufzeit an. Das würde uns ausreichend Zeit geben, um uns ein wenig auf der Festplatte umzusehen.

Ich zog mein Handy hervor und rief Saracen an. »Wir haben den Laptop.«

»Gute Arbeit, Holly. Bring ihn her.«

»Wäre es möglich, dass deine Cyber-Geeks ihn aus der Ferne für uns zugänglich machen? Er ist passwortgeschützt, wir kommen nicht rein.«

Es folgte eine Pause. »Du solltest nicht mit Beweisen herumspielen.«

»Wir tragen Handschuhe«, sagte ich. »Es ist alles in Ordnung. Und rate mal, wo wir den Laptop gefunden haben!«

»Genau dort, wo ich gesagt habe, dass er ist?«

Ich hob meinen Blick zur Decke. »Besser. Dennis Lambeth hatte ihn in seinem Foodtruck. Er stand geparkt in der Threadneedle Lane. Er ist unser Mörder.«

Wieder war es eine Sekunde lang still in der Leitung. »Du wurdest gesehen, wie du zusammen mit Prinzessin

Alice auf einem Tandem das Burggelände verlassen hast. Bitte sag mir, dass du sie in diese Sache nicht mit hereingezogen hast.«

»Alice ist mehr als fähig, auf sich selbst aufzupassen. Ich durfte aus erster Hand erfahren, wie gefährlich sie sein kann.«

»Trotzdem, ich musste zwei Männer von der Burgsecurity losschicken, um ihr zu folgen.«

»Du vergisst die guten Nachrichten. Wir haben den Laptop gefunden. Dennis hat eine großartige Show abgeliefert und so getan, als hätte er ihn noch nie zuvor gesehen, aber er muss es gewesen sein.«

Ein schweres Seufzen drang durch die Leitung. »Dennis ist aufgetaucht?«

»Und er wurde von der ausgezeichneten Verstärkung festgenommen, die du Prinzessin Alice hinterhergeschickt hast. Der Fall ist so gut wie gelöst. Also hör auf, mich zu belehren, und stell mich zu den Computer-Experten durch, damit wir dieses Ding öffnen und herausfinden können, was darauf so wichtig ist.«

Saracen grunzte. »Darüber werden wir uns noch unterhalten.«

»Verschieben wir den Ärger auf später. Lass uns jetzt erst herausfinden, warum Dennis Pete getötet hat.«

»Ich stelle dich durch.« Ich wurde weitergeleitet und nach fünfmaligem Klingeln wurde abgenommen.

»Guten Morgen, Anrufer. Ihre Identifizierung war erfolgreich.«

»War sie das? Oh! Ähm ... Das freut mich, zu hören. Ich bin Holly. Mit wem spreche ich?«

»Sie müssen meinen Namen nicht kennen. Geben Sie mir die IP-Adresse des Laptops.«

Ich war mir nicht sicher, wie ich die herausfinden sollte, aber nach ein paar hilfreichen Anweisungen von der mysteriösen Frau am Ende der Leitung fand ich sie und las sie vor.

»Einen Augenblick bitte.«

Innerhalb weniger Sekunden bewegte sich die Maus auf dem Laptopbildschirm wie von selbst.

Alice stupste mich an, woraufhin ich zur Seite rutschte, damit sie der Cyber-Expertin ebenfalls bei der Arbeit zusehen konnte.

»Das fühlt sich an, als würden wir mit einer Geheimagentin zusammenarbeiten«, flüsterte sie. »Wie heißt dieser Charakter in den Bond-Filmen? Der mit den ganzen technischen Spielereien?«

»Bond ist nichts gegen uns«, sagte die Frau am anderen Ende der Leitung. »Das hier ist das echte Leben. Das kann gefährlich werden.«

Alice versteckte ihr Lachen hinter ihrer Hand. »Sie ist sehr ernst.«

»Leben zu retten ist immer eine ernste Sache, Prinzessin.«

Ich hob meine Augenbrauen und grinste sie an.

»Sie haben jetzt Zugriff auf den Laptop. Sämtliche Dateien stehen Ihnen zur Verfügung.«

»Vielen Dank für Ihre Hilfe«, sagte ich. »Wohin soll ich die Dankeskarte schicken?«

Sofort wurde die Verbindung unterbrochen. Scheinbar musste man seinen Humor ablegen, wenn man ein mysteriöser Sicherheitsexperte werden wollte.

»Wo fangen wir an?«, fragte Alice.

»Werfen wir einen Blick in Petes Dokumente.« Ich scrollte durch den Ordner, aber konnte nichts Ungewöhnliches entdecken. Der Desktop war ein bisschen durcheinander, überall waren Rechnungen gespeichert, ohne einer bestimmten Ordnung zu folgen, und die abgespeicherten Briefe waren teilweise schon mehrere Jahre alt.

»Das sieht nicht aus, als wäre etwas Aufregendes dabei«, sagte Alice.

»Er wird wohl kaum einen Ordner mit dem Namen ›hinterhältiger Plan, um Pete Saunders umzubringen‹ haben. Schauen wir mal in seinen Browserverlauf. Das könnte interessanter sein.«

Es dauerte ein paar Minuten, alles durchzugehen, was Pete sich im letzten Monat angesehen hatte. Wieder kam mir nichts seltsam vor.

»Er hat einen Urlaub in Australien geplant«, sagte Alice. »Schau, er hat sich Flüge angesehen und Preise verglichen.«

Ich scrollte durch seine Chronik. Es gab nichts zu finden.

In der unteren rechten Ecke des Bildschirms öffnete sich ein kleines Nachrichtenfenster.

Sie haben jetzt Zugriff auf Petes Bankkonto.

Eine Sekunde später erschienen die Login-Daten.

»Diese Cyber-Experten wissen, was sie tun.« Ich öffnete Petes Online-Banking und kopierte seine Daten.

Ein schneller Blick auf die Kontobewegungen zeigte nichts Ungewöhnliches. Es wurde regelmäßig Geld eingezahlt und abgehoben.

»Es gibt eine monatliche Zahlung an Ricky Stormy. Das muss für den Kredit gewesen sein, den Pete bei ihm aufgenommen hat.« Ich tippte mit meinen Fingern auf den Tisch. »Ricky hat behauptet, dass Pete ihm nichts zurückgezahlt hätte. Offenbar war das eine Lüge.«

»Warum sollte er lügen?«, fragte Alice.

»Vielleicht gab es noch einen zweiten Kredit«, überlegte ich. »Pete könnte Geld für einen Notfall gebraucht haben und in Schwierigkeiten geraten sein, als er nicht so schnell zurückzahlen konnte, wie Ricky es wollte.«

Alice lehnte sich zurück und seufzte. »Ich hatte gehofft, dass sein Laptop etwas Aufregendes offenbaren würde. Den Grund, weshalb Dennis ihn gestohlen hat. Vielleicht fragwürdige Bilder von Dennis mit einer verheirateten Frau oder etwas Ähnliches.«

Ich massierte meinen Nasenrücken. Ich hatte dasselbe gehofft. Keine schmutzigen Fotos, aber einen klaren Grund, weshalb Dennis das Gefühl gehabt haben könnte, Pete töten zu müssen. Das hier war keine große Hilfe. Ich fuhr den Laptop herunter und klappte ihn zu.

»Wir sollten den zu den Experten bringen. Und wir müssen zurück zur Burg und Dennis darüber ausfragen, warum der Laptop in seinem Besitz war.«

Alice klatschte in die Hände. »Wie aufregend! Mein erstes richtiges Verhör. Ich kann in den Kerker gehen und Fingerklemmen holen.«

Ich schaute sie an. Ihre Freude über die Aussicht, jemandem wehzutun, war alarmierend. »Lass uns noch etwas warten, bevor wir die Fingerklemmen einsetzen. Wir sollten mit ein paar einfachen Fragen starten.«

»Und wenn er die nicht beantwortet, darf ich die Klemmen holen?«

»Das besprechen wir, wenn es so weit ist.« Ich schnappte mir das Tandem und ging mit Alice und Meatball zu dem SUV.

Manchmal wunderte ich mich über ihren Durst nach diesen Grausamkeiten. Wenn sie nicht damit drohte, jemandem den Kopf abzuschlagen, dann wollte sie Verdächtige mit mittelalterlichen Foltermethoden zum Reden bringen.

Ich hatte es wirklich geschafft, mir seltsame Freunde anzulachen. Aber warum auch nicht? Sie machten mein Leben viel interessanter.

Alice tippelte auf ihren Zehenspitzen und kicherte. »Fangen wir mit dem Verhör an.«

Kapitel 15

»Wir sollten in diesem Zimmer sein und die Fragen stellen.« Alice hatte ihre Hände in die Hüften gestemmt und funkelte den riesigen Wachmann böse an, der unseren Weg blockierte.

»Das ist zu Ihrer eigenen Sicherheit, Prinzessin.« Kace Delaney stand vor der verschlossenen Tür, durch die sein Kollege Mason Sloane vor wenigen Augenblicken mit Dennis verschwunden war.

»Wir haben ihn verhaftet«, sagte Alice. »Also sollten wir ihn auch vernehmen. Saracen sagte, dass wir das könnten.«

»Prinzessin, überlassen Sie das uns. Sie haben uns alle Informationen gegeben, die wir brauchen.« Kace warf mir einen besorgten Blick zu, als hoffte er, ich würde einschreiten und Alice wegbringen, ehe sie Probleme machen konnte.

Während der kurzen Fahrt zurück zur Burg hatte ich die Wachen über alles, was wir herausgefunden hatten, auf den neuesten Stand gebracht. Sie wiederum hatten Saracen kontaktiert und ihn über alles informiert. Er hatte das Verhör von Dennis und eine Untersuchung des Laptops organisiert, außerdem wurde der Foodtruck durchsucht. Nicht einmal wurde angedeutet, dass Alice oder ich Dennis befragen durften.

»Ich kann Ihnen befehlen, uns in dieses Zimmer zu lassen«, sagte Alice. »Und warum haben Sie Dennis überhaupt in den Salon gebracht? Bestimmt wäre er im Kerker besser aufgehoben. Dort lagern unsere ganzen Folterwerkzeuge.«

Kace räusperte sich. »Falls nötig, werden wir den Verdächtigen verlegen. Obwohl ich hoffe, dass wir nicht auf Folter zurückgreifen müssen, um Antworten zu bekommen.«

Ich zupfte leicht an Alice' Ärmel. »Warum lassen wir sie nicht fürs erste Dennis befragen?«

»Wo bleibt denn da der Spaß?«, fragte sie. »Wir haben die ganze Arbeit gemacht, also sollten wir auch die Anerkennung bekommen.«

»Saracen weiß über alles Bescheid«, sagte ich. »Wir können immer noch übernehmen, wenn sie es nicht schaffen.« Ich zwinkerte Kace zu.

»Ich schätze, wir sollten feiern.« Alice Augen funkelten, als sie sich zu mir wandte. »Hast du noch welche von diesen Erdbeer-Scones mit der unglaublichen Lavendel-Sahne? Gestern habe ich davon zwei gegessen. Sie waren absolut köstlich. Das wäre das perfekte Essen, um unseren Sieg zu feiern.«

»Natürlich. Gehen wir in die Küche und schauen, ob ich noch welche finden kann.« Ich war erleichtert, wie leicht sich Alice hatte ablenken lassen. Solange es frische Scones gab, war sie zufrieden.

»Ich liebe deine Scones. Ich habe wirklich noch nie bessere gegessen. Auch nicht, als ich in Cornwall war. Während meines Besuchs habe ich ein Dutzend verschiedene Sorten probiert. Keine von ihnen ist an deine herangekommen.«

»Das freut mich zu hören.« Wir gingen nebeneinander in Richtung der Küche. »Und jetzt, da wir Dennis geschnappt haben, bin ich nicht mehr in Gefahr. Das ist noch ein größerer Grund, um zu feiern.«

»Oh! Dafür kann ich nicht garantieren«, sagte Alice. »Granny hat mir keine Zeit genannt. Dein Leben könnte immer noch in Gefahr sein.«

Mein Herz setzte einen Schlag aus. Das war wirklich beruhigend.

Als wir die Küche betraten, herrschte die Mittagshektik. Chef Heston warf mir einen bösen Blick zu, doch dann entdeckte er Prinzessin Alice.

Er schüttelte den Kopf. »Lassen Sie mich raten: Sie sind immer noch im offiziellen Auftrag der Burg beschäftigt? Vermutlich ist es zu viel verlangt, hier heute etwas Ihrer Arbeit nachzukommen?«

»Ich werde nachher länger bleiben, falls noch etwas fertig gemacht werden muss«, sagte ich. »Ich werde Sie nicht im Stich lassen.«

»Und wir müssen feiern«, sagte Alice. »Soeben haben wir den Mörder geschnappt.«

Chef Hestons Ausdruck spiegelte seinen Unglauben wider. »Glückwunsch.«

»Wir werden Scones und Tee genießen«, sagte Alice. »Alle sind eingeladen, sich zu uns zu gesellen.«

»Wir sollten die restliche Küchenbelegschaft lieber nicht stören«, sagte ich hastig, während Chef Hestons Gesicht eine ungesunde Farbe annahm.

»Gehen Sie mit dem Essen nach draußen, so stehen Sie denjenigen, die wirklich arbeiten, nicht im Weg«, murmelte er.

»Ja, Chef«, sagte ich. Als ich zum Kühlschrank lief, um die Sahne zu holen, hielt er mich an meinem Arm zurück. »Glauben Sie ja nicht, dass Ihre Freundschaft mit der Prinzessin bedeutet, dass Sie Ihre Pflichten vernachlässigen können. Ich zähle jede Minute, die Sie nicht eingestempelt sind.«

Daran hatte ich keinen Zweifel. »Ich verspreche, dass ich noch alles erledigen werde.« Dann eilte ich los, kochte Tee und schnappte mir die Scones, Sahne und Erdbeermarmelade. Als alles fertig war, scheuchte ich Alice aus der Küche und wir ließen uns auf einer Bank nieder, von der wir die Gärten überblicken konnten.

Wir stellten die Teller auf unseren Beinen ab und machten uns daran, die köstlichen Scones vorzubereiten.

Ich stieß ein erleichtertes Seufzen aus. Alles war wieder normal. Petes Mörder war gefasst worden, und ich hatte einen Teller voll mit exquisiten Leckereien vor mir. Eigentlich war das nichts Besonderes, aber es brachte mich trotzdem zum Lächeln.

Alice begrub ihren Scone unter Sahne und bestrich die andere Hälfte mit Marmelade, bevor sie beide übereinanderlegte und herzhaft hineinbiss. »Lecker! Verbrechen zu lösen, macht hungrig.«

»Immerhin wurde es gelöst. Dennis hat Pete gehasst. Vielleicht hat Pete sich einmal zu oft über seine Geldprobleme lustig gemacht.«

»Also hat er seinen Konkurrenten aus dem Weg geschafft«, sagte Alice.

»Ich hoffe, die Wachen können sein Alibi überprüfen.« Mein Blick wanderte zur Burg. Ich wäre wirklich gerne bei dem Verhör dabei gewesen.

»Er wird sie über seinen Aufenthaltsort zu dem Zeitpunkt anlügen«, sagte Alice.

»Solange er am Tatort gesehen wurde, ist es nur eine Frage der Zeit, bis Dennis angeklagt wird.« Ich biss in den süßen, luftigen Scone. »Saracen und die Polizei werden schon bald alles zusammen haben, was sie dafür brauchen.«

»Und das alles dank uns.« Alice stieß mit ihrem halb aufgegessenen Scone gegen meinen. »Und da diese Sache jetzt vorbei ist, musst du dich auf die wirklich wichtigen Dinge konzentrieren. Du musst noch einen Siegerkuchen backen.«

Mir wurde mulmig, als ich den letzten Bissen meines Scones herunterschluckte. »Vielleicht sollte ich nicht teilnehmen. Ich hatte keine Zeit, mich vorzubereiten. Der Kuchen muss morgen schon fertig sein.«

»Was bedeutet, dass du noch den ganzen Nachmittag Zeit hast, und die Nacht, falls nötig. Deine Kuchen sind bisher immer gut geworden. Du musst teilnehmen. Wenn du es nicht machst, würdest du die ganze Burg hängen lassen.«

»Ich repräsentiere nicht Audley Castle, nur mich selbst.«

»Du bist ein Teil der Burg. Es fühlt sich an, als wärst du schon immer hier gewesen.« Alice lehnte sich an mich. »Ich kann mich nicht daran erinnern, wie das Leben war, bevor wir jeden Tag deine köstlichen Kreationen genießen durften. Na ja, vielleicht doch ein bisschen. Ich habe zehn Pfund weniger gewogen und mir war ständig langweilig. Vielleicht bin ich jetzt etwas dicker, aber ich bin auch hundert Mal glücklicher.«

Wärme breitete sich in meiner Brust aus. Alice konnte albern sein, aber ich würde sie mir nicht anders wünschen. »Geht mir genauso.«

»Wie wäre es mit der Rolle, die du gemacht hast, als wir diese langweiligen Ainsworths zum Essen eingeladen hatten? Darauf haben sich alle gestürzt. Sogar ihr mürrischer Teenie-Sohn hat gelächelt und um ein zweites Stück gebeten. Das war das Einzige, was er den ganzen Besuch über gesagt hat.«

Meine frische Himbeer-Sahne-Rolle kam immer gut an, aber sie fühlte sich nicht besonders genug an, um einen Wettbewerb zu gewinnen. Außerdem war sie schwierig zu essen. »Vielleicht lieber keine Rolle.«

»An Ruperts Geburtstag hast du diesen Karamell-Marmorkuchen mit Icing gemacht«, sagte Alice. »Der sah so gut aus. Als er angeschnitten wurde und all die unterschiedlichen Farben zum Vorschein kamen ... Das sah göttlich aus.«

»Das wäre eine Möglichkeit. Aber ich müsste sechs verschiedene Böden backen, um das Innere so aussehen zu lassen, wie ich es mir vorstelle. Dafür fehlt mir die Zeit.«

»Ich hab's! Du solltest ein Feen-Thema vorstellen.«

Ich rümpfte die Nase. »Denkst du dabei an Fairy Cakes?«

Aus einem Fenster des Ostturms wehte ein roter Schal. Er flog an der Mauer entlang und landete in einem Busch.

»Kam der aus Grannys Fenster?«, fragte Alice.

Ich schaute zu den Fenstern empor. Eine winzige Figur winkte uns hektisch zu. »Sie muss etwas von uns wollen.«

Alice schüttelte den Kopf und zog ihr Handy hervor. »Ich sage ihr immer wieder, dass sie anrufen oder schreiben soll, wenn sie etwas braucht. Aber Granny vertraut Telefonen nicht. Sie denkt immer, dass noch irgendjemand anderes zuhört.«

Da war was dran. Ich war davon überzeugt, dass Campbell in der ganzen Burg Abhörgeräte angebracht hatte. Bestimmt hatte er sich in Lady Philippas Turm geschlichen und dort ein paar Wanzen angebracht.

»Ich werde sie fragen, was sie möchte.« Alice drückte einen Knopf auf ihrem Telefon. »Granny, bist du diejenige, die Dinge nach uns wirft?« Sie stellte auf Lautsprecher um und legte das Gerät zwischen uns.

»Bin ich jetzt sicher, Lady Philippa?«, fragte ich.

»Holly, du bist auf keinen Fall sicher«, antwortete Lady Philippa. »Könnt ihr mich beide hören?«

»Natürlich hören wir dich«, sagte Alice. »Was meinst du damit? Wir haben den Mord gelöst. Wir haben herausgefunden, wer Pete umgebracht hat. Holly kann nicht mehr in Gefahr sein.«

»Aber das ist sie. Ich erwarte, dass sie in den nächsten vierundzwanzig Stunden stirbt. Und jetzt sei so lieb und bring mir einen Teller dieser reizend aussehenden Scones. Und nicht mit der Sahne geizen.«

Ich schluckte und starrte zum Turm hinauf. »Ich werde immer noch sterben?«

»Das müssen wir alle irgendwann«, sagte Lady Philippa fröhlich. »Wenigstens kannst du dich darauf vorbereiten. Es ist wichtig, seine Angelegenheiten zu regeln.«

»Aber wir haben den Richtigen?«, fragte ich. »Dennis ist der Mörder.«

»Das muss die Polizei klären«, sagte Lady Philippa. »Ich bin wirklich hungrig. Vielleicht falle ich gleich in Ohnmacht. Ich glaube, mir wurde schon ein paar Tage lang nichts mehr zu Essen gebracht. Ständig vergisst meine grausame Tochter mich. Eines Tages wird sie dieses Zimmer zumauern und mich verhungern lassen.«

»Du redest Unsinn«, sagte Alice. »Aber wir werden dir die Scones bringen.« Sie beendete das Telefonat und schaute mich an, ehe sie schnaubte. »Hör nicht auf sie. Wahrscheinlich sagt sie das nur, um Aufmerksamkeit zu bekommen. Du kannst nicht mehr in Gefahr sein.

Dennis wird im Salon festgehalten. Kace und Mason werden ihn nicht gehen lassen.«

Ich biss mir auf die Unterlippe und nickte. Wir konnten uns nicht geirrt haben. Dennis hatte das perfekte Motiv, Pete umzubringen. Ich war mir sicher, dass wir uns keine Sorgen mehr machen mussten, sobald er alle Fragen beantwortet hatte.

⁂

Die Muskeln in meinem Arm schmerzten, als ich die letzte Position meiner plyometrischen Übung einnahm. Die Sonne linste gerade erst über die Baumkronen, als ich meine Arme und Beine ausschüttelte und zurück in meine Wohnung ging, um zu duschen.

Ich hatte keine andere Wahl gehabt, als heute Morgen früh zu starten. Nicht, dass ich in der letzten Nacht viel geschlafen hatte. In den wenigen Stunden, die ich dafür gefunden hatte, waren mir lauter Bilder von Kuchen durch den Kopf gegangen, und auch meine Kreation für das Finale, die ich verbrannt und eingesunken vor mir gesehen hatte. Backwettbewerbe waren wirklich stressig.

»Komm mit, Meatball. Zeit für dein Frühstück.«

»Wuff, wuff.« Fröhlich sprang er auf.

Als ich die Hausecke umrundete, stieß ich beinahe gegen Rupert, der mit gesenktem Kopf dastand und ein Buch las.

»Holly! Schön, dich zu sehen.« Er lächelte mich an. »Du bist aber früh auf.«

»Heute ist das Finale des Backwettbewerbs«, sagte ich. »Ich muss noch viel erledigen und wollte mich vorher etwas dehnen. Um meine Backmuskeln aufzuwärmen.«

»Natürlich.« Er schaute sich um, bevor er in seine Jackentasche griff. »Ich hatte gehofft, dir über den Weg zu laufen. Ich habe etwas für dich.« Er zog einen Umschlag hervor und reichte ihn mir.

Ich öffnete ihn. »Eine Jahresmitgliedschaft im Schutzhof zur aufgeweckten Ziege? Was hat das zu bedeuten?«

Er lachte und rieb sich den Nacken. »Oh, das ist nichts. Ich habe nur online etwas darüber gelesen. Und mich daran erinnert, dass du Ziegen magst.«

»Klar, ich mag Ziegen. Ich mag alle Tiere.«

»Und du hast am Ziegen-Yoga teilgenommen«, sagte er. »Ich habe es auch versucht, aber ich habe nicht die nötige Koordination für Yoga. Die Ziegen waren trotzdem süß. Und ich dachte, na ja, vielleicht, wenn du mal einen freien Tag hast, könnten wir dort zusammen hingehen und die Ziegen besuchen.«

»Wow! Das klingt spaßig. Wäre das ein Ausflug unter Freunden, oder ....?« Wie konnte ich Rupert fragen, ob er romantische Gefühle für mich hatte, ohne dass es super unangenehm werden würde?

»Oh! Ich meine, es kann sein, was immer du möchtest. Und natürlich musst du nicht Ja sagen. Ich meine, ich mag Ziegen, du magst Ziegen, warum sollten wir dann nicht zusammen Ziegen mögen? Wenn du natürlich mehr möchtest, könnte ich das arrangieren. Ich will dir nichts aufdrängen. Ich meine, ich würde gerne –«

»Das ist wirklich lieb von dir.« Ich legte eine Hand auf seinen Arm und erlöste ihn von seinen Bemühungen, einen ganzen Satz zu bilden. »Und ja, ich würde mir die Ziegen gerne mit dir zusammen ansehen.«

Er stieß ein lautes Seufzen aus und grinste. »Das ist das Beste, was ich die ganze Woche gehört habe. Der

Schutzhof ist nur eine Stunde entfernt. Wir könnten einen Tagesausflug dorthin machen.«

»Das würde mir gefallen.«

»Dann werde ich es organisieren.« Er rieb seine Handflächen aneinander, drehte sich um und wieder zu mir. Scheinbar wollte er noch nicht gehen.

»Würdest du gerne den Kuchen sehen, mit dem ich zum Finale des Wettbewerbs antrete? Ich habe fast die ganze Nacht daran gearbeitet«, sagte ich.

Er nickte. »Eine kleine Vorschau? Ja, natürlich.«

»Gib mir zehn Minuten«, sagte ich. »Ich muss noch schnell duschen.«

»Ausgezeichnet. Kann ich dir helfen?«

Meine Augenbrauen schossen nach oben. »Du willst mir beim Duschen helfen?«

»Oh! Ich bin so ein Idiot. Das meinte ich nicht. Ich will nicht mit dir duschen gehen. Ich meine, es sei denn, na ja, würdest du das wollen? Nein! Natürlich nicht. Das wäre unangebracht. Oh, Himmel. Ich habe vergessen, was ich sagen wollte.«

Ich stieß meinen Atem aus und fühlte mich allein dadurch erschöpft, Rupert bei seinem Kampf zuzusehen. »Das schaffe ich schon alleine. Wir treffen uns in der Küche.«

»Ja! Ausgezeichnete Idee. Ich freue mich schon drauf.«

Ich eilte davon und versuchte, nicht darüber nachzudenken, was gerade passiert war. Es war seltsam. Aufregend, aber seltsam. Vor der Tür zu meiner Wohnung blieb ich stehen. Auf der Fußmatte stand eine kleine Spielzeug-Ziege.

Meatball raste auf die Ziege zu und schnappte sie sich.

Ich nahm sie ihm vorsichtig wieder ab und stöhnte leise. Scheinbar würde ich jetzt alle möglichen Ziegen-Geschenke bekommen, weil Rupert dachte, dass ich sie mochte. Und das tat ich auch, aber sie gehörten nicht zu meinen Leidenschaften.

Ich duschte superschnell, trocknete meine Haare nur grob und schlüpfte in meine Arbeitsuniform, bevor ich zur Küche joggte und einen kleinen Zwischenstopp bei Meatballs Zwinger einlegte.

Rupert wartete bereits. Als ich eintrat, lächelte er mich an und reichte mir eine Tasse Tee.

»Danke.« Ich nippte daran und betrachtete ihn über den Rand hinweg. »Und danke für die Ziege. Die ist süß. Meatball liebt sie ebenfalls. Wahrscheinlich muss ich mich hin und wieder mit ihm anlegen, wenn sie in einem Stück bleiben soll.«

Er schaute weg, seine Wangen glühten. »Die gab es zu der Mitgliedschaft dazu. Ich dachte, sie würde dir gefallen. Du könntest ihr einen Namen geben.«

»Einen Namen! Daran hatte ich noch nicht gedacht.«

»Vielleicht Rupert Junior.«

Ich lachte laut, was ich hastig einstellte, als ich den Schmerz sah, der über Ruperts Gesicht huschte. Er meinte es ernst. »Ähm, ich werde darüber nachdenken.«

Eine unangenehme Stille legte sich über uns, die einzigen Geräusche kamen von den Mitarbeitern der Frühschicht, die das Café für den bevorstehenden Tag vorbereiteten.

»Also, wo ist der Kuchen? Ich kann es kaum erwarten, ihn zu sehen«, sagte Rupert.

Ich stellte meine Tasse ab. »Mach die Augen zu. Ich werde ihn aus dem Kühlschrank holen.« Mein Herz pochte vor Aufregung, als ich loseilte und die Tür öffnete. Ich hob meinen dreischichtigen Schokoladen-Erdnussbutter-Dripcake an und trug ihn vorsichtig bis zum Küchentresen.

Dann drehte ich ihn noch etwas, bis er genau im richtigen Winkel stand. »Okay, jetzt kannst du gucken.«

Er blinzelte und starrte schweigend auf den Kuchen.

Als er nach einer Weile immer noch nichts gesagt hatte, drehte sich mir der Magen um. »Gefällt er dir nicht?«

»Ich bin sprachlos. Holly, der ist unglaublich. Ich glaube, ich bin verliebt.« Sein Blick zuckte zu mir, bevor er sich wieder auf den Kuchen legte.

Ich grinste. »Ich hoffe, er wird es schaffen. Ich muss noch die goldenen Dekorosen hinzufügen, aber so ist er schon fast fertig.«

»Ich bin mir sicher, dass du gewinnen wirst. Mein Herz hast du damit bereits gewonnen.«

»Ich werde darauf achten, dass ein Stück für dich übrig bleibt, wenn die Bewertung vorüber ist.« Ich griff nach meiner Tasse und nahm einen Schluck.

»Ich freue mich schon darauf, ihn probieren zu dürfen«, sagte er.

Plötzlich flog die Küchentür auf und Saracen trat ein.

»Hey! Solltest du schon wieder hier sein?«, fragte ich.

Er nickte. »Der Arzt hat mir das Okay gegeben, wieder arbeiten zu dürfen. Wir müssen reden.«

Kapitel 16

Nachdem ich den Kuchen vorsichtig zurück auf seinen Platz im Kühlschrank gebracht hatte, lief ich aus der Küche hinaus zu Saracen. »Stimmt etwas nicht?«

Er hob eine Hand und zog sein Telefon aus seiner Anzugjacke. »Wir sind beide hier, Campbell.«

Meine Augenbrauen wanderten nach oben. »Ich dachte, Campbell wäre damit beschäftigt, die Welt zu retten, und sollte nicht kontaktiert werden?«

»Ich darf kontaktiert werden. Ich ziehe es lediglich vor, selbst derjenige zu sein, der Kontakt aufnimmt«, sagte Campbell am anderen Ende der Leitung. »Holly, Sie haben sich nicht an meine Anweisungen gehalten.«

»Ähm, wie waren die Anweisungen noch gleich?« Was hatte ich falsch gemacht? Wir hatten den Mörder erwischt.

»Saracen über Ihre Bewegungen und den Fortschritt bei der Befragung der Verdächtigen im Mordfall Pete Saunders auf dem Laufenden zu halten. Die Betonung liegt hier auf der einfachen Befragung.«

»Genau das habe ich gemacht! Ich war ständig mit Saracen in Kontakt. Wir haben zusammen gefrühstückt und über den Fall gesprochen.«

»Sie haben ihm Frühstück gemacht? Warum bekomme ich nie Frühstück?«, fragte Campbell.

»Weil Saracen viel freundlicher zu mir ist«, erwiderte ich.

Saracen grinste. »Die Polizei und unsere Security haben zusammengearbeitet. Aber Dennis beharrt immer noch auf seiner Unschuld.«

»Was ist mit seinem Alibi?«, fragte ich.

Campbell murmelte etwas, das ich nicht verstehen konnte. Ich bezweifelte, dass es ein Kompliment war. »Ja, erzählen Sie uns davon, Saracen.«

»Dennis behauptet, zum Zeitpunkt des Mordes in seinem Foodtruck gewesen zu sein. Er hat eher Feierabend gemacht, weil die Verkäufe nur schleppend liefen.«

»Irgendwelche Zeugen?«, fragte Campbell.

»Niemand kann bezeugen, dass er zur Tatzeit dort war. Allerdings gibt es ein Problem.«

»Und das wäre?«, fragten Campbell und ich gleichzeitig.

»Auf dem Laptop wurden keine Fingerabdrücke gefunden, die mit denen von Dennis übereinstimmen.«

»Er muss ihn genommen haben«, sagte ich. »Warum war er sonst in seinem Truck? Vielleicht hat er Handschuhe getragen. Als wir uns den Laptop angesehen haben, haben wir Einmalhandschuhe angezogen, damit wir keine Fingerabdrücke hinterlassen. Es könnte das Gleiche gemacht haben.«

»Ich wusste nicht, dass Sie auf Petes Laptop herumgeschnüffelt haben«, sagte Campbell. »Hatte ich Sie angewiesen, das zu tun?«

Ich zuckte zusammen. »Das war nur für ein paar Minuten. Ich habe keinen Schaden angerichtet.«

»Gibt es auf dem Laptop DNA, die auf Dennis hindeutet?«, fragte Campbell.

»Nichts«, antwortete Saracen. »Keine Haare, keine Hautpartikel. Wenn er den Laptop genommen hat, dann hat er ihn nicht benutzt.«

»Wisst ihr, ich habe nachgedacht.« Ich tippte meine Fingerspitzen aneinander.

»Das klingt gefährlich«, sagte Campbell.

Ich bedachte das Telefon mit einem bösen Blick. »Dennis sah schockiert aus, als ich mich auf den Laptop gesetzt habe.«

»Sie haben sich auf den Laptop *gesetzt*?«, fragte Campbell.

»Aus Versehen. Dennis ist uns ein bisschen zu nahe gekommen, als er uns in seinem Foodtruck erwischt hat. Ich bin zurückgestolpert, um ihm aus dem Weg zu gehen. Der Laptop war unter dem Sitzpolster, auf dem ich gelandet bin. Was ein grauenvolles Versteck ist. Jeder, der den Truck durchsucht hätte, hätte ihn sofort gefunden. Was, wenn ...« Ich war mir nicht sicher, ob ich meine Zweifel wirklich äußern sollte. »Was, wenn jemand anderes den Laptop in den Foodtruck gelegt hat?«

»Ich dachte, alle wären davon überzeugt, dass Dennis Pete getötet hat?«, sagte Campbell.

»Dem widerspreche ich nicht«, sagte ich. »Er ist überall herumgelaufen und hat den Leuten erzählt, wie froh er über Petes Tod ist. Aber der Mangel an Spuren auf dem Laptop und wie schockiert er war, als wir ihn gefunden haben ... Wie viel wissen wir über Ricky Stormys Hintergrund?«

»Sie halten ihn immer noch für einen Verdächtigen?«, fragte Saracen.

»Er hat ein gutes Alibi, aber könnte sich zwischendurch aus dem Pub geschlichen und zur Messe gegangen sein. Mit dem Auto dauern Hin- und

Rückfahrt nur eine Viertelstunde. Möglicherweise hat Elspeth nicht gemerkt, dass er weg war. Und dann gibt es noch das Problem mit dem Geld. Wir haben uns Petes Bankkonto angesehen. Er hat monatliche Zahlungen an Ricky geschickt. Ich frage mich, ob Ricky ihm noch mehr Geld geliehen hatte, das er nicht von Pete zurückbekam.«

»Saracen, wussten Sie darüber Bescheid?«, fragte Campbell. »Holly erzählt mir Dinge, die ich gerade zum ersten Mal höre.«

»Geben Sie Saracen nicht die Schuld dafür. Vielleicht habe ich in der Eile vergessen, ihm ein paar winzige Dinge zu erzählen. Und Sie können ihm keinen Vorwurf machen, wenn er zu kämpfen hat. Sie haben fast das ganze Sicherheitsteam aus der Burg abgezogen, um bei einer supergeheimen Mission zu helfen. Saracen leistet großartige Arbeit.«

Saracens Augen wurden groß, dann räusperte er sich. »Es ist alles gut, Boss. Ich habe mit nichts zu kämpfen.«

»Genau so ist es. Und ich habe mich um alles gekümmert, als es Saracen nicht gut ging. Ich meine, als er nicht da war. Sie wissen schon, er ist mit der Sicherheit von allen hier beschäftigt.« Ups! Ich hob meine Schultern und warf Saracen einen entschuldigenden Blick zu. Gerade war ich mit Anlauf ins Fettnäpfchen getreten.

»Was soll das? Was ist bei euch los?« Campbells Stimme klang misstrauisch. »Sind Sie krank, Saracen?«

»Nein. So gut wie neu, Boss. Alles unter Kontrolle. Dennis ist immer noch unser Haupttatverdächtiger. Wir konzentrieren uns auf ihn.«

»Gute Arbeit. Aber behalten Sie auch Ricky im Auge. Stellt einfach nur sicher, dass die Polizei sich weiter auf Dennis konzentriert. Er ist der Hauptverdächtige. Bei ihm wurde der Laptop des Opfers gefunden und er hat ein lausiges Alibi.«

»Ich will nicht den Teufels Advokat spielen, aber warum hat er den Laptop genommen?«, fragte ich. »Wir konnten nichts darauf finden.«

»Überlassen Sie das meinem Technikteam«, sagte Campbell. »Sie könnten etwas übersehen haben.«

»Das ist sehr gut möglich. Immerhin habe ich kein Team aus Cyber-Experten, die nur darauf warten, mir bei der Rettung der Welt zu helfen.«

»Stimmt auffallend. Saracen, kümmern Sie sich um alles und bringen Sie diesen Fall zu Ende.«

»Aber was ist mit —«

»Das ist damit erledigt«, schnitt Campbell mir das Wort ab. »Dennis wird angeklagt werden. Gehen Sie zurück in die Küche, Holly. Dort leisten Sie die beste Arbeit.«

Mir fiel die Kinnlade herunter. Hatte er das gerade wirklich gesagt?

Saracen zuckte zusammen. »Alles klar, Boss.« Er beendete das Telefonat und drehte sich zu mir. »Campbell kann sehr schroff sein, wenn er sich auf seine Mission konzentriert. Nimm es ihm nicht zu übel.«

»Keine Sorge, ich kenne meinen Platz. Gefesselt an den Küchentisch, genau wie Campbell es will.« Ich errötete. »So meinte ich das nicht. Aber es ist offensichtlich, dass Campbell mich benutzt, wenn es ihm gerade passt. Das ist das letzte Mal, dass ich ihm helfe.«

»Sei nicht so streng mit ihm, Holly. Er ist gestresst. Er hat gerade ... Nein, das kann ich dir nicht sagen.«

»Nur zu! Wenn ich wüsste, womit er es zu tun hat, wäre ich vielleicht nachsichtiger.« Es juckte mir in den Fingern, zu erfahren, auf welcher geheimen Mission

Campbell mit seinem Team war. »Das muss etwas Großes sein. Hat ein Mitglied der Königsfamilie etwas getan, was es nicht hätten tun sollen?«

»Das kann ich nicht sagen. Aber die Mission läuft gut. Und du hast hier die ganze Arbeit gemacht und den Mord aufgeklärt. Das wird Campbell nicht vergessen.«

»Das hat er jetzt schon vergessen«, sagte ich. »Ich finde immer noch, dass wir uns Ricky genauer ansehen sollten. Wir müssen alle Möglichkeiten in Betracht ziehen.«

»Das haben wir bereits. Du hast großartige Arbeit geleistet.« Er senkte seinen Kopf. »Und danke, dass du nicht gesagt hast, was –«

Ich schlug eine Hand über Saracens Mund und schüttelte den Kopf.

Er schob meine Hand weg und schaute mich fragend an. »Was machst du?«

Ich hob einen Finger und ließ ihn kreisen. »Man weiß nie, wer zuhören könnte.«

Saracen schaute sich in dem leeren Flur um. »Niemand kann unser Gespräch hören.«

»Wahrscheinlich ist es trotzdem besser, nichts ... Persönliches zu besprechen.«

Saracen warf seinen Kopf zurück und lachte laut. »Unmöglich! Du glaubst, Campbell hat die Burg verwanzt?«

»Schhht! Er wird dich hören. Er hat überall seine Wanzen.«

Er klammerte sich um seine Mitte und beugte sich vor, sein Lachen ebbte nicht ab. »Holly, das ist lächerlich. Natürlich hat er das nicht gemacht. Das ist illegal. Das hier ist ein privates Anwesen. Ich kann dir garantieren, dass Campbell die Burg nicht verwanzt hat.«

»Wie kommt es dann, dass er Dinge weiß, die er nicht wissen sollte? Wenn er nicht an Türschlössern lauscht, während ich mich unterhalte, muss er irgendwo Wanzen haben. Das ist die einzige Erklärung.«

Saracen lachte immer noch. »Campbell ist ein sehr aufmerksamer Beobachter. Und er ist wie ein leiser, tödlicher Panther. Wenn er nicht will, dass man weiß, dass er in der Nähe ist, dann merkt man es auch nicht. So kommt er an seine Informationen. Das hat nichts mit Wanzen zu tun, die er in den Steckdosen versteckt hat.«

Ich seufzte. Die Vorstellung, dass Campbell überall herumschlich und kleine Mikrofone versteckte, war tatsächlich sehr weit hergeholt. »Vielleicht hast du recht.«

»Das habe ich. Dieser Fall ist so gut wie abgeschlossen. Und du musst dich wieder an deine Kuchen machen. Ich weiß, dass du heute Audley Castle repräsentieren musst.«

»Nicht offiziell«, sagte ich. »Aber ich habe etwas gebacken. Hoffentlich ist es gut genug, um einen guten Platz zu bekommen.«

»Hey, ich habe dich noch nie so voller Zweifel erlebt. Deine Kuchen sind fantastisch. Sie waren es mir wert, mein Diabetes zu ignorieren.«

Ich schaute ihn an und zeigte an die Decke. »Denk dran, irgendjemand hört immer zu.«

»Campbell hört dieser Unterhaltung nicht zu.«

»Nun, wenn er plötzlich über deinen Gesundheitszustand Bescheid weiß, dann weißt du, wie er es herausgefunden hat. Diese Wände haben Ohren.«

»Nein, diese Wände sind nur so massiv, dass man nicht hört, wenn jemand an der Tür vorbeiläuft, während man ein privates Gespräch führt. Das ist alles.«

Ich würde trotzdem weiterhin vorsichtig sein, was ich sagte. »Ich sollte zurück in die Küche gehen. Ich habe Lord Rupert dort einfach stehen lassen. Es muss denken, dass etwas Seltsames vor sich geht.«

»Viel Erfolg bei dem Wettbewerb heute«, sagte Saracen.

»Vielen Dank.« Ich machte auf dem Absatz kehrt und ging zurück in die Küche. Ich machte mir wegen nichts Sorgen. Lady Philippas Warnung zu meiner Sicherheit hatte ich nicht erwähnt; dann hätte Campbell mich nur ausgelacht. Aber sie war der Grund, weshalb ich an Dennis' Schuld zweifelte.

Gerade als ich durch die Tür trat, kam Rupert durch die externe Küchentür hinein. »Ich war für dich undercover unterwegs.«

»Das warst du? Wen hast du ausspioniert?«

»Die anderen Finalisten. Einige von ihnen sind schon im Zelt.«

Mein Magen verkrampfte. »Jetzt schon? Aber ich bin noch nicht fertig? Wird das Essen schon präsentiert?«

»Ein paar Dinge sind mir aufgefallen. Manche von ihnen haben große Kühltaschen neben ihren Tischen. Es wird nicht mehr lange dauern, bis sie anfangen, alles aufzubauen. Willst du es dir ansehen?«

»Auf jeden Fall. Los geht's.« Wir gingen zum Zelt und sahen, dass alle Finalisten sich bereit machten.

Es gab drei verschiedene Kategorien: herzhafte Speisen, Desserts, was meine Kategorie war, und Getränke. In jeder Kategorie gab es zehn Finalisten, und jeder Beitrag würde von den vier Richtern bewertet werden. Das waren der Herzog und die Herzogin sowie zwei Spezialisten aus der Getränke- und Lebensmittelindustrie, die extra für den Wettbewerb angereist waren. Alle Geschmackstests würden blind erfolgen, damit die Richter nicht wussten, von wem welcher Beitrag stammte.

Nervös schaute ich mich um.

»Wo möchtest du anfangen?«, fragte Rupert.

»Lass uns bei den Getränken starten.« Ich passierte Tische mit Schaumweinen, lokal hergestelltem Weißwein und verschiedenen Spirituosen. Alle sahen sehr ernst und professionell aus.

»In weniger als einer Stunde geht es los«, sagte Rupert. »Wie fühlst du dich?«

Ich stöhnte. »Nachdem du mir gesagt hast, wie wenig Zeit ich noch habe, nicht mehr so gut.«

Er tätschelte meinen Arm. »Du wirst fantastisch abschneiden. Wie wär's, wenn wir uns deine Konkurrenz bei den Speisen ansehen?«

Obwohl das meiste Essen noch fehlte, waren Colins Käsetisch und Maisies Pastetenstand bereits vorbereitet, es fehlte nur noch die Pastete. Es sah aus, als wären sie schon früher gekommen, um ihren Tisch zu dekorieren. Daneben gab es noch mehrere andere herzhafte Pasteten, einschließlich einer mit getrocknetem Schweinefleisch und die einer Saatgutfirma, die geröstete und aromatisierte Produkte anbot.

»Mir läuft das Wasser im Mund zusammen«, sagte Rupert. »Es ist eine Schande, dass ich kein Richter bin.«

»Das ist es. Dann könnte ich dich bestechen, damit du mich gewinnen lässt.«

»Dafür müsstest du mich nicht bestechen«, sagte er. »Du wirst auf jeden Fall gewinnen.«

Seine enthusiastische Unterstützung ermutigte mich. »Okay, ich bin bereit. Sehen wir uns die Desserts an.«

Es gab zwei Stände mit Schokoladenspezialitäten, einen Verkäufer süßer Pasteten, drei Tische mit

Kuchen, meinen eigenen Stand, und die übrigen Finalisten schienen Kekse oder anderes Gebäck zu präsentieren.

Die Vorstellung der Beiträge sah professionell aus, es gab Banner, gedruckte Informationen und Dekoration. Ich hatte keinen Gedanken daran verschwendet, wie ich meinen Stand herrichten würde. Ich hoffte, dass der Kuchen für sich sprechen würde. Doch nun fühlte ich mich wie ein Amateur.

»Ich habe genug gesehen«, sagte ich. »Ich muss zurück und meiner Torte den letzten Schliff geben, bevor es in der Küche zu hektisch wird.«

»Ich sollte auch zurückgehen«, sagte Rupert. »Ich schaue nach dem Wettbewerb noch mal vorbei. Viel Glück.« Er drückte meinen Arm liebevoll, bevor er in Richtung der Burg davoneilte.

Ich ließ meinen Blick ein letztes Mal durch das Zelt schweifen, ehe ich den Ausgang ansteuerte. Ich konnte es schaffen. Ich war gut genug. Ich hatte Jahre damit verbracht, meine Rezepte zu perfektionieren. Mein Beitrag konnte es mit diesen aufnehmen. Als ich das Zelt verließ, fühlte ich mich zuversichtlich.

Ich neigte meinen Kopf; diese männliche Stimme kam mir bekannt vor. Anstatt in die Burgküche zu gehen, lief ich an der Seite des Zeltes entlang.

Ricky Stormy telefonierte, sein Rücken war mir zugewandt. »Ich habe schon gesagt, dass alles geklärt ist. Ich habe eine unerwartete Lücke, also könntest du den Deal haben, wenn du willst.«

Ich blieb wie angewurzelt stehen und lauschte.

»Du weißt, wie das läuft. Ich brauche das Geld, bevor du die Lieferung bekommst.« Ein paar Sekunden herrschte Stille. »Diese Vereinbarung treffe ich mit jedem so.«

Welcher Deal auch immer hier abgeschlossen wurde, wenn er vorab in bar bezahlt werden musste, war er vermutlich nicht ganz legal.

»Alle anderen sind zufrieden. Du bekommst das Produkt und das Wiederverpackungsmaterial. Alles, was du tun musst, ist, die billigen Pasteten in die schicken Schachteln zu legen. Dann verkaufst du sie als Premiumprodukt. Die Kunden sind Idioten. Sie sehen eine teure Marke und eine schicke Schachtel und bezahlen das Doppelte vom eigentlichen Wert. Manchmal sogar das Dreifache.«

Ricky kaufte billige Pasteten ein und redete den Leuten ein, sie würden höchste Qualität kaufen? Hatte er diesen Deal auch mit Pete gehabt? Deshalb musste Pete seine Produkte so günstig verkauft haben.

Ricky schlenderte an der Seite des Zeltes entlang.

Ich schlich ihm nach, fest entschlossen, jedes seiner Worte zu hören.

»Es gibt noch andere Leute, die diesen Deal haben wollen. Ein alter Geschäftspartner hat sich entschieden ... unerwartet in den Ruhestand zu gehen. Erst vor ein paar Tagen. Bist du dabei oder nicht?«

Er musste von Pete sprechen.

»Du musst nicht wissen, wo die Pasteten herkommen. Lass das mein Problem sein. Du verpasst ihnen eine neue Verpackung und verkaufst sie, wem auch immer du willst. Lieferanweisungen bekommst du keine von mir, aber ich kann dir garantieren, dass du Gewinn machen wirst. Gib mir das Geld, und ich kümmere mich um den Rest.«

Mein Blick wurde finster. Ricky war ein Dieb und ein Betrüger.

»Nein, du kannst nicht mit den anderen sprechen. Sie erkennen einen großartigen Deal, wenn sie ihn sehen.

Du musst den Mund halten. Kein Gerede darüber, woher die Pasteten kommen. Wenn irgendjemand dich fragt, spielst du ihnen Ignoranz vor. Halt dich an mich, und ich werde dich reich machen.«

Das war ein Mordmotiv. Was, wenn Pete sich entschieden hatte, Ricky mit seinem fragwürdigen Geschäftsmodell zu erpressen? Ricky könnte Pete umgebracht haben, um sicherzustellen, dass sein korruptes Geschäftsmodell nicht angezeigt wurde.

Ricky war zwielichtig, und er hatte einen Streit mit Pete, kurz bevor dieser gestorben war. Da musste es einen Zusammenhang geben.

Ricky wirbelte herum und starrte mich an. »Ich rufe dich zurück. Denk ein bisschen darüber nach.«

Ich wich zurück, mein Herz raste. Ich konnte mich nirgendwo verstecken, und es war offensichtlich, dass ich zugehört hatte. Wie sollte mich aus dieser Sache herausreden?

Kapitel 17

»Holly, nicht wahr?« Ricky schlenderte zu mir herüber und ließ sein Telefon in seiner Tasche verschwinden. »Was machen Sie hier, hinter diesem Zelt?«

Ich ignorierte meine blank liegenden Nerven. »Ich bin eine der Finalistinnen bei dem Wettbewerb.«

Er verengte seine Augen und ließ seinen Blick über mich wandern. »Wie viel von diesem Gespräch haben Sie mit angehört?«

Ich hob mein Kinn. »Genug, um zu wissen, dass Sie ein Motiv hätten, Pete umzubringen.«

»Pete umbringen!« Er grinste. »Ich dachte, das hätten wir schon geklärt. Warum hätte ich das tun sollen? Er war ein guter Kunde. Hat fast immer pünktlich bezahlt und alle Waren abgenommen, die ich herangeschafft habe. Das hat für uns beide gut funktioniert. Mein Geschäft ist seriös und erfolgreich.«

»Sie halten es für seriös, Pasteten zu stehlen und sie als Premiumware zu verkaufen?«

Sein Grinsen verblasste, sein Blick wurde finster. »Sie haben alles gehört. Das ist sehr ärgerlich. Wem werden Sie von diesen Neuigkeiten berichten?«

»Ich wette, die Polizei weiß noch nichts von Ihrem Geschäftsmodell.«

»Das interessiert die nicht. Sie sind mit ernsteren Verbrechen beschäftigt, nicht mit ein paar kleinen Unstimmigkeiten in einer Produktbeschreibung.«

Es war so viel mehr als das. »Ist das der Grund, weshalb Sie Pete getötet haben?«

Er fuhr sich mit einer Hand durchs Haar. »Ich bekomme noch Komplexe. Hören Sie auf, das zu sagen. Ich habe den Kerl nicht umgebracht.«

»Sie hatten einen Grund, ihn tot sehen zu wollen. Aber es ging nicht um den Kredit. Den hat er Ihnen zurückgezahlt. Womit hat er Sie verärgert?«

»Woher genau kennen Sie meine Finanzen?«

Ich schluckte. »Ich habe ... Freunde in hohen Positionen. Diese Freunde haben sich Petes Bankkonto angesehen und die monatlichen Zahlungen an Sie entdeckt. Wenn Sie sich an diesem Tag auf der Messe nicht darüber gestritten haben, was war es dann?«

»Wer sagt, dass wir uns gestritten haben? Und Sie kennen mein Alibi bereits. Sie haben es vor dem Pub von Ihrem Schläger aus mir herausprügeln lassen. Und ich wette, dass Sie das auch kontrolliert haben und damit wissen, dass ich die Wahrheit sage.«

»Ihr Alibi wurde überprüft«, sagte ich. »Aber Sie sind trotzdem schuldig.«

»Aber nicht des Mordes. Ich mag eine fragwürdige Vergangenheit haben, aber Mord steht nicht in meiner Akte. Woher kommt diese verrückte Theorie? Ich habe gerade erst gehört, dass die Polizei jemanden für Petes Mord eingesperrt hat.«

»Es wird jemand verhört, aber der Fall ist noch nicht abgeschlossen. Worum ging es bei Ihrer Meinungsverschiedenheit mit Pete?«

Ricky neigte seinen Kopf. »Sie sind ganz schön unverfroren, was?«

»Nur neugierig.«

»Ich verfolge mehrere Geschäftszweige. Kreditvergabe ist einer davon. Die Leute kommen zu mir, wenn sie in einer Notsituation sind und schnell Geld brauchen. Vielleicht war das auch bei Pete der Fall. Und vielleicht denken die Leute nicht klar, wenn sie einen Notfall haben. Ich musste Pete eine freundliche Erinnerung geben, damit er seine Verpflichtungen nicht vergisst.«

»Sie sind ein Kredithai?«

»Diesen Begriff mag ich nicht. Das klingt so skrupellos. Ich bin da, wenn die üblichen Kreditgeber nicht helfen wollen.«

»Dieser Notfallkredit, den Sie Pete gegeben haben ... Hat er aufgehört, ihn zurückzuzahlen, und Sie entschieden, ihm eine Lektion zu erteilen?«

»So war es nicht. Pete kennt meinen Ruf. Das ist mehr als ausreichend, um ihn wieder auf den richtigen Weg zu bringen. Er hatte nur seine Prioritäten vergessen. Ich dachte, er könnte einfach vergessen haben, was er mir noch schuldet. Nach unserer Unterhaltung wollte er einen Plan für seine Rückzahlungen erstellen. Es ist nur eine Schande, dass der Idiot erstochen wurde, bevor ich mein Geld zurückbekommen konnte.«

Das war ein guter Punkt. Nachdem Pete tot war, wäre es nicht so leicht für Ricky, sein Geld zurückzubekommen. »Wusste Pete, woher die Pasteten kamen?«, fragte ich.

»Natürlich wusste er das. Es war ihm egal. Ich habe mich gefragt, ob seine süße Assistentin daran interessiert sein könnte, dieselbe Lieferkette zu nutzen. Habe versucht, es ihr einzureden, aber sie hat mich abblitzen lassen. Wenn meine anderen Kontakte ins

Nichts führen, hoffe ich trotzdem, ihre Meinung noch ändern zu können.«

»Maisie wäre an etwas so Korruptem nicht interessiert«, sagte ich.

»Ja, offensichtlich kennen Sie sie nicht. Sie ist sehr ambitioniert. Ist Ihnen nicht aufgefallen, wie schnell sie in Petes Fußstapfen getreten ist? Ich wette, sie bedient sich auch an seinem Foodtruck. Den behalte ich im Auge. Wenn ich ihn verkaufe, könnte das die Kreditrückzahlungen abdecken. Sie mag jung sein, aber sie ist nicht dumm. Wenn Sie Zweifel daran haben, ob die Polizei den Richtigen hat, dann sollten Sie sich vielleicht die kleine Miss Doch-Nicht-So-Unschuldig ansehen. Nach Petes Tod ist sie auf ihren Füßen gelandet. Und ich hörte, sie ist eine Finalistin in diesem Wettbewerb. Offensichtlich feiert sie dank Petes Tod bereits erste Erfolge.«

Maisie hatte ich als Verdächtige ausgeschlossen, aber mittlerweile zweifelte ich an jedem. Irgendwann musste ich ein Puzzleteil übersehen haben. Ich glaubte nicht, dass Maisie Pete umgebracht hatte, aber Ricky hatte recht. Sein Tod hatte ihr einiges gebracht, und sie hatte ein kleines Zeitfenster gehabt, um ihn umzubringen.

Und ich hatte Zweifel, was Dennis betraf. Was, wenn der Laptop, den ich gefunden hatte, dort vorsätzlich platziert worden war?

Wenn Ricky Pete nicht umgebracht hatte, und es auch nicht Dennis gewesen war, dann vielleicht Maisie.

»Hören Sie, das kann unser kleines Geheimnis bleiben.« Ricky kam näher. »Niemand muss von meinem Geschäftsmodell erfahren. Jeder muss irgendwie sein Geld verdienen.«

»Ich kann kein Verbrechen verschweigen«, sagte ich.

»Das ist nur ein etwas aus dem Standard geratenes Unternehmen. Dabei kommt niemand zu Schaden.«

»Was ist mit den Leuten, die Sie bestehlen?«

»Bei Importen geht immer etwas verloren. Die Leute verzählen sich bei den Kartons in den Transportern und notieren die falschen Informationen. Niemand muss dafür aus eigener Tasche bezahlen. Wenn jemand bemerkt, dass etwas fehlt, kommt deren Versicherung dafür auf.« Er zeigte mit dem Finger auf mich. »Erzählen Sie niemandem davon.«

Ich wich zurück, als Ricky noch näher kam. »Was werden Sie tun, wenn ich es jemandem erzähle?«

»Holly! Da bist du.« Rupert lief auf mich zu.

Ricky trat sofort zurück und steckte die Hände in seine Taschen.

Ich warf ihm einen bösen Blick zu, bevor ich zu Rupert eilte. »Ich war schon auf dem Weg, aber wurde abgelenkt.«

»Ich dachte, ich sollte dich warnen, dass Alice übernommen hat.«

»Was hat sie übernommen?«

»Sie trägt deinen Kuchen ins Zelt.«

Mein Herz setzte einen Schlag aus. Alice war dafür bekannt, nicht gerade zimperlich zu sein, besonders wenn sie aufgeregt war. »Das ist ... nett von ihr.« Zumindest wäre es das, bis sie über den Saum ihres Kleides stolperte und der Kuchen abheben würde.

»Sie wollte helfen. Ich habe ihr gesagt, dass sie auf dich warten soll, aber sie wollte dich damit überraschen.«

»Danke, Rupert.« Ich bedachte Ricky mit einem letzten Blick, der ganz und gar nicht glücklich aussah. Ich wollte gar nicht daran denken, was er mit mir tun würde, wenn ich seinen Pastetenskandal aufdeckte, aber jetzt hatte ich andere Sorgen.

Ich musste es ins Zelt schaffen, bevor Alice meinen wunderschönen Kuchen fallen ließ.

Kapitel 18

Ich schoss durch den Eingang des Zeltes und lief zu meinem Tisch. Alice beugte sich gerade herunter, mein Kuchen lag in ihren Händen. Sie stellte ihn auf dem Tisch ab und trat einen Schritt zurück.

Ich stieß ein erleichtertes Seufzen aus. Der Kuchen hatte es in einem Stück an seinen Platz geschafft.

Sie drehte sich um und grinste mich an. »Überraschung! Ich wollte helfen. Sieht das nicht wunderschön aus?«

Ich studierte den Kuchen. Das herunterlaufende Schokoladen-Icing sah perfekt aus. »Das sieht großartig aus. Danke, Alice. Den letzten Schliff muss ich noch vornehmen, aber das kann ich auch hier machen.«

Als Meatballs panisches Bellen an meine Ohren drang, wirbelte ich herum. Er sollte in seinem Zwinger sein. Ich eilte zum Zelteingang und schaute nach draußen.

Meatball raste zusammen mit vier Corgis der Herzogin im Nacken auf das Zelt zu. Sein Nackenfell stand zu Berge, was darauf hindeutete, dass sie sich gestritten hatten, ehe er entkommen war. Unter dem Rudel war auch seine neue beste Freundin Priscilla, obwohl es so aussah, als wären sie keine Freunde mehr.

Alice erschien neben mir am Eingang. »Geht es Meatball gut?«

»Nein! Er wird schon wieder von diesen verzogenen Corgis geärgert. Sie lieben es, ihn zu jagen.«

»Es sieht aus, als hätten sie Spaß«, sagte Alice.

»Sie schikanieren ihn«, sagte ich. »Er ist der freundlichste Hund überhaupt und will nur ein paar Hundekumpel, mit denen er abhängen kann.«

»Er läuft unglaublich schnell«, sagte Alice. »Und er kommt direkt auf dieses Zelt zu.«

»Wir sollten ihnen besser den Weg abschneiden, bevor sie ins Zelt kommen und sich auf das ganze Essen stürzen.« Ich huschte zusammen mit Alice hinaus, um den Eingang zu bewachen.

Meatball wurde nicht langsamer, als er auf mich zu hüpfte. Dann setzte er zum Sprung an und landete hart an meiner Brust.

Er leckte über meine Wange, bevor er sich umdrehte und die anderen Corgis anknurrte, die sich ebenfalls schnell näherten.

»Keine Sorge! Darin bin ich geübt.« Sie stellte sich mit ausgestreckten Armen und Beinen vor mich. »Die kommen nicht an mir vorbei.«

Die Corgis kamen näher. Und sie wurden nicht langsamer.

Alice fuchtelte mit ihren Armen. »Hey! Weg mit euch. Böse Hunde.«

Zwei der Corgis rasten an Alice vorbei und ins Zelt hinein.

Mit großen Augen beobachtete ich, wie sie einander verfolgten und sich und alle anderen anbellten, die ihnen zu nahe kamen.

Meatball wand sich in meinen Armen, fiel auf den Boden und rannte den Corgis nach.

»Nein! Warte! Nicht da rein.« Ich lief ihm nach.

Auch die anderen beiden Corgis konnten Alice umgehen. Sie versuchte, einen von ihnen mit einem Rugby-Tackle zu erwischen, was damit endete, dass sie mit dem Gesicht voran auf dem Boden des Zeltes landete.

Ich lief zu ihr zurück und half ihr wieder auf die Beine. »Wir müssen die Hunde hier rausbringen.«

Als wir das Zelt betraten, wurden wir von Chaos begrüßt. Mehrere Wettbewerbsteilnehmer verteidigten ihre Stände, als hinge ihr Leben davon ab. Doch ein Corgi hatte es bereits auf einen der Tische geschafft und kaute auf einem Streifen Trockenfleisch.

Ich schaute mich um und war dankbar, dass Meatball lediglich unter den Tischen herumhuschte und versuchte, einem Kampf mit den anderen Corgis aus dem Weg zu gehen.

Es ertönte ein Schrei und etwas fiel zu Boden. Eine ausgestellte Pastete war von einem Corgi heruntergeworfen worden, woraufhin zwei der Hunde sich auf den Inhalt des zerstörten Beitrags stürzten.

»Haltet diese Hunde auf!«, schrie jemand.

»Sie gehören der Herzogin«, rief jemand anderes.

»Mir ist egal, wem sie gehören. Sie werden noch alles zerstören, wenn wir sie nicht aufhalten.«

Ich lief zu meinem Tisch und stellte mich beschützend vor den Kuchen. Nach der ganzen Arbeit würde ich nicht zulassen, dass die verzogenen Corgis der Herzogin das hier für mich ruinierten.

»Weg mit euch.« Ich fuchtelte mit meinen Armen, als zwei der Hunde auf mich zukamen.

In letzter Sekunde wichen sie aus und kläfften wütend, als sie Meatball auf der anderen Seite des Zeltes entdeckten – aus seinem Maul hing etwas, das verdächtig nach einer Wurst aussah.

Ich stöhnte, als die Corgis einen weiteren Tisch umstießen und der Beitrag auf den Boden fiel.

Das war ein Desaster. Obwohl dadurch einige meiner Konkurrenten eliminiert wurden. Wenn es in diesem Tempo weiterging, würde es gar keinen Wettbewerb mehr geben. Die Corgis und Meatball hätten alles zerstört und sämtliche Beiträge gefressen.

»Ich habe einen!« Alice hielt einen zappelnden Corgi hoch, sein Maul war immer noch voll mit Essen.

»Ich habe auch einen.« Rupert stand auf der anderen Zeltseite und hielt einen Corgi unter den Arm geklemmt.

»Wir kümmern uns um die anderen«, rief einer der Standbetreiber, als er mit einer großen roten Wurst als Köder auf Meatball und die letzten beiden Corgis zulief.

Ich rannte ihm hinterher und fing Meatball ab, als er an ihm vorbeijagte. »Du gehst nirgendwo mehr hin. Wir wollen doch nicht, dass dein guter Name mit dieser Bande von Hooligans in Verbindung gebracht wird.«

Es gelang den anderen Teilnehmern, die letzten beiden Corgis aus dem Zelt zu scheuchen.

»Wir müssen sie alle zurück in die Burg bringen«, sagte Alice, als sie ihnen mit Rupert zusammen nach eilten.

Das Chaos, das die Hunde hinterlassen hatten, war beeindruckend. Einige Stände waren vollkommen ruiniert worden, und mehrere der Beiträge sahen so aus, als wäre auf ihnen herumgetrampelt worden. Da uns weniger als eine Stunde Zeit blieb, lag viel Arbeit vor uns, um das wieder in Ordnung zu bringen.

In dem großen Zelt herrschte reges Treiben, als die Leute ihre Beiträge wieder herrichteten und retteten, was von ihrem Essen noch übrig war.

Ich drehte mich um und schaute auf meinen Kuchen. Glücklicherweise war er unberührt geblieben. Er sah immer noch perfekt aus. Nur noch ein, zwei letzte Handgriffe und er könnte präsentiert werden.

»Es wird sich um die Hunde gekümmert«, sagte Rupert, als er wenig später zusammen mit Alice zurück ins Zelt geschlendert kam.

»Und ich habe Meatball unter Kontrolle«, sagte ich. »Das war nicht seine Schuld. Diese Corgis lieben es, auf ihm herumzuhacken.«

Alice kraulte Meatballs Kopf. »Wir geben ihm nicht die Schuld dafür. Dieser reizende Kerl könnte niemals etwas so Fieses anstellen wie diese Corgis. Du darfst nicht vergessen, ich bin mit diesen Biestern aufgewachsen. So wie sie sich benehmen, könnte man denken, die Burg gehöre ihnen.«

»Ich hoffe, alle werden es schaffen, ihre Beiträge zu retten, bevor der Wettbewerb beginnt«, sagte Rupert. Er schaute auf meinen Kuchen. »Wenigstens ist mit deinem Beitrag nichts passiert.«

»Dafür bin ich sehr dankbar«, sagte ich. »Ich muss nur noch die letzten Verzierungen vornehmen.«

»Wir werden den Kuchen für dich im Auge behalten, während du alles, was du brauchst, aus der Küche holst«, sagte Rupert.

»Das wäre großartig. Aber vorher muss ich Meatball in seinen Zwinger bringen und ihn nach der Aufregung etwas beruhigen. Ich bin in zehn Minuten wieder da.«

»Lass dir Zeit«, sagte Rupert. »Wir können auch den anderen helfen, ihre Tische wieder aufzubauen.«

Gerade, als ich den Zeltausgang erreichte, ertönte hinter mir ein lauter Knall und ein Krachen.

Mehrere Leute schnappten nach Luft, und ich wirbelte herum.

Bei dem, was ich vor mir sah, rutschte mir mein Herz in die Hose. Rupert lag mit ausgebreiteten Armen auf dem Boden, mit dem Gesicht in meiner Torte.

Ich setzte Meatball auf dem Boden ab und rannte zurück. »Was ... was ist passiert? Mein Kuchen. Du ... du hast ihn zerstört.«

Alice half Rupert von meinem ruinierten Kuchen herunter. »Er ist über seine eigenen Füße gestolpert. Das macht er ständig.«

Rupert wischte sich Torte aus den Augen. »Ich ... ich weiß nicht, was passiert ist. Ich habe mich umgedreht, und dann bin ich über etwas gestolpert.«

»Du bist über dich selbst gestolpert«, sagte Alice mit rügendem Blick. »Sieh, was du angerichtet hast. Hollys Kuchen ist eingedrückt.«

Seine Schultern sackten zusammen, während er den zerstörten Kuchen in Händen hielt. »Holly, ich weiß nicht, was ich sagen soll. Deine wunderschöne Torte. Meine Ungeschicklichkeit hat sie ruiniert.«

Ich blinzelte so schnell ich konnte, aber die Tränen fanden trotzdem ihren Weg in meine Augen. Ich hatte so hart gearbeitet. Ich wollte diesen Wettbewerb gewinnen und jetzt war mir das genommen worden.

Ich versuchte zu sprechen, doch bekam kein Wort heraus.

»Moment! Der ist nicht ruiniert.« Alice griff nach meinem Arm und schüttelte mich. »Holly, den bekommen wir wieder hin.«

Ich deutete auf die Sauerei auf dem Boden, als mehrere andere Teilnehmer herüberkamen und Worte des Beileids und Staunens verkündeten. »Wie sollen wir das wieder hinbekommen?«

»Vielleicht nicht mit diesem Kuchen, aber wir könnten etwas anderes holen.« Alice stupste ihren

Bruder an, der immer noch mit Torte beschmiert auf dem Boden kniete. »Du machst das sauber. Ich werde Holly helfen, etwas anderes zu finden.«

Es breitete sich ein überraschtes Murmeln aus, als Alice Rupert herumkommandierte.

Er nickte. »Natürlich. Wenn ihr wieder da seid, wird es so aussehen, als wäre das nie passiert. Na ja, natürlich wird der Kuchen fehlen.« Rupert erhob sich langsam und wischte Torte von seinem Hemd.

Ich schluckte, mir schnürte sich die Kehle zu und mein Kinn zitterte.

Rupert warf mir einen schulderfüllten Blick zu. »Bitte vergib mir. Falls es irgendwie hilft, das, was ich geschmeckt habe, war absolut köstlich.«

Ich kniff in meinen Nasenrücken und schloss die Augen, während ich angestrengt versuchte, nicht zu schreien. Das half mir nicht weiter.

Ein nicht ganz so sanftes Anstupsen von Alice riss mich aus meiner Starre. »Lass uns sehen, was wir noch retten können.«

Ich nickte stumm. Ich hätte sagen sollen, dass alles in Ordnung war und Rupert sich keine Sorgen machen sollte, aber ich war wütend auf ihn. Normalerweise fand ich seine Ungeschicklichkeit liebenswert, aber jetzt hatte sie mich meinen Platz in diesem Wettbewerb gekostet.

»Verschwinden wir von hier.« Alice nahm meinen Arm und zerrte mich von dem auf dem Boden verstreuten Kuchen fort wie von einem Autounfall.

Als sie mich in die Küche schob, verließ mich meine Energie. Ich konnte das nicht. Das war zu viel Arbeit. »Ich gebe auf. Es ist nicht genug Zeit, um etwas Neues zu backen. Außerdem sollte der Wettbewerb wahrscheinlich gar nicht mehr stattfinden, nachdem die Corgis so viele Beiträge ruiniert haben.«

»Dieses Gerede gefällt mir nicht. Wir werden eine Lösung finden.« Sie schloss meine Hand in ihre. »Wir können das schaffen. Ein kleiner Kuchenunfall wird dich nicht so aus der Bahn werfen.«

»Das war mehr als ein kleiner Unfall. Das war der Vesuv der Kuchenkatastrophen.«

Als wir die Küche betraten, war die Morgenhektik in vollem Gange.

Chef Heston eilte sofort zu uns. »Na los. Wir brauchen mehr Wurstbrötchen und ...« Er trat einen Schritt zurück. »Was ist mit Ihnen los? Sie sehen aus, als hätten Sie einen Geist gesehen.«

»Rupert hat ihren Kuchen gekillt«, sagte Alice. »Wir brauchen etwas Neues, was an seiner Stelle antreten kann.«

»An seiner Stelle antreten? Sie können nicht einfach einen Kuchen aus der Küche nehmen«, sagte Chef Heston. »Das wäre allen anderen gegenüber nicht fair.«

»Sie haben recht.« Verzweiflung legte sich wie eine stählerne Decke über mich. »Und es ist zu spät, um etwas Neues zu machen. Ich gebe auf.«

»Einen Moment«, sagte Chef Heston. »Sie machen fünfzig Prozent der Nachspeisen in dieser Küche. Technisch gesehen gehört alles, was Sie gemacht haben, Ihnen.«

Ich fuhr mir mit der Hand übers Gesicht. »Meinen Sie das ernst? Sie würden erlauben, dass ich etwas nehme, das ich schon gemacht habe?«

»Ich bin mir nicht sicher, was Sie mit Muffins, Scones und Schokoladenboden anfangen können, aber warum nicht?« Chef Heston nickte. »Geben Sie Ihr

Bestes, Holly. Machen Sie sich keine Gedanken um die Brötchen; ich kümmere mich darum.«

Ich war zu verblüfft, um etwas zu erwidern. Chef Heston musste einen guten Tag haben.

Nachdem er gegangen war, umarmte Alice mich. »Siehst du? Wir können es schaffen. Dir steht hier viel zur Auswahl.«

Ich löste mich aus ihrer Umarmung und ging immer noch unsicher zu dem Kühlschrank. Es gab einen Ananaskuchen, Brotpudding, vier Sorten Muffins, Kirschküchlein, Fairy Cakes, Apfeltaschen und zwei Bakewell-Tarten.

Alice legte einen Arm um meine Schultern. »Wie wäre es mit Croquembouche? Ich liebe Berge aus Sahne und Schokolade. Das würde die Richter bestimmt beeindrucken.«

»Dafür ist keine Zeit«, sagte ich. »Das servieren wir im Café nicht, weil es zu kompliziert ist. Ich hätte nicht die Zeit, den Brandteig zu machen und ihn abkühlen zu lassen, bevor ich ihn fülle. Und wenn man versucht, die Windbeutel zu füllen, solange sie noch warm sind, wird die Sahne schlecht und die Schokolade läuft herunter.«

»Hmmm. Wie wäre es mit einem etwas anderen Croquembouche? Nimm diese Muffins. Du könntest die Mitten aushüllen, sie füllen, womit auch immer du möchtest, und sie stapeln.«

Ich betrachtete die Muffins. Wir hatten etwas mit den Schokoladen- und Himbeermuffins übertrieben. Die würden heute nicht mehr gegessen werden und lange würden sie nicht frisch bleiben. »Ich schätze, ich könnte sie stapeln und das Icing als Kleber benutzen.«

»Ja! Und alles dekorieren. Das wird so schön aussehen.« Alice klatschte in die Hände. »Also machst du es?«

Ich starrte die Muffins an. Würde das funktionieren? Ich öffnete die Tür und zog ein Tablett mit Muffins heraus, die ich versuchte, auf verschiedene Arten zu stapeln. »Ich werde ein festes Icing brauchen, damit die zusammenhalten. Mit ihrer Form werden sie nicht so einfach zusammenhalten wie Windbeutel.«

»Denkst du, es könnte funktionieren?« Alice schnappte sich einen Muffin und biss hinein.

Hoffnung wurde in meiner Brust entfacht. »Das wäre möglich.«

Chef Heston kam zu uns. »Und, ziehen Sie sich von dem Wettbewerb zurück?«

»Nicht, solange ich alle Schokoladen- und Himbeermuffins haben kann, die noch im Café sind. Prinzessin Alice hatte eine großartige Idee. Das könnte funktionieren.«

Er schürzte die Lippen und betrachtete die Muffins. »Sie gehören Ihnen. Ich werde sehen, ob ich noch welche aus dem Verkauf zurückholen kann, falls das hilft.«

Ich grinste, gab ihm einen Kuss auf die Wange und nickte. »Ja. Das wird super werden.«

Er bedachte mich mit einem bösen Blick, aber es lag der Hauch eines Lächelns auf seinen Lippen. »Nicht übertreiben. Und glauben Sie nicht, dass ich Ihnen diese verlorene Arbeitszeit nicht anrechnen würde.«

Ich lachte. »Danke, Chef.«

Er grummelte etwas, bevor er ins Café huschte und mit einem Tablett Muffins zurückkehrte.

»Wie kann ich helfen?«, fragte Alice.

»Halte deinen Bruder zurück, damit er hier nicht auch mit seinem Gesicht drin landet.« Ich stellte Icings in verschiedenen Farben bereit, einen Spritzbeutel, Sahne, eine Vielzahl von Dekoration, die ich auf dem

Turm verteilen würde, und breitete die Muffins vor mir aus.

Alice schwieg einen Moment, während sie mir bei der Arbeit zusah. »Sei nicht zu hart zu ihm. Rupert ist zu ungeschickt. Das liegt in der Familie. Er war aufgeregt, weil er dir helfen konnte. Man konnte sehen, wie unangenehm ihm das Ganze war.«

»Ich weiß, dass es keine Absicht war. Ich wünschte nur, er wäre nicht auf meinem Kuchen gelandet.«

»Er sagte, er schmeckt gut«, sagte Alice. »Ein bisschen ist auch auf mir gelandet, und ich muss ihm zustimmen. Die Torte war perfekt.«

Ich atmete tief durch. »Diesmal wird es nicht perfekt. Aber mal sehen, was ich aus diesen Muffins zaubern kann.«

Die nächsten vierzig Minuten verflogen, als ich mich darauf konzentrierte, die Muffins auszuhüllen, Icing zusammenzumischen, mir so viel Sahne wie möglich aus der Küche zu stibitzen und einen Weg zu finden, die Muffins zu einem Turm zu stapeln, ohne dass er zusammenbrechen würde.

Die ganze Zeit über saß Alice schweigend und geduldig neben dem Tresen. So still hatte ich sie noch nie erlebt. Okay, während ich arbeitete, aß sie drei Muffins, aber dabei sagte sie kein Wort.

Ich drückte den Klecks Schokoladen-Icing unter den letzten Muffin und platzierte ihn vorsichtig an der Spitze des Turms. Er war acht Schichten hoch, und jeder Muffin klebte durch das Schokoladen-Icing an dem darunter. Die Muffins waren mit einer dicken Karamellsauce, dunkler Schokoladencreme und fester Sahne gefüllt.

»Das sieht lecker aus«, sagte Alice leise.

»Ich bin noch nicht fertig.« Ich lächelte sie an. »Ich werde das Ganze noch mit dunkler Schokolade und Karamellsauce überziehen und die Spitze mit essbaren Blüten dekorieren.«

»Das klingt noch leckerer.« Alice drückte meinen Arm, als ich an ihr vorbei zur Küchentür ging. »Ich wusste, dass du es schaffst.«

Vor der Tür blieb ich stehen und schaute zu ihr zurück. »Wir haben es geschafft. Ohne dich hätte ich meine Schürze geworfen und mich geschlagen gegeben. Mir wäre nie in den Sinn gekommen, aus Muffins ein Croquembouche zu machen.«

Sie grinste, und zwischen ihren Zähnen hing noch Schokoladenmuffin. »Ich bin ein Genie. Freut mich, dass ich helfen konnte.«

Nach einem schnellen Ausflug in den Blumengarten hatte ich alles gefunden, was ich brauchte. Zarte, goldumrandete Blüten einer Primel. Das kräftige Rot würde das satte Dunkel der Schokoladenmuffins betonen und die Kirschen hervorheben, die auf dem Turm verteilt wurden.

Ich eilte zurück in die Küche und verbrachte eine Minute damit, die Blumen zu waschen und sie dann vorsichtig an den Muffins zu befestigen. Nur ein paar. Ich wollte, dass diese Kreation extravagant aussah.

»Soll ich es nach draußen tragen?«, fragte Alice.

Mein Blick verengte sich. »Am besten kümmere ich mich darum. Du behältst Rupert im Auge. Wenn er sich diesem Dessert auf drei Meter nähert, scheuchst du ihn weg.«

Als wir uns auf den Weg zum Zelt machten, hatten wir nur noch knapp fünf Minuten Zeit, bevor die Abgabe der Beiträge geschlossen werden würde.

Rupert hatte sein Wort gehalten; auf meinem leeren Tisch lag eine saubere weiße Decke. Mit großen Augen nahm ich die Blumenpracht auf dem Tisch wahr. Die Farben passten perfekt zu den Primeln auf meinen Muffins. Es war, als hätte Rupert genau gewusst, was ich vorhatte.

Wieder stiegen mir Tränen in die Augen, aber ich hatte jetzt keine Zeit, um darüber nachzudenken. In letzter Minute stellte ich den Muffinturm ab und atmete erleichtert auf.

Alice umarmte mich. »Jetzt können wir nur noch warten und uns anhören, wie fantastisch die Richter es finden werden. Und dann wird gefeiert.«

Ich erwiderte ihre Umarmung. Alles, was ich jetzt noch tun wollte, war, einen dieser Muffins zu essen, die mich so verführerisch anfunkelten. Aber Alice hatte recht, mein Part war noch nicht vorbei.

Zwei angespannte Stunden waren vergangen, seit ich meinen Beitrag das letzte Mal gesehen hatte. Alle Finalisten hatten das Zelt verlassen, damit die Bewertung fair und unparteiisch ablaufen konnte.

Ich versuchte, mich auf meine Arbeit in der Küche zu konzentrieren, aber alles, woran ich denken konnte, war, was die Richter von meinem Last-Minute-Beitrag halten würden. Konnte ich mit den anderen mithalten? Was, wenn das Schokoladen-Icing geschmolzen und eine einzige klebrige Masse auf dem Tisch zurückgeblieben war?

Die Küchentür öffnete ich und Alice hüpfte hinein. »Sie werden gleich die Ergebnisse verkünden. Komm schon! Das darfst du nicht verpassen.«

Meine Nervosität stieg, als Alice meine Hand nahm und mit sich zog. »Ich ... ich bin nicht bereit.«

»Doch, das bist du! Du musst dir um nichts Sorgen machen. Ich habe einen Blick ins Zelt geworfen und es wurden viele von deinen Muffins gegessen. Viel mehr als von den anderen Desserts. Du gewinnst bestimmt.«

Ich war mir nicht so sicher, aber ich nahm mir vor, so positiv wie möglich zu denken. Wer liebte schließlich keinen klebrigen Haufen aus mit Schokolade überzogenen Muffins?

Als wir uns dem Zelt näherten, erschien Rupert mit einem riesigen Strauß roter Rosen. Er hielt sie mir entgegen. »Bitte vergib mir, Holly. Die sind für dich.«

Ich starrte die Blumen an. »Das hättest du nicht tun müssen.«

»Holly hat keine Zeit für Geschenke«, sagte Alice. »Die Richter verkünden jeden Augenblick ihre Entscheidung. Wir müssen herausfinden, ob Holly gewonnen hat.«

Ich nahm die Rosen von Rupert entgegen. »Die sind wunderschön. Vielen Dank.«

Er nickte, dann gingen wir alle gemeinsam weiter.

Ich war nicht mehr wütend auf ihn. Wenn überhaupt, dann fühlte ich mich schuldig. Ich hatte so unter Schock gestanden, als er auf meine Torte gefallen war, dass meine Wut mich gelähmt hatte. Jeder machte mal einen Fehler. Rupert hatte es nicht böse gemeint, und ich hatte schlecht reagiert.

Als wir eintraten, hatte sich schon eine kleine Menge in dem großen Zelt versammelt. Alice ging ohne zu zögern nach vorne durch und zog mich mit sich.

»Wir brauchen einen guten Platz«, flüsterte sie. »So ist es einfacher für dich, deinen Preis abzuholen.«

»Es ist nicht sicher, dass ich irgendwas gewonnen habe«, murmelte ich. »Es gab so viele unglaubliche Beiträge.«

Sie drückte meine Hand, bevor sie ihre Aufmerksamkeit nach vorne auf die Richter legte, die darauf warteten, ihr Urteil zu verkünden.

»Ich heiße alle herzlich willkommen.« Die adrett gekleidete Frau mittleren Alters mit einem gepflegten dunklen Bob und einem warmen Lächeln schaute sich um. »Ich bin Eliza Mackintosh, Chefjujorin. Ich muss sagen, dass wir einen fantastischen Nachmittag hatten, all diese Köstlichkeiten und Getränke probieren zu dürfen. Es gab den besten Wein des Landes, schmackhafte herzhafte Leckereien und so viele Desserts, dass ich mir ziemlich sicher bin, einen Notfalltermin bei meinem Zahnarzt machen zu müssen. Alles war absolut wundervoll.«

Ein nervöses Lachen fuhr durch die Menge.

»Diejenigen von Ihnen, die eine besondere Auszeichnung erhalten haben – und es gibt eine für jede Kategorie –, finden eine Karte auf ihrem Tisch. Mit der Auszeichnung geht ein Preis einher.«

Mehrere Köpfe wurden gereckt, als die Leute versuchten zu sehen, ob ihr Tisch eine Karte erhalten hatte. Ich unterdrückte den Drang, aber es war sehr verführerisch, einen Blick zu riskieren.

»Aber natürlich«, sagte Eliza, »interessieren Sie sich besonders dafür, wer als Gesamtsieger hervorgeht und den großen Preis mit nach Hause nehmen darf.« Sie wandte sich an die Herzogin.

Diese nickte und trat vor, bevor sie sich lächelnd unter der Menge umsah. »Bevor ich die drei Gewinner verkünde, möchte ich sagen, dass alle Produkte ausgezeichnet waren. Ich habe sämtliche

Kontaktinformationen und werde zukünftig zahlreiche Bestellungen aufgeben. Ihr Essen und Ihre Getränke werden unsere Tische in den kommenden Jahren bereichern.«

Mehrere Leute nickten und grinsten, waren froh, der Burg dienen zu dürfen. Für sie war es eine große Sache, die Burg zu beliefern.

»Nun zu den Gewinnern.« Sie hob eine kleine Karte und hielt sie vor sich. »Der dritte Platz geht an die Fine Cheese Company. Wir alle waren uns einig, wie wunderbar würzig und aromatisch Ihre Produkte sind.«

Alle klatschten, als ein Mann vortrat und einen Umschlag und einen kleinen Pokal von der Herzogin entgegennahm.

Sie schaute sich um. »Der zweite Preis geht an ... Holly Holmes, für ihr köstliches und innovatives Muffin-Dessert.«

»Der zweite Platz«, flüsterte Alice, als sie mich nach vorne schob und mir die Rosen abnahm, damit meine Hände frei waren. »Gut gemacht.«

Ich zwang mich zu einem Lächeln. Das war großartig. Wirklich gut. Ich war glücklich. Obwohl es auch fantastisch gewesen wäre, zu gewinnen.

Die Herzogin lehnte sich vor und drückte einen Kuss auf meine Wange, als ich meinen Preis entgegennahm. »Ausgezeichnetes Dessert, Holly. Ich wollte es vor den anderen Richtern nicht sagen, aber ich habe deine Arbeit erkannt. Absolut schmackhaft und so ein cleverer Nutzen von Muffins. Es muss lange gedauert haben, dieses Konzept zu entwickeln.«

Ich trat zurück und lächelte. »Sie wären überrascht. Und ich hatte etwas Hilfe bei der Ideenfindung.«

Sie nickte, und ich trat zurück an Alice' Seite, während sich meine Finger an meinen kleinen Pokal klammerten.

Rupert erschien an meiner anderen Seite und beugte sich herunter. »Es tut mir so leid, dass du nicht gewonnen hast. Das ist alles meine Schuld. Wenn es irgendwas gibt –«

»Du musst dich nicht entschuldigen.« Ich legte meine Hand auf seinen Arm und schenkte ihm mein wärmstes Lächeln. »Das war nur ein Unfall.«

»Ich hasse mich dafür. Deine ganze harte Arbeit zerstört, durch meine Schussligkeit.«

»Nein, sag das nicht. Ich war wütend auf dich, aber das war falsch. Du wolltest nur helfen. Und ich habe den zweiten Platz gemacht. Außerdem haben wir jetzt noch einen Berg Muffins, der auf uns wartet.«

Er zuckte mit den Schultern und lächelte. »Wenn ich etwas tun kann, dann sag es einfach.«

»Wir werden uns schon gemeinsam Ziegen ansehen.«

»Oh! Das willst du immer noch, nachdem ich –«

»Stopp! Und ja, das möchte ich.« Meine Freundschaft zu Rupert war stark. Ich würde über den zerdrückten Kuchen hinwegkommen.

Als ich ein Tippen auf meiner Schulter spürte, drehte ich mich um. Hinter mir stand Saracen, sein Ausdruck war ernst.

»Stimmt etwas nicht?« Ich trat zurück, als gerade ein Schokoladenspezialist als Gesamtgewinner verkündet wurde.

Saracen führte mich von der Menge weg. »Schlechte Nachrichten. Dennis wurde freigelassen. Er hat Pete nicht getötet.«

Kapitel 19

Ich stolperte aus dem Zelt heraus und konnte immer noch nicht glauben, was ich gerade gehört hatte. »Seid ihr euch sicher, dass Dennis Lambeth unschuldig ist?«, fragte ich Saracen.

»Was ist los?« Alice lief uns nach.

Ich atmete tief durch. »Wir brauchen Muffins, und zwar sofort.«

»Ich werde deinen Kuchen von dem Tisch holen.« Alice drückte mir meine Rosen zurück in die Arme. »Nicht tratschen, solange ich weg bin.«

Ich wandte mich an Saracen. »Für dich gibt es keinen Kuchen.«

Er hob eine Hand. »Ich habe meine Lektion gelernt und werde mich davon fernhalten, auch wenn mir beim Anblick vorhin das Wasser im Mund zusammengelaufen ist. Das war wie eine köstliche Folter. Für mich ist es schlecht, aber es sah so gut aus.«

Alice erschien mit dem Tablett mit meinem Muffinturm in den Händen im Zelteingang. Neben ihr lief Rupert.

»Lasst uns irgendwo hingehen, wo wir in Ruhe reden können.« Ich führte unsere Gruppe zu einer Bank neben dem Rosengarten der Burg, und wir nahmen Platz.

Sofort machte sich Alice daran, den Muffinturm zu zerlegen und die Küchlein zu verteilen. »Also, was ist los?«

Saracen betrachtete die Muffins sehnsüchtig, ehe er seinen Blick auf mich richtete. »Ein Zeuge hat sich gemeldet. Dennis wurde zur Zeit des Mordes bei seinem Foodtruck gesehen. Sein Alibi ist wasserdicht. Er hätte Pete nicht ermorden können.«

Alice biss genüsslich in ihren Muffin. »Wer hat es dann getan?«

Rupert schaute zu mir. »Du hast vorhin mit diesem Kerl geredet, vor dem Zelt. Die Unterhaltung schien angespannt zu sein. Denkst du, er könnte etwas damit zu tun haben?«

Ich schaute zu Saracen. »Ricky Stormy. Ich habe eine interessante Unterhaltung mit einem seiner potenziellen Geschäftspartner mit angehört. Ricky hat gestohlene Pasteten weiterverkauft. Er hat die Produktverpackung geändert und alles an seine Vertriebspartner weitergegeben, die es als Premiumprodukt verkaufen. Von den Einzelheiten weiß ich nichts, aber es klang, als würden sie die Pasteten stehlen, wenn sie importiert werden.«

»Er ist es nicht. Ricky hat ein Alibi«, sagte Saracen.

Ich nickte. »Er hat sich mit Elspeth unterhalten. Sie hat es bestätigt. Obwohl eine geringe Möglichkeit bestehen bleibt. Ricky hätte sich aus dem Pub schleichen können, aber das scheint nicht sehr wahrscheinlich zu sein. Er hätte ein gutes Motiv gehabt, Pete aus dem Weg zu räumen, aber er wollte auch sein Geld zurück. Jetzt, da Pete tot ist, hat Ricky ein Problem.«

»Die anderen konnten wir ebenfalls ausschließen«, sagte Saracen. »Die Exfreundin, Jessica, war bei der Messe, um Last-Minute-Schnäppchen zu kaufen.«

»Auch hier gäbe es eine geringe Möglichkeit, dass sie Pete getötet hat«, sagte ich.

»Sie hätte sich an ihn heranschleichen und ihn umbringen können«, warf Alice ein.

»Und dann hat sie mit ihren Einkäufen weitergemacht, als ob nichts gewesen wäre?«, fragte Saracen.

»Manche Frauen finden Shoppen entspannend. Vielleicht hat sie ihn erstochen und dann weiter eingekauft, um ihre Nerven zu beruhigen«, sagte Alice.

Ich schüttelte den Kopf. »Jessica war über ihre Probleme mit Pete offen uns gegenüber. Ihre Beziehung hat nicht funktioniert, und sie war darüber hinweg. Sie hegte ihm gegenüber keinen Groll. Ich glaube nicht, dass wir sie uns noch mal genauer anschauen müssen.«

»Dann hätten wir noch Maisie und Colin«, sagte Saracen.

»Sie waren bei der Messe, aber waren damit beschäftigt, ihre Stände abzubauen und alles wieder in ihre Transporter zu laden. Sie wurden von vielen Leuten dabei gesehen.« Ich tippte mit den Fingern gegen die Bank. »Allerdings bringt Maisie mich ins Grübeln. Petes Tod hat ihr definitiv Vorteile eingebracht. Sie hat ein Unternehmen, das ganze Equipment und sie kann ihre Arbeit ungestört weiterführen. Immerhin ist sie ihren nervigen Boss losgeworden, der sie nicht angemessen bezahlt hat.«

»Davon bin ich nicht überzeugt«, sagte Saracen. »Maisie hätte es perfekt timen müssen, um Pete umzubringen, sich aus dem Stand zu schleichen, ohne gesehen zu werden, und dann an ihre Arbeit zurückkehren, als wäre nichts gewesen.«

»Sie sagte, dass sie Magenprobleme hatte«, sagte ich. »Maisie hätte lügen können, um sich selbst mehr Zeit zu verschaffen.«

Saracen grunzte und kratzte sich am Kinn, scheinbar war er nicht überzeugt.

»Haben wir jemanden vergessen?«, fragte Alice.

»Es ist niemand Neues auf unserem Radar aufgetaucht«, sagte Saracen. »Vielleicht sollten wir alle Alibis erneut überprüfen, nur um ganz sicher zu sein.«

Wir alle stöhnten auf. Es fühlte sich an, als hätten wir einen gigantischen Schritt zurück gemacht.

Ich nahm mir einen Muffin. »Es wird Campbell nicht freuen, wenn er das hört. Falls wir den Mörder nicht schnappen, stehen wir als Versager da.«

»Damit hast du vermutlich recht.«

Ich zuckte zusammen, als eine große Hand über meiner Schulter erschien und nach einem Muffin griff. Als ich mich umdrehte, ragte Campbell hinter mir auf. »Ich wünschte, Sie würden sich nicht immer so anschleichen.«

Er grinste und biss in seinen Muffin. »Das ist Teil meines Charmes.«

Alice war ebenfalls zusammengezuckt. »Es ist so schön, Sie wieder hier zu haben. Wurde das kleine Problem, um das Sie sich gekümmert haben, geklärt?«

Er nickte. »Es ist alles unter Kontrolle, Prinzessin. Bis zum Ende des Tages wird das gesamte Team wieder vor Ort sein.«

»Das ist so eine große Erleichterung«, sagte sie. »Ich habe Sie hier vermisst.«

Campbell nahm seine Sonnenbrille aus seiner Tasche und versteckte seine Augen hinter den Gläsern. »Es ist schön, wieder zurück zu sein.«

»Vermutlich haben Sie alles gehört, was wir besprochen haben«, sagte ich.

»Jedes Wort. Ich werde von hier an übernehmen«, sagte Campbell. »Während meiner Abwesenheit könnten die Standards gesunken sein.«

Ich drehte mich zu ihm und stemmte meine Hände in die Hüften. »Das ist nicht fair. Wir haben sehr hart gearbeitet. Ich bin kein Experte. Ich habe mein Bestes gegeben.«

»Aber Saracen ist ein Experte«, sagte er.

Saracens Schultern zuckten, ebenso ein Muskel in seinem Kiefer, aber er sagte nichts.

»Saracen hat ebenfalls hart gearbeitet. Seit wir zusammenarbeiten, hat er sogar angefangen, in ganzen Sätzen zu reden«, sagte ich. »Wir sind ein gutes Team.«

»Wenn Sie nicht gerade mit Torten herumspielen«, sagte Campbell.

»Campbell! Sie werden gemein«, warf Alice ein. »Holly hat gerade den zweiten Platz in dem Wettbewerb belegt, nachdem ihr erster Beitrag zerstört wurde. Außerdem hat sie alle Verdächtigen zu Petes Mord ausfindig gemacht. Sie sollten ihr auf die Schulter klopfen.«

»Ich werde es auf meine To-do-Liste schreiben.« Campbell nickte Saracen zu. »Eine Besprechung unter vier Augen.«

Saracen nickte stumm und folgte Campbell in die Burg.

Alice schnaubte laut. »Er muss nicht so gemein zu dir sein. Ich weiß, dass er von der langen Reise bestimmt müde ist, aber trotzdem finde ich, dass wir gute Arbeit geleistet haben.«

Ich lehnte mich auf der Bank zurück und biss mehrere Male von meinem Muffin ab, um meine Wut zu zügeln.

Rupert räusperte sich, ehe er meine Hand tätschelte und aufstand. »Ich wünschte, ich könnte noch länger bleiben und bei dieser Sache helfen, aber ich habe einen Termin.«

Alice warf einen Blick auf ihre Uhr. Dann schnappte sie nach Luft und sprang auf. »Ich komme zu spät zu meinem Kunstunterricht. Wenn Mutter hört, dass ich das schleifen lassen, wird sie nicht erfreut sein. Sie wird mich noch zwingen, den Sommer mit ihr und Dad in der Toskana zu verbringen. Was für ein Albtraum.«

»Ich weiß nicht, wie du diese Folter ertragen kannst«, sagte ich.

Sie bedachte mich mit einem bösen Blick, bevor sie sich noch einen Muffin schnappte. »Komm, Rupert.«

Er schaute zu mir. »Holly, noch einmal, es tut mir wirklich –«

»Keine Entschuldigungen mehr.« Ich hob eine Hand. »Der zweite Platz ist perfekt.«

»Ja! Ganz genau. Du bist fantastisch. Ich meine, das soll heißen, deine Kuchen sind fantastisch.« Er rieb sich den Nacken und nickte. »Ich, ähm, also, wir sehen uns.« Er wandte sich ab und eilte davon.

Ich blieb alleine auf der Bank sitzen, mit einem Berg Muffins vor mir und keiner Antwort zu dem Rätsel, was mit Pete geschehen war.

Mein Blick wanderte zum Ostturm. Bei diesem Rätsel musste mir ein Experte helfen, und ich kannte genau die richtige exzentrische, Morde vorhersagende Frau, mit der ich sprechen sollte.

Kapitel 20

Ich ging in die Küche zurück, stellte einige Muffins zusammen mit einer Teekanne und Tassen auf ein neues Tablett, holte Meatball und ging zusammen mit ihm in Richtung des Ostturms, um Lady Philippa zu besuchen.

»Und dann sagte ich, wenn du mir einreden willst, dass deine Diamanten Strasssteine sind, dann sind meine Perlen von unserem Weihnachtsgebäck.« Lady Philippas Lache drang an meine Ohren, als wir durch den breiten, steinernen Flur auf ihre Räumlichkeiten zugingen.

»Und natürlich habe ich den Heiratsantrag des dritten Earl of Wells abgelehnt. Das Kinn dieses Mannes hat ununterbrochen gewackelt. Es war, als versuche man, eine Qualle zu küssen.«

Leise klopfte ich an die Tür. »Lady Philippa, hier sind Holly und Meatball. Dürfen wir reinkommen?«

Schritte ertönten vor der Tür, dann wurde sie geöffnet. Lady Philippa war von Kopf bis Fuß in einen hellrosafarbenen Velours-Trainingsanzug gekleidet. »Holly! Und Meatball! Natürlich, ihr seid hier immer willkommen.«

Ich starrte ihre Kleidung an. »Haben Sie wieder online Bestellungen aufgegeben?«

»Natürlich. Ist das nicht fabelhaft? Und so bequem! Ich werde für die ganze Familie welche bestellen. Das ist die perfekte Geschenkidee. Würde dir so einer gefallen?«

Unwillkürlich verzog sich mein Mund. »Ich bin mir nicht sicher, ob ich für Velours geschaffen bin.«

»Wenn du es einmal ausprobierst, wirst du nie wieder etwas anderes tragen wollen. Komm rein. Und du hast Muffins mitgebracht. Der Tag wird besser und besser.«

Ich stellte das Tablett ab und goss uns Tee ein, ehe ich mich im Zimmer umschaute. »Haben Sie gerade telefoniert?«

»Nein, ich vertraue den Mobiltelefonen nicht.«

»Ich dachte, ich hätte Sie mit jemandem reden hören.«

»Das waren die Geister. Wir unterhalten uns fast jeden Tag. Sie werden einsam, wenn sie die ganze Zeit alleine umherschweben.«

Ich nahm Platz und versuchte, mir meine Überraschung nicht anmerken zu lassen. »Natürlich. Das freut mich für Sie.«

Sie ließ sich ebenfalls auf ihrem Platz nieder. »Also, wie ist der Wettbewerb gelaufen?«

»Nun, nach einem außergewöhnlich schlechten Start habe ich den zweiten Platz belegt.«

Lady Philippa nickte. »Eine ausgezeichnete Leistung. Du hattest so viel um die Ohren. Es ist ein Wunder, dass du überhaupt an dem Wettbewerb teilnehmen konntest.«

»Deshalb bin ich hier. Ich versuche, die Puzzleteile zusammenzufügen, aber nichts will so richtig Sinn ergeben. Nachdem Sie mir von dem bevorstehenden Tod erzählten und Pete umgebracht wurde, dachte ich, wir hätten alles geklärt. Dennis wurde verhört, er hatte ein starkes Motiv, aber ...«

»Obwohl es stichhaltige Beweise gegen ihn gab, ein handfestes Motiv und die Gelegenheit, warst du nicht überzeugt?« Sie führte die Tasse an ihre Lippen.

»Genau so ist es. Er hegt schon lange einen Groll gegen Pete, aber irgendetwas fehlte.«

»Aber du machst die Dinge zu kompliziert.« Lady Philippa leerte ihre Tasse. »Erinnere dich daran, was ich dir gesagt habe, bevor das alles losging. Konzentrier dich auf die Grundlagen.«

»Sie meinen Ihre Vorhersage?«

Sie nickte.

»Sie sagten, dass es etwas mit Schweinen, Perücken und Feigen zu tun hätte. Was bedeutet das? Ich dachte, es könnte auf jemanden hindeuten, der während der Lebensmittelmesse Fleisch verkauft, oder eingelegte oder getrocknete Feigen, aber ich verstehe immer noch nicht, wie die Perücke dort hineinpasst.«

»Aber das ist die Lösung. Diese drei Dinge sind miteinander verbunden.«

»Ich verstehe es trotzdem nicht.«

Lady Philippa biss in einen der Muffins. Ihre Augen wurden groß. »Das ist kein gewöhnlicher Muffin. Womit ist der gefüllt?«

Ich grinste. Wenigstes hatte ich etwas richtig gemacht. Alle liebten den Muffinturm. »Das ist ein Teil meines Wettbewerbsbeitrags. Es war eine neue Art Croquembouche. Die Muffins waren mit Sahne, Schokolade und Karamell gefüllt.«

»Ich habe Schokolade erwischt. Das ist köstlich. Wenn ich zu den Richtern gehört hätte, hätte ich dir den ersten Platz gegeben. Was für eine clevere Idee.«

»Eigentlich kam die Idee dazu von Prinzessin Alice. Es ist eine lange Geschichte, aber das war nicht mein eigentlicher Beitrag. Prinzessin Alice und Lord Rupert haben sich eingemischt und dann mussten wir schnell umdenken.«

»Nun, wenn das dabei herausgekommen ist, bin ich froh, dass sie sich eingemischt haben.« Sie leckte sich Schokolade von den Fingern. »Lass nicht zu, dass deine Zweifel deine Intuition in diesem Mordfall beeinflussen. Du kennst die Verdächtigen. Einer von ihnen wird zu meiner Vorhersage passen.«

Ich lehnte mich zurück, während Lady Philippa mir erzählte, dass sie noch ein halbes Dutzend weiterer Velours-Anzüge hatte, alle in verschiedenen Farben. Ihr Plan war es, einen davon beim nächsten Ball zu tragen. Das würde ich gerne sehen.

Aber ihre Vorhersage ergab für mich immer noch keinen Sinn. Ich war alles so oft durchgegangen und hatte jede Theorie wieder verworfen, weil die Teilchen nicht zusammenpassten.

Ich trank meinen Tee aus und aß einen Muffin, bevor ich das leere Tablett aufnahm und mich von Lady Philippa verabschiedete. Vielleicht brauchte ich eine Pause, etwas Zeit, um Abstand zu gewinnen. Es musste einen Weg geben, um herauszufinden, wer Pete getötet hatte.

Ich sollte mit Campbell sprechen. Er musste wissen, was als Nächstes zu tun wäre. Er hatte sich die Aufzeichnungen aller Verhöre angesehen und vielleicht etwas entdeckt, das wir übersehen hatten. Immerhin war er der Experte. Ich war lediglich eine enthusiastische Amateurin.

Ich war zusammen mit Meatball auf dem Weg zurück in die Küche, als ich Colin mit einem Lächeln auf dem Gesicht an einem der Burgfenster vorbeilaufen sah.

Als er mich entdeckte, winkte er mir zu. Ich deutete zur Küche, und er nickte. Kurz darauf traf ich ihn bei der Tür.

»Holly, ich hatte gehofft, dich noch zu sehen, bevor ich aufbreche. Ich wollte dir zum zweiten Platz gratulieren, aber du bist noch vor dem Ende der Preisvergabe verschwunden.«

»Danke, Colin. Dem Grinsen auf deinem Gesicht nach zu urteilen, hast du auch gute Neuigkeiten erhalten.«

Sein Grinsen wurde noch breiter. »Mein Käse hat eine Auszeichnung erhalten, und ich habe bereits eine Bestellung der Herzogin bekommen. Außerdem habe ich drei Neukunden dazugewonnen. Bald wird es meinen Käse in den lokalen Geschäften hier geben.«

»Glückwunsch! Dann werde ich bestimmt welchen kaufen«, sagte ich.

»Warum kommst du nicht mit und probierst ihn jetzt?«, fragte er. »Ich habe an einer Pastete mit meinem Nusskäse und Lauch gearbeitet, bin mir aber nicht sicher, ob der Teig passt. Eine Expertenmeinung wäre sehr willkommen. Es fühlt sich an, als hätte ich gerade einen Lauf, und ich will jetzt nicht aufhören.«

Sein jugendlicher Enthusiasmus war ansteckend. »Klar, warum nicht?«

»Mein Foodtruck steht dort hinten. Ich habe die Erlaubnis erhalten, ihn dort zu parken, während ich noch Geschäfte im Dorf erledige. Deine Arbeitgeber waren sehr freundlich zu mir. Ich verstehe, warum du gerne hier arbeitest.«

»Es hat seine guten Seiten, soviel ist sicher.« Ich lief neben Colin her und wartete, während er die Hintertür seines Trucks aufschloss und hineinsprang.

»Ich hoffe, es macht dir nichts aus, aber hier drin sind keine Hunde erlaubt. Ich muss mich an sehr strenge Hygienevorschriften halten.« Colin zuckte mit den Schultern und nickte in Richtung von Meatball.

»Natürlich. Meatball, sitz!«

Er wedelte mit dem Schwanz und ließ seinen Hintern auf den Boden fallen.

Ich folgte Colin hinein und schaute mich um. Alles war glänzend sauber und ordentlich. Eine Seite war mit einer langen, verchromten Arbeitsplatte ausgestattet, auf der mehrere köstlich aussehende Pasteten standen.

»Du bist gut ausgerüstet.« Ich bewunderte die glänzenden Küchenmesser, die an dem magnetischen Messerhalter hingen.

Er nickte, und seine Brust schien sich aufzublähen. »Ich arbeite hart, damit mein Unternehmen Erfolg hat. Es erfordert viel Zeit und Anstrengungen, aber endlich läuft es gut. Hier, probier etwas davon.« Er nahm ein Pastetenmesser und schnitt ein Stück aus einer Pastete, das er mir reichte.

Ich roch daran. »Da ist Salbei drin. Und noch der Hauch von etwas anderem. Vielleicht Thymian?«

»Du hast eine gute Nase«, sagte er. »Genauso ist es.«

Ich biss durch die Teigkruste in den herzhaften, pikanten Kern. Warmer, geschmolzener Nusskäse vermischte sich mit dem weichen, buttrigen Lauch. »Das ist wirklich eine gute Pastete. Dein Käse fügt eine interessante Note hinzu. Es ist anders, aber nicht zu anders, falls das Sinn ergibt.«

Colin strahlte und aß ebenfalls ein Stück seiner Pastete. »Das war immer mein Plan. Etwas erschaffen, das die Leute bereits gut genug kennen, um ihre Aufmerksamkeit zu erhalten. Jeder mag eine gute Pastete, aber mein Käse macht sie besonders.«

»Das stimmt. Besteht die Möglichkeit, dass ich das Rezept bekommen kann?«

Grinsend schüttelte er den Kopf. »Ich darf meine Geheimnisse nicht preisgeben. Wie sieht es mit diesem hier aus?«

Die nächsten zehn Minuten verbrachten wir damit, uns durch schmackhafte, herzhafte Pasteten zu probieren. Colin hatte ein Händchen dafür, seinen Käse in köstlichen Kombinationen mit verschiedenen Fleisch- und Gemüsesorten zu verbinden.

»Ich bin beeindruckt.« Ich leckte die Krümel von meinen Fingern. »Vielleicht kann ich Chef Heston davon überzeugen, deine Pasteten in unserem Café anzubieten.«

Colins Augen weiteten sich. »Das wäre wundervoll. Falls das wirklich passiert, müsste ich mich vergrößern. Im Moment gibt es nur den Foodtruck und mich. Aber bei den ganzen neuen Bestellungen habe ich bereits überlegt, jemanden in Teilzeit einzustellen.«

»Du musst froh sein, dass Pete dich dazu überredet hat, herzukommen. Das scheint sich gelohnt zu haben.«

Sein Lächeln verebbte, aber er nickte. »Das bin ich. So hat diese Tragödie auch etwas Gutes mit sich gebracht.«

»Es ist nur eine Schande, dass der Mörder immer noch auf freiem Fuß ist«, sagte ich.

Colins Augenbrauen wanderten nach oben. »Ich dachte, Dennis würde angeklagt werden.«

»Sie mussten ihn gehen lassen«, sagte ich.

»Das sind beunruhigende Neuigkeiten. Petes Mord darf nicht ungelöst bleiben.«

»Ich weiß, dass das schwer für dich sein muss, aber du musst dich auf das Positive konzentrieren. Ich könnte mir vorstellen, dass es Pete freuen würde, wenn es so gut für dich läuft.«

»Er würde mir auf die Schulter klopfen und sagen, dass wir heute Abend bei ein paar Drinks feiern sollten.«

Colin seufzte. »Du hast recht. Ich muss positiv denken. So, noch eine letzte Pastete, bevor du gehst? Diese ist ganz neu. Ich bin noch nicht ganz sicher, ob dieser Geschmack funktioniert.«

Ich tätschelte meinen Bauch. Heute würde ich kein Abendbrot brauchen. »Ein weiteres kleines Stück kann nicht schaden.«

»Nimm Platz. Ich habe den Chef in eurer Küche gefragt, ob ich meine Pasteten dort lagern kann. Hier ist mir der Platz ausgegangen. Bei den ganzen neuen Bestellungen sind mir so viele Ideen gekommen, dass ich kaum mit den Experimenten aufhören kann.«

Ich lachte und setzte mich. »Das Gefühl kenne ich. Manchmal träume ich sogar von Cupcakes. Sie setzen sich in meinem Kopf fest und geben erst Ruhe, wenn ich sie gebacken habe.«

»Bin in einer Minute zurück.« Colin hüpfte durch die offenstehende Tür nach draußen.

Während ich wartete, schaute ich mich um. Die Einrichtung war gemütlich. Es sah aus wie ein Sitzbereich, der falls nötig zu einem Bett umgewandelt werden konnte, wenn man den Tisch einklappte.

Ich stand auf und zog eine Schublade auf. Alles war blitzsauber. Colin führte einen anständigen Betrieb.

Dann linste ich in einen der Schränke und bewunderte das erstklassige Equipment, das Colin besaß. Es schien, als würde er mit seinem Nusskäse noch weit kommen.

In der Erwartung, weitere Kochutensilien zu finden, öffnete ich einen großen Schrank.

Bei dem Anblick der beiden Modellköpfe, auf denen kurze blonde Perücken ruhten, stockte mir der Atem.

Ich wollte gerade meine Hand nach ihnen ausstrecken, als Colin zurückkehrte. Abrupt blieb er mit der Pastete in den Händen stehen. »Oh! Da solltest du nicht reinschauen.« Er eilte hinein und schloss die Tür hinter sich.

Hastig schloss ich den Schrank wieder. »Tut mir leid. Ich habe nur dein Equipment bewundert. Ich wollte nicht herumschnüffeln.«

Colin stellte die Pastete ab und richtete seine Baseball-Kappe. »Oh, nun, das ist kein Geheimnis. Nicht wirklich. Obwohl ich nicht gerne darüber rede.«

»Gehören die dir?« Ich deutete auf den Schrank mit den Perücken.

Wieder zupfte er an seiner Kappe. »Ich habe ein kleines Problem. Ich, ähm ...« Er brach ab, seine Wangen glühten.

»Schon in Ordnung, du musst es nicht erklären«, sagte ich. »Aber ich muss mich entschuldigen. Ich hätte mich hier nicht umsehen dürfen.«

Colin seufzte. »Es ist der Stress. Der macht komische Sachen mit den Leuten. Und bei mir bedeutet das leider, dass ich angefangen habe, meine Haare zu verlieren.« Er nahm seine Kappe ab.

Ich hatte ihn noch nie ohne gesehen. Er hatte mehrere kahle Stellen, die von dünnen Haarbüscheln unterbrochen wurden.

Er setzte seine Kappe wieder auf und verzog das Gesicht. »Das ist nicht gerade attraktiv. Ich trage nicht immer eine Perücke, aber in der Öffentlichkeit lasse ich mich nicht ohne sie oder diese Mütze blicken. Mein Arzt hat mir gesagt, dass ich meinen Stress reduzieren muss, aber es gibt so viel zu bedenken, wenn man ein Unternehmen führt. Man muss alles alleine machen. Natürlich ist das stressig.«

»Solange du genießt, was du tust; das ist die Hauptsache. Versuch, dich nicht zu sehr stressen zu lassen. Vielleicht solltest du nach einem Assistenten Ausschau halten. Das würde den Druck reduzieren.«

»Dann würde ich mich darum sorgen, ob ich die richtige Person eingestellt habe, und ob derjenige ehrlich und verlässlich ist.« Colin schüttelte den Kopf. »Vielleicht bin ich alleine besser dran. Ich habe nur Pete wirklich vertraut. Und sieh einer an, wie das geendet ist.«

Colin tat mir leid. Sein bester Freund war tot und er verlor seine Haare. Er verdiente eine Pause. »Also, erzähl mir von dieser Pastete. Was enthält sie für Zutaten?«

Er rieb seine Hände zusammen und sah froh aus, das Thema wechseln zu können. »Meinen Nusskäse natürlich.«

»Ohne den geht es nicht«, sagte ich.

»Und ich habe versucht, süß und herzhaft miteinander zu verbinden. Probier sie und sag mir, wie du es findest.«

Ich betrachtete das Pastetenstück und biss hinein. Der Teig hatte die perfekte Konsistenz und ich schmeckte den Hauch von etwas Süßem, gefolgt von etwas Herzhaftem, das geräucherter Schinken sein musste.

»Das ist die beste«, sagte ich. »Aber ich bin mir nicht sicher, was darin ist. Was hast du benutzt?«

»Dabei war ich mir nicht sicher«, sagte Colin. »Ich habe den geräucherten Schinken unter einer Schicht Käse begraben, aber auch noch Feigen hinzugefügt. Findest du, dass diese Kombination funktioniert?«

Ich hätte mich beinahe an der Pastete verschluckt, als mein Blick zu dem Schrank mit den Perücken zuckte. Oh, meine Güte. Schweine, Perücken und Feigen. Colin war der Mörder.

Kapitel 21

Ich schluckte den festen Klumpen Pastete herunter, der mir beinahe im Hals stecken geblieben wäre, und versuchte, meine Panik zu verstecken.

»Ist alles in Ordnung?«, fragte Colin. »Ist der Geschmack zu intensiv? Ich war mir nicht sicher. Ich könnte eine andere Frucht benutzen. Wie wäre es mit Schinken und Datteln? Nein, ich glaube, das würde nicht funktionieren. Irgendwas mit Zitrusfrüchten?«

»Die Pastete ist großartig.« Ich hustete und klopfte mir auf die Brust. »Könnte ich mal die Toilette benutzen?«

»Natürlich. Sie ist hinten rechts.«

Ich lief zur Toilette, schloss die Tür hinter mir und zog mein Telefon hervor, um Campbell eine Nachricht zu schreiben. *Schnell! Bin in Colins Foodtruck. Er hat Pete getötet.* Ich schickte sie ab und betätigte die Spülung, ohne die Toilette benutzt zu haben, und wusch mir die Hände.

Dann starrte ich mein Spiegelbild an. Meine dunklen Augen waren weit aufgerissen und mein Gesicht bleich. Colin würde merken, dass etwas nicht stimmte.

Das war ein zu großer Zufall. Lady Philippas Vorhersage hatte genau diese drei Dinge beschrieben. Allerdings konnte ich immer noch nicht alle Teile zusammenfügen. Angeblich waren Colin und Pete beste

Freunde gewesen. Warum sollte er ihn umbringen wollen?

Ich strich meine Haare glatt, öffnete die Tür und zwang ein Lächeln auf mein Gesicht, als ich hinaustrat.

Colin saß an dem kleinen Tisch und blätterte in einem Kochbuch. Als ich näherkam, hob er seinen Blick. »Vielleicht sind meine Versuche mit den Feigen zu ambitioniert. Ich könnte es auf meinen Nusskäse und den geräucherten Schinken beschränken.«

Ich ließ mich auf dem Platz ihm gegenüber nieder. Ich brauchte Antworten. »Das könnte gut schmecken. War das die Kombination, an der du zusammen mit Pete gearbeitet hast?«

Er schloss das Kochbuch. »Nein, das war Rinderhack, Käse, Salbei und Zwiebeln. Zu traditionell für meinen Geschmack. Ich wollte mit meinem Nusskäse mit der Zeit gehen, aber Pete wollte etwas, das seine Kunden bereits mochten, also habe ich mich darauf eingelassen. Der moderne Markt probiert gerne neue Dinge. Ich habe sogar an einigen komplett pflanzlichen Pasteten gearbeitet.«

»Wirst du die Pastete, die du zusammen mit Pete geplant hast, zu Ende bringen? Das könnte ein schöner Weg sein, ihm zu gedenken.«

Colin ließ die Schultern hängen. »Ich weiß es nicht. Ich kann immer noch nicht glauben, dass er von uns gegangen ist. Ich denke immer, er schlendert gleich durch die Tür, um etwas zu essen. Er sagte immer, dass meine Pasteten die besten wären, die er je gegessen hatte, obwohl ich schwören musste, das niemandem zu erzählen. Das hätte seine eigenen Pasteten in ein schlechtes Licht gerückt.«

»Fandest du sein Essen nicht gut?«

Colins Blick zuckte von einer Seite zur anderen. »Das war sehr unterschiedlich. Was mich überrascht hat, denn wenn man einen guten Lieferanten gefunden hat, bleibt man eigentlich bei ihm. Über die Jahre habe ich einige von Petes Pasteten probiert. Sie schmeckten jedes Mal anders. Die Hühnchen-Pastete hatte ich drei Mal. Jedes Mal war es, als hätte sie jemand anderes gebacken. Pete sagte, dass es ein paar Änderungen im Rezept gegeben hatte und ich mir keine Sorgen machen sollte. Aber manchmal war die Qualität wirklich nicht gut. Ich habe es nie angesprochen. Das war sein Unternehmen und es lief gut.«

»Das klingt, als hättest du viel mit Pete zusammen gemacht«, sagte ich.

»Dafür sind beste Freunde da«, erwiderte Colin.

»Hattet ihr geplant, zusammen in den Urlaub zu fahren?«

Seine Augen verengten sich. »Nein, wir waren nie zusammen weg. Warum fragst du?«

»Ich habe Petes Urlaubspläne auf seinem Laptop gesehen. Er hat nach Flügen nach Australien gesucht.« Technisch gesehen stimmte das. Colin musste nicht erfahren, dass ich diese Pläne erst gesehen hatte, nachdem Pete ermordet worden war.

Colin ließ den Kopf hängen. »Mir gegenüber hat er nie einen Urlaub erwähnt.«

»Vielleicht wollte er mit einer Freundin verreisen.«

»Nein, kein Urlaub und keine Freundin.« Seine Hände klammerten sich an das Buch.

»Wenn es kein Urlaub war, dann wollte er vielleicht eine Auszeit nehmen? Eine kleine Rundreise machen.«

»Nein.« Colins Finger tippten auf den Tisch.

Ich nickte langsam. »Er wollte nicht nach Australien ziehen, oder?«

Er schürzte die Lippen. »Nein! Das war nur Gerede. Es war nie sein Ernst, wenn er erzählt hat, er wolle verkaufen. Das hat Pete nur erwähnt, wenn er betrunken war.«

Meine Augenbrauen schossen nach oben. »Pete wollte sein Geschäft aufgeben? Er wollte auswandern?«

Colin legte den Kopf in den Nacken und starrte eine Sekunde lang an die Decke. »Er hätte es nicht geheim halten sollen. Ich konnte es nicht glauben, als ich das erste Mal von seinen Plänen gehört habe. Er hat am Telefon verhandelt, um ein günstiges Angebot zu erhalten. Es gelang ihm, den Preis um zehn Prozent nach unten zu verhandeln.«

»Wann hast du ihn darüber reden hören?« Ich bemühte mich, nicht zu aufgeregt zu klingen, aber das könnte das fehlende Puzzleteil sein, nach dem ich suchte.

Colin schwieg einen Moment lang. »Ich ... ich weiß nicht mehr.«

Diskret warf ich einen Blick auf mein Telefon. Keine Antwort von Campbell. Ich war auf mich allein gestellt, wenn ich Colin ein Geständnis entlocken wollte.

Ich studierte ihn. Er sah nicht wie ein starker Mann aus und war nur ein paar Zentimeter größer als ich. Möglicherweise könnte ich es mit ihm aufnehmen, allerdings gab es viele scharfe Gegenstände in diesem Foodtruck. Wenn ich nicht so enden wollte wie Pete, musste ich vorsichtig sein.

»Hast du Pete während der Messe über seine Reisepläne reden hören?«, fragte ich.

Colin schaute weg, sein Kinn zitterte. »Das spielt jetzt keine Rolle mehr. Pete ist tot. Er kann nicht mehr nach Australien gehen und mich alleine zurücklassen.«

Mein Herz raste, als würde ich einen Marathon laufen. Ich lehnte mich näher zu ihm. »Colin, hast du Pete damit konfrontiert? Du musst wütend gewesen sein, weil er dir nichts von seinen Plänen erzählt hat. Du kamst darin nicht vor. Das muss hart gewesen sein.«

Er legte das Kochbuch weg, stand auf und ging langsam in dem Foodtruck auf und ab. »Pete war mein bester Freund. Wir haben uns alles erzählt. Er war der Einzige, der sich für mich eingesetzt hat. Alle haben sich über mich und meinen Käse lustig gemacht. Ich wusste, dass ich an etwas Gutem dran war, und Pete hat mich ermutigt. Er hat mich motiviert, als alle anderen dachten, dass ich keine Chance hätte.«

»Weshalb es hart gewesen sein muss, zu erfahren, dass er nicht mehr lange da sein würde. Er war deine Stütze, und plötzlich sollte sie dir entrissen werden.«

Colin schüttelte den Kopf, seine Schritte wurden schneller. »Wir haben zusammen an einer Pastete gearbeitet. Er konnte nicht einfach gehen. Und dann bucht er einen Flug, der schon in zwei Wochen gehen sollte.«

»Und das hat dich wütend gemacht, nicht wahr?«, fragte ich leise. »Du hattest das Gefühl, im Stich gelassen zu werden.«

Colin wischte sich mit der Hand übers Gesicht. »Natürlich. Pete sollte mein bester Freund sein, aber war genauso wie alle anderen. Er hat erkannt, dass ich eine profitable Nische gefunden hatte, und wollte mit einsteigen. Er meinte, wir könnten seine ekligen Pasteten nehmen, meinen Käse hinzufügen und es würde sich uns ein ganz neuer Markt eröffnen.«

»Hat er dir das so gesagt?«

»Das musste er nicht. Die Tatsache, dass er einfach fortgehen wollte, war Beweis genug, dass er nicht wirklich mein Freund war. Ich war praktisch für ihn und habe ihm einen Vorteil geboten. Einen Weg, noch mehr Geld zu machen, damit er sein neues Leben in der Sonne finanzieren konnte. Sobald er dieses Flugzeug betreten hätte, hätte ich nie wieder von ihm gehört.«

»Hast du seine Pläne auf seinem Laptop gesehen? Pete hat an diesem Tag während der Arbeit nach Flügen gesucht.«

Colin warf mir einen finsteren Blick zu. »Du weißt eine Menge darüber. Wolltest du mit ihm weggehen?«

»Nein! Aber ich kann verstehen, dass du aufgebracht gewesen sein musst, nachdem du diese Unterhaltung mit angehört und die Informationen auf dem Laptop gesehen hast.« Ich hatte von Anfang an das Gefühl gehabt, dass dieser Mord persönlich gewesen war – es war nicht nur ein schiefgelaufener Diebstahl.

Colin legte seinen Kopf in seine Hände und stöhnte. »Ich war immer allein. Die meiste Zeit meines Lebens war ich so einsam. Das hat sich geändert, als Pete aufgetaucht ist. Er war wie eine Art Energieball. Seinetwegen habe ich an mich geglaubt. Und dann lässt er mich im Stich. Er hat mir gezeigt, dass ich ihm nicht wirklich wichtig bin. Das war ich nie. Ich bin niemandem wichtig.«

»Bestimmt gibt es viele Leute, die sich um dich sorgen«, sagte ich.

»Wen denn? Meine Eltern sind tot. Ich bin ein Einzelkind. In der Schule hatte ich nie richtige Freunde. Dann fing ich an, meinen Nusskäse herzustellen, und alle haben es ins Lächerliche gezogen. Ich war kurz davor aufzugeben, als Pete aufgetaucht ist und meinte, ich hätte ein gutes Produkt.« Er schluckte hörbar. »Aber wie sich herausstellte, war er der größte Verräter von allen.«

»Warum hast du Petes Laptop in Dennis' Foodtruck versteckt?«, fragte ich.

Colins Kopf ruckte nach oben, aber dann zuckte er mit den Schultern. »Warum nicht? Er ist ein hasserfüllter Mann und hat mich fertiggemacht. Er hat mich immer provoziert. Sagte, mein Käse schmecke wie alte Socken, die zu lange in der Sonne gelegen haben. Du konntest selbst herausfinden, dass das nicht stimmt. Es sei denn, du hast auch gelogen?«

Hastig hob ich meine Hände. »Auf keinen Fall. Du hast ein großartiges Produkt. Aber du hättest Dennis nichts anhängen sollen.«

»Mit ihm hinter Gittern wäre die Welt ein besserer Ort. Dennis ist ein Tyrann, und er hat Pete gehasst.«

Ich nahm all meinen Mut zusammen. »Er mag Pete gehasst haben, aber du hast ihn umgebracht.«

Colin starrte mich an, sein rechtes Auge zuckte und dann fing sein Körper an zu zittern. »Das war ein Unfall. Ich konnte nicht klar denken. Ich habe ihn telefonieren hören und rotgesehen. Noch nie habe ich eine solche Wut gespürt.«

»Wo warst du, als du diese Unterhaltung mit angehört hast?«

»Vor dem Zelt. Ich lief herum, um den Schmerz aus meinen Waden zu bekommen, weil ich den ganzen Tag gestanden hatte. Dann hörte ich Petes Stimme und blieb stehen. Ich konnte es nicht glauben. Ich schaute mich um, und als ich niemanden sah, krabbelte ich unter der Zeltplane durch. Pete hatte mir den Rücken zugewandt. Er klang so selbstgefällig. Ein Blick auf den Laptop bestätigte meine Befürchtung. Er buchte sich ein One-Way-Ticket nach Australien.«

»Und dann hast du dir das Pastetenmesser geschnappt und ihn erstochen?«

»Damit konnte ich ihn nicht davonkommen lassen. Pete hat mich benutzt und wollte mich wie Müll entsorgen.« Colin begegnete meinem Blick, seine Augen füllten sich mit Tränen, bevor sie wieder hart wurden. »Ich wünschte, du wärst nicht hergekommen, Holly. Ich mag dich wirklich.«

Mir schnürte sich die Kehle zu, doch ich nickte langsam. »Und ich mag dich, Colin. Aber was du getan hast, war falsch. Du musst dich der Polizei stellen.«

»Nein! Ich muss von hier verschwinden. Abgesehen von dir verdächtigt mich niemand. Ich habe keine Ahnung, wie du auf das alles gekommen bist.«

Ich schaute zu dem Schrank, in dem die Perücken ruhten. »Sagen wir einfach, ich hatte etwas Hilfe.«

Als ich mich in Bewegung setzen wollte, blockierte Colin die Tür. Sie war mein einziger Ausweg. »Ich werde es dir leicht machen. Es muss nicht wehtun, aber ich kann dich nicht gehen lassen. Du wirst diesem Security-Typen, der überall herumschnüffelt, verraten, was ich dir erzählt habe. Ich kann nicht gut mit Druck umgehen.« Er nahm seine Kappe ab und kratzte sich an dem kahl werdenden Kopf.

Ein Scharren ertönte an der geschlossenen Tür. Meatball musste spürten, dass ich in Schwierigkeiten steckte, und versuchte zu helfen.

»Du bist kein kaltherziger Killer.« Meine Stimme zitterte. »Du hast dich durch diese ... schwierige Situation ungewöhnlich verhalten. Das wird die Polizei verstehen, aber wenn du mich auch noch umbringst, werden sie keine Gnade walten lassen.«

»Wenn sie mich ins Kreuzverhör nehmen, werde ich brechen, genau wie ich es bei dir getan habe. Die Leute haben recht; ich bin ein schwacher Mann. Ich war ein Idiot, jemanden an mich heranzulassen. Sieh doch, wohin es mich gebracht hat.« Er griff nach einem mit Krümeln bedeckten Messer.

Ich schüttelte den Kopf, mein Inneres zitterte und mein Gehirn schrie mich an, dass ich weglaufen sollte. Aber ich konnte nirgendwo hin. Ich saß in der Falle.

Seine Hand zitterte, als er das Messer hob. »Mach die Augen zu, Holly.«

»Du kannst gerade nicht klar denken. Wir können gehen und zusammen mit der Polizei sprechen. Sie werden die mildernden Umstände erkennen. Pete hat dich angelogen. Er hat viele Leute angelogen.«

»Nein! Du wirst nicht schlecht über ihn reden. Auch nach seinem Betrug ist er immer noch mein bester Freund. Mein einziger Freund. Du wirst ihn nicht beleidigen.«

»Aber du schon? Du hast ihn umgebracht. Das ist die größte Beleidigung, die einer Person zuteilwerden kann.«

Meatball fing draußen laut an zu bellen.

Colins Blick wurde hart. »Das reicht. Ich werde das jetzt beenden.«

Verzweifelt griff ich nach der Schinken-Feigen-Pastete, als Colin sich auf mich stürzte, wich nach links aus, um seinem Messer zu entkommen, und rammte ihm die Pastete inklusive Porzellanteller direkt ins Gesicht.

Es ertönte ein widerliches, knirschendes Geräusch. Colin schrie auf, als Blut aus seiner Nase schoss. Er stolperte zurück und ließ das Messer fallen.

Dann wurde die Tür des Foodtrucks aufgerissen. Campbell stürmte hinein, in einer Mischung aus Wut und Muskeln.

Meatball war direkt hinter ihm und bellte laut.

Mit einem zitternden Finger zeigte ich auf Colin. »Da ist Ihr Mörder.«

Kapitel 22

Der Hügel, den ich mit dem Fahrrad erklomm, fühlte sich an diesem Nachmittag ganz besonders steil an. Als ich die Spitze erreichte, blieb ich stehen und kraulte Meatball, während ich die atemberaubende Umgebung von Audley St. Mary bewunderte. Meinem Zuhause. Wunderschön und endlich wieder sicher.

Ein Rumpeln von Lastwagen ließ mich aufhorchen. Es waren die letzten Foodtrucks, die das Dorf nach der Lebensmittelmesse verließen.

Ich hob eine Hand und winkte ihnen zum Abschied zu, als sie vorbeirollten.

Alles in der Burg war wieder normal. Die Zelte wurden abgebaut und die letzten Besucher waren aufgebrochen.

Ich mochte den Wettbewerb nicht gewonnen haben, aber ich hatte geholfen, einen Mord aufzuklären und den Mörder zu fassen. Das fühlte sich für mich wie ein Erfolg an.

Ich wollte mich gerade den Hügel hinunterrollen lassen, als eine schnittige schwarze Limousine neben mir anhielt. Das Fenster wurde heruntergefahren und offenbarte Lady Philippa.

»Holly! Können wir dich mitnehmen?« Sie legte ihre manikürte und mit Ringen übersäte Hand auf die Tür.

»Meine Güte! Das ist das erste Mal, dass ich Sie außerhalb der Burg sehe«, sagte ich. »Gibt es einen besonderen Anlass?«

»Den gibt es.« Alice Kopf erschien im Fenster. »Wir gehen mittagessen.«

Ruperts Kopf tauchte über Lady Philippas Schulter auf und er winkte mir fröhlich zu.

»Ich konnte sie davon überzeugen, mich für einen Nachmittag aus meinem Gefängnis zu entlassen«, flüsterte Lady Philippa verschwörerisch.

Ich lachte. »Das freut mich für Sie.«

Ein wütendes Kläffen drang aus dem Innern der Limousine.

»Und Horatio haben Sie auch dabei«, sagte ich.

»Nicht, dass es ihm gefallen würde, dem alten faulen Hund«, sagte Lady Philippa. »Er würde viel lieber in meinem Bett schlafen und sein Fell überall verteilen.«

Meatball reagiert auf das Kläffen und bellte ebenfalls, was es nur noch schlimmer machte.

»Wir werden uns mit Olivia Brown treffen«, sagte Lady Philippa. »Nach unserer Unterhaltung neulich dachte ich, es könnte nett sein, ein paar Kontakte zu pflegen. Wir haben so viel gelacht, als wir jünger waren. Wenn ich mich für meinen Kommentar entschuldige, könnten wir wieder etwas Spaß zusammen haben.«

Ich strahlte. »Das ist eine ausgezeichnete Idee. Bestimmt werden Sie eine tolle Zeit haben.«

»Du musst mitkommen«, sagte Alice. »Das ganze Dorf redet davon, was in Colins Foodtruck passiert ist.«

»Ich hätte ihn nie für den Mörder gehalten«, sagte Rupert.

»Und deshalb war er der perfekte Mörder«, erwiderte ich. »Er blieb nahezu unbemerkt.« Es schien, als wäre das die tragische Geschichte von Colin Cheesemans ganzem Leben.

Es war zwei Tage her, dass ich einem Mord durch Colin nur knapp entgangen war. Campbell hatte ihn mit großen Schritten von dem Foodtruck weggeführt, und nachdem er Petes Mord gestanden hatte, war er angeklagt worden.

Seitdem hatte ich mich bedeckt gehalten. Hauptsächlich, weil ich wusste, dass in ganz Audley St. Mary nach diesem Vorfall getratscht werden würde, aber auch, weil beinahe erstochen zu werden ein echter Schock war. Ich hatte ein bisschen Zeit gebraucht, um mich zu erholen.

»Der Spieß in diesem Fall wurde eindeutig umgedreht«, sagte Lady Philippa. »Ich habe schon immer gesagt, dass es die Ruhigen sind, die man im Auge behalten muss. Sie sind nur ruhig, weil sie sich auf ihre dunklen Gedanken konzentrieren. Obwohl ich seinen Käse kaufen wollte. Der war lecker. Es ist eine Schande, dass es den nicht in der Burg geben wird.«

»Auch wenn er etwas Schreckliches getan hat«, sagte ich, »tut Colin mir leid. Er wurde von vielen Leuten unfair behandelt. Wurde nie ernst genommen. Er hat hart für etwas gearbeitet, an das er glaubte.«

»Das ist keine Entschuldigung dafür, jemandem mit einem Pastetenmesser in den Rücken zu stechen«, sagte Alice. »Du bist zu gutherzig, Holly.«

»Ich bin nur froh, dass meine Schweine, Perücken und Feigen dir geholfen haben.« Lady Philippa zwinkerte mir zu.

»Was hat das zu bedeuten?«, fragte Rupert.

»Oh, nichts Besonderes«, sagte ich.

»Bitte begleite uns«, sagte Alice. »In dieser Limo ist noch reichlich Platz. Du kannst dein Fahrrad in den Kofferraum legen. Granny wird Horatio festhalten, damit er nicht gemein zu Meatball sein kann. Olivia würde bestimmt gerne aus erster Hand hören, wie du dem Tod nur knapp entkommen bist und Colin mit seiner eigenen Pastete die Nase gebrochen hast.«

Ich zuckte zusammen. Ich hatte ihn wirklich hart getroffen. Als er abgeführt worden war, war sein Gesicht so angeschwollen gewesen, dass er kaum noch zu erkennen gewesen war.

Ich schaute zum Horizont, wo die Burg stolz über allem thronte. »Ich sollte zurück an die Arbeit. Chef Heston lässt mich Doppelschichten schieben. Es wartet noch ein ganzer Berg Gemüse auf mich, der geschält werden muss.« Obwohl ich den zweiten Platz belegt hatte, war Chef Heston nicht von unserem Deal zurückgetreten. Ich schälte, schrubbte und arbeitete Extraschichten in der Küche. Obwohl ich gestern einen kleinen Bonus in meinem Lohn bemerkt hatte, also war er vielleicht doch nicht so gemein, wie er es uns gerne denken ließ.

»Ich könnte es dir befehlen«, sagte Alice. »Du weißt, dass alle, die sich meinen Befehlen widersetzen, im Tower enden. Und den wirklich fiesen –«

»Ich weiß, denen wird der Kopf abgeschlagen.« Ich lachte. »Wie könnte ich ein solches Angebot ablehnen?«

Als der Fahrer aus dem Wagen sprang, hob ich Meatball aus seinem Korb und sah dabei zu, wie das Fahrrad im Kofferraum verschwand.

Als die Beifahrertür sich öffnete und Campbell heraustrat, wich ich einen Schritt zurück. Seitdem er mich verhört und Colin abgeführt hatte, hatte ich ihn nicht mehr gesehen.

»Auf ein Wort, Holly.« Er führte mich ein paar Schritte von der Limo weg.

Ich verzog das Gesicht. Zweifellos würde ich dafür gerügt werden, mich erneut in eine Ermittlung eingemischt zu haben. »Nur ein Wort?«

Die Ecke seines Mundes zuckte nach oben. »Ich wollte Sie beglückwünschen. Colin hat gestanden. Obwohl Sie ihm wirklich nicht die Nase hätten brechen müssen.«

»Oh! Mir war nicht bewusst, dass sie gebrochen war. Ich habe nur versucht, ihn davon abzuhalten, mich zu töten.«

»Ich bin froh, dass es Ihnen gelungen ist. Sie haben ausgezeichnete Arbeit geleistet«, sagte er. »Als ich die Nachricht bekam, war ich mir nicht sicher, ob es ein Scherz sein sollte. Zu Ihrem Glück hatte ich gerade etwas Zeit und bin der Sache nachgegangen.«

»Ich Glückliche«, sagte ich.

»Und dank dieses lauten Hundes wussten wir genau, welcher Wagen Colin gehörte.«

»Er ist ein Wunderhund.« Ich drückte Meatball fester an mich. Er war da gewesen, als ich ihn brauchte, und hatte bei meiner Rettung geholfen.

Campbell atmete tief ein. »Da es scheint, als könnten Sie sich nicht aus gefährlichen Ermittlungen heraushalten, ist es an der Zeit für eine richtige Ausbildung. Wir müssen Sie darauf vorbereiten, wenn Sie das nächste Mal unbewaffnet einem Mörder gegenüberstehen.«

Ich schüttelte den Kopf. »Oh, nein. Es wird kein nächstes Mal geben. Ich bin damit fertig, Morde aufzuklären.«

»Ich erinnere mich, dass Sie das auch schon das letzte Mal gesagt haben, nachdem Sie einem Mörder die Stirn geboten haben«, bemerkte Campbell.

Ich grinste. »Na ja, es bringt eine gewisse Befriedigung mit sich, herauszufinden, wer es getan hat. Und ich hatte nicht geplant, mit Colin in seinem Foodtruck eingesperrt zu werden. Er hat mich mit seinen Pasteten angelockt und dann ging alles ganz schnell.«

»Sie müssen vorsichtiger sein, wenn Sie mit fremden Männern mitgehen.«

»Ist notiert. Sehen Sie sich als fremden Mann an?«

»Einer der übelsten Sorte.« Er klopfte auf meinen Fahrradhelm und streichelte Meatball. »Wenn ich Ihnen sage, dass Sie sich aus zukünftigen Ermittlungen heraushalten sollen, werden Sie das tun?«

»Das werde ich, unter gewissen Bedingungen. Ich meine, wenn Sie denken, dass ich direkt in einen Mord verwickelt bin und ich meine Unschuld beweisen muss, dann werde ich das tun. Und wenn jemand bei einer Veranstaltung getötet wird, an der ich ebenfalls teilnehme, und ich die Leiche entdecke, dann muss ich auch herausfinden, was passiert ist. Und –«

»Das reicht! Neugierig zu sein, liegt in Ihrer Natur. Ich denke nicht, dass man dagegen etwas unternehmen kann.«

»Sie sollten froh sein, dass ich neugierig bin«, sagte ich. »Aber ich ziehe die Bezeichnung wissbegierig vor. Wenn ich nicht so wissbegierig wäre, dann hätten Sie vielleicht nie herausgefunden, was Colin angestellt hat.«

Campbell bedachte mich mit einem bösen Blick. »Eine Sache noch. Wenn Sie herausfinden, dass ein Mitglied meines Teams etwas vor mir geheim hält, dann werden Sie es mir sofort mitteilen.«

Ich biss mir auf die Lippe. »Über wen reden wir hier?«

»Das wissen Sie. Saracen hat mir alles erzählt.«

»Und er hat seinen Job noch?«

Er nickte. »Vorerst.«

»Sie können ihn nicht feuern. Aus irgendeinem merkwürdigen Grund liebt er es, für Sie zu arbeiten.«

Campbell lachte laut auf. »Alle lieben mich. Ab ins Auto, Holly Holmes.«

Ich unterdrückte ein Lachen, als ich zurück zur Limo ging. Campbell öffnete die Tür für mich und ich ließ mich auf den Platz neben Lady Philippa fallen, die liebevoll mein Knie drückte.

»Alles in Ordnung? Hat Campbell Probleme gemacht?«

Ich schaute mich in dem Auto voller schrulliger Leute um, die ich als meine erweiterte Familie betrachtete. »Keine Probleme. Es ist alles perfekt.«

»Das wird es sein, wenn wir Olivias Cottage erreichen«, sagte Alice. »Ich habe zwei Dutzend deiner Schokoladen-Cupcakes als Nachtisch bestellt.«

»Dann wird es wirklich ein gutes Mittagessen werden.« Ich lehnte mich zurück und lauschte ihrer Unterhaltung. Ich wurde herzlich von dieser warmen, vielseitigen Familie empfangen, und das ließ mein Herz vor Freude springen.

Die letzte Woche war ein Wirbelwind aus Kuchen, Katastrophen und Chaos gewesen. So sehr mich das auch betäubt hatte, ich würde es nicht anders haben wollen. Das hier fühlte sich wie ein echter Gewinn an.

Ich hatte wundervolle Freunde, einen Job, den ich liebte, und mein bester flauschiger Freund kuschelte sich an mein Knie.

Alles war wieder vollkommen perfekt in Audley St. Mary.

Bereit, für noch eine Geschichte von Holly und Meatball?

Mord und Vanillekuchen, Band 3 dieser Serie, wartet schon auf dich.

Desserts, Täuschung und Mord.

Als ein Back-Notfall eintritt, werde ich mitten in der Nacht aus dem Bett gezerrt und dazu verdonnert, den Kuchen meines Lebens für eine angesehene Hochzeitsjubiläumsparty zu backen.

Nachdem die Krise abgewendet ist, ist es an der Zeit, sich zu entspannen. Doch bevor ich das tun kann, sagt die liebenswert-exzentrische Lady Philippa einen Tod voraus. Blaine Masters, ein Gast auf der Party, wird sterben!

Ich bin entschlossen, ihn zu warnen, aber er weigert sich, mich ernst zu nehmen. Dann wird er tot aufgefunden. Es dauert nicht lange, bis ich herausfinde, dass es viele Leute gibt, die Blaine hassten, aber wer verheimlicht die Wahrheit darüber, wie weit sie gehen würden, um ihn loszuwerden?

Für Gerechtigkeit muss gesorgt werden, zusammen mit einem Stück köstlichen Kuchen.

Mord und Vanillekuchen ist das dritte Buch in der kulinarischen Holly-Holmes-Krimi-Reihe, mit skurrilen Royals, einem liebenswerten Hund und einer verworrenen Handlung, die dich bis zum Ende rätseln lässt.

Weitere Bücher dieser Reihe

Mord und Karamellkuchen
Mord und Schokoladenkuchen
Mord und Vanillekuchen

Während Sie auf weitere Bücher warten, genießen Sie
dieses köstliche Rezept von Holly and Meatball!

Rezept

Verführerischer Schokoladenkuchen

Vorbereitungszeit: 20 Minuten   **Backzeit:** 40 Minuten

Das Rezept kann Milch- und Ei-frei zubereitet werden. Ersetze die Milch durch eine Pflanzen-/Nussalternative, verwende milchfreie Margarine und vermische 3 Esslöffel Leinsamen mit 1 Esslöffel Wasser, um ein Leinsamen-»Ei« als Bindemittel herzustellen (für dieses Rezept werden 12 Esslöffel Leinsamen benötigt, um die 4 Eier zu ersetzen).

ZUTATEN
1 Tasse (227 g) ungesalzene Butter, weich
1 Tasse (227 g) Puderzucker
4 mittelgroße Eier aus Freilandhaltung
1 Tasse (227 g) Mehl, etwas extra zum Bestäuben
1 Teelöffel Vanilleextrakt
100 ml Milch, plus 1 Esslöffel extra
3 Esslöffel Kakaopulver
1 Esslöffel Schokoladenstreusel zum Verzieren

Für die Ganache:
1 Esslöffel Zuckerrübensirup
¼ Tasse (57 g) Puderzucker
¾ Tasse (96 g) dunkle Schokolade, zerkleinert

ZUBEREITUNG

1. Den Backofen auf 180°C (Umluft 160°C) vorheizen.

2. Die Butter mit dem Zucker weich und cremig schlagen. Die Eier einzeln dazugeben und gut verrühren.

3. Mehl, Vanille und 100 ml Milch unterrühren, bis ein glatter Teig entsteht.

4. Die Hälfte der Masse in eine andere Schüssel geben und den Kakao und 1 Esslöffel Milch unterrühren.

5. Eine 20-cm-Kuchenform einfetten und mit Mehl bestäuben. Abwechselnd einen Löffel von jedem Teig in die Form geben. Mit einem Spieß den Teig durchziehen, um einen marmorierten Effekt zu erhalten.

6. 30 Minuten backen, dann mit Folie abdecken und weitere 10 Minuten backen, oder bis ein Spieß sauber herauskommt. 10 Minuten abkühlen lassen.

7. Für die Ganache den Sirup, den Zucker und 2 Esslöffel Wasser in einem Topf erhitzen. Kurz zum Kochen bringen und wieder vom Herd nehmen. Die Schokolade hinzugeben. Alles

verrühren, bis die Schokolade geschmolzen und eine glatte Masse entstanden ist. Diese auf dem Kuchen verteilen und ihn dann noch mit Streuseln bestreuen.

Über die Autorin

K.E. O'Connor (Karen) ist eine Cozy Mystery-Autorin, die inmitten der wunderschönen britischen Landschaft wohnt. Sie liebt alles, was mit Geheimnissen, Tieren und Kuchen zu tun hat (diese Dinge schaffen es auch häufig in ihre Bücher).

Wenn sie nicht gerade über Mysterien, Morde und Leckereien schreibt, arbeitet sie ehrenamtlich in einem örtlichen Tierheim, liest jede Menge Bücher, sieht sich Krimiserien an und träumt davon, an einem wärmeren Ort zu leben.

Um über Krimis, in denen der Mörder sein Fett wegbekommt, auf dem Laufenden zu bleiben, abonniere Karens unterhaltsamen monatlichen Newsletter mit Buchneuheiten, Rabatten und weiteren Cozy-Mystery-Leckereien. Außerdem erhältst du eine exklusive Kurzgeschichte mit Holly Holmes. Diese Geschichte ist nirgendwo sonst erhältlich, sie ist exklusiv für ihre Newsletter-Abonnenten.

Hol dir jetzt Raub und pinker Zuckerguss –
https://BookHip.com/SNVNMRZ